Die sechzehnjährige Mifti lebt seit dem Tod ihrer Mutter in Berlin und im heranwachsenden Ausnahmezustand. Als ›pseudo-belastungsgestörtes‹ Problemkind tanzt, vögelt und kokst sie sich durch die Hauptstadtszene. Das Besondere an Mifti ist ihre Hypersensibilität und ihr offener, fragender Blick auf eine Elterngeneration, die weder auf sich noch ihre Kinder aufpassen kann. Hin- und hergerissen zwischen Genie und Wahn entlarvt Mifti Sprache, Lebensentwürfe und Konventionen der Erwachsenen als das ›allgemeine Dahinschimmeln‹ ihres wohlstandsverwahrlosten Umfelds.

HELENE HEGEMANN, 1992 geboren, lebt in Berlin. ›Axolotl Roadkill‹ ist ihr Debüt, das in 20 Sprachen übersetzt wurde. Die Verfilmung, ›Axolotl Overkill‹, bei der sie selbst Regie führte, wurde beim Sundance Festival 2017 mit dem World Cinema Dramatic Special Jury Award for Cinematography ausgezeichnet.

Helene Hegemann

AXOLOTL ROADKILL

Roman

btb

Das Werk erschien erstmals 2010 bei Ullstein, Berlin.

Dieses Buch ist auch als E-Book erhältlich.

Verlagsgruppe Random House FSC® N001967

1. Auflage
Genehmigte Taschenbuchausgabe Mai 2020

Covergestaltung: semper smile München
nach einer Gestaltung von Sabine Wimmer, Berlin
Druck und Einband: GGP Media GmbH, Pößneck
mr · Herstellung: sc
Printed in Germany
ISBN 978-3-442-71960-0

www.btb-verlag.de
www.facebook.com/btbverlag

Für Lilly Sternberg

»We love to entertain you«

(Pro7)

O.k., die Nacht, wieder mal so ein Ringen mit dem Tod, die Fetzen angstgequälten Schlafes, mein von schicksalsmächtigen Orchestern erbebendes Kinderzimmer und all diese Einbrecherstimmen aus dem Hinterhof, die unausgesetzt meinen Namen schreien. Kein Hauptstraßenlärm und kein Stöhnen von leidenden, sich durch Stärke und Hässlichkeit hervorhebenden Monstern, die gerade entfesselt werden. Nur die Klaviatur der absoluten Dunkelheit, das Kreischen im Kopf, dieses unrhythmische Trommeln, scheiße. Früher war das alles so schön pubertär hingerotzt und jetzt ist es angestrengte Literatur.

Um 16 Uhr 30 wache ich orientierungslos in einen Bettbezug gewickelt auf und bin in allererster Linie von mir selber gelangweilt. Ich kauere. Irgendwie läuft mir zu Lorbeerkränzen geflochtenes Blut aus dem rechten Ohr. Vor mir leuchtet etwas auf, das ich als die Hässlichkeit der High Society entziffere: zwei Zigaretten, zwei aus hygienischen Gründen statt durch einen Geldschein durch einen Kassenbon gezogene Lines Ritalin, pulverisierter Parmesankäse und ein besorgniserregende Ausmaße annehmender Nervenzusammenbruch, das Ketaminloch wahrscheinlich, ich habe seit etlichen Monaten die wildesten Krebsdiagnoseträume, keine Alpträume, sondern irgendwas Tiefergehendes, wo ich dann immer schreiend erwache, weil so viele Gedanken da sind, dass man seine eigenen Gedanken gar nicht mehr von den fremden unterscheiden kann. Vor lauter mit Angstanfällen gekoppelten Magen-Darm-Exzessen will ich mich aus dem dritten Stock stürzen, schalte stattdessen jedoch RTL II ein und da läuft eine super Tiersendung. Die ist wie ein Wahnsinnsfernsehevent aufgelöst. Plötzlich steht da so ein aufgeweckter Schakal, und dann gibt es einen Gegenschuss auf die Erdmännchenherde, die in einer Totale von dem Schakal zerfleischt wird sozusagen und der Zuschauer denkt voller Liebe: Ja, diese Scheißerdmännchen sehen leider Gottes auch echt so unglaublich bescheuert aus, die haben irgendwie nichts anderes verdient, als gefressen zu werden.

Ich kann entweder zu qualitativ hochwertigen Hardcorepornos wichsen oder zuerst auf die Fingernägel und danach in den Spiegel gucken. Meine Hautanhangsgebilde sind zu ineinander verkrusteten Ekzemen geworden und meine Wimpern brechen ab.

In diesem Moment kehrt plötzlich wieder Stille ein.

Ein Hauch von Gesellschaftsfähigkeit, durch den sich kein harter Track mehr bohrt, sondern ein frühsommerlicher, ernüchternder Scheißwind. Ich bin nicht in der Schule gewesen. Fünf Minuten vor der ersten großen Pause habe ich mich in Todesangst, mit Herzrasen und einem bei jedem Schritt gegen die Schädeldecke prallenden Kopfschmerz unter meine Bettdecke gekämpft, obwohl ich zu diesem Zeitpunkt eigentlich hätte denken müssen:

Na ja, gut, heute trete ich zur Abwechslung mal mit einer Tomate in Kontakt, ich muss sie schließlich von einem Schulbrot entfernen, auf das sie von einem verantwortungsbewussten Elternteil draufgelegt wurde.

Eine Stunde nach Schulschluss stehe ich dann breitbeinig vor dem Spiegel, im leeren Fluss der Erinnerungen an das verschwitzte Lächeln der letzten Nacht und die zu eigenem Leben erwachte Kraft dieser repetitiven Tanzrhythmen.

Ich will ein Kinderheim in Afghanistan bauen und viele Anziehsachen haben. Ich brauche nicht nur Essen und ein Dach über dem Kopf, sondern drei titanweiß ausgestattete Villen, jeden Tag bis zu elf Prostituierte und ein mich in plüschigen, güldenen Zwanziger-Jahre-Chic hüllendes Sowjet-Uniform-Kostüm von Chanel. Begriffe wie Selbsterfahrung und Borderline gibt es dann nicht mehr. Und keinen, der so tut, als würde er dich besser kennen als du selbst, denn alles, was da zählt, ist Geld. Jetzt haben wir es. Plötzlich merke ich, wie mich alle anstarren. Ich gehe, die fünfte Zigarette rauchend, auf den Balkon und saufe einfach so lange weiter, bis das Geld endlich WEG ist. Meine Existenz setzt sich momentan nur noch aus Schwindelanfällen und der Tatsache zusammen, dass sie von einer hyperrealen, aber durch Rohypnol etwas schlecht aufgelösten Vaselintitten-Installation halb zerfleischt wurde.

Ich sage: »Sobald wir beginnen, etwas für andere als uns selbst zu tun, lösen wir uns aus dem Gefängnis in unserem Inneren. Alice hasst sich selbst, aber das ist ja das Geile, ich sehe, dass sie durchdreht und sich zunehmend selbst zerstört. Ich habe so große Angst, dass ich nicht mehr denken kann. Ich will alles tun, um dich weiterhin kennen zu dürfen. Wenn du nicht mehr mit mir ficken willst, ist das völlig in Ordnung. Jetzt bist du aus meinem Leben verschwunden. Es ist ja nicht so, dass ich mich die ganze Zeit selbstreflexiv und selbstquälerisch hier abquälen kann, keine Ahnung, da müsste eigentlich auch noch was anderes sein, so ein irrationaler Moment, einer dieser Momente, in denen du mich unverwandt anguckst mit diesen vollkommen farblosen Augen und ich sehe in denen dann immer dass du überlegst, wie viele Leute gerade zwischen uns stehen. Erinnerst du dich da noch dran? Wie man immer überlegen musste, wie viele Meter man gerade voneinander entfernt ist? Und wie ich dir dann irgendwann gesagt habe, als wir endlich alleine waren, was für eine Vollkommenheit das für mich ist? Diese Momente, in denen wir das Meer angeguckt haben. Die so vollkommen waren, dass ich sie gar nicht genießen musste. Ich spüre, ich werde verrückt. Ich kann nicht mehr zwischen Träumen und dem, was du Realität nennst, unterscheiden. Weil sich alles gleich anfühlt. Der Wind, deine Haut, alles Dreidimensionale.«

Unter der Dusche prasseln mir in Zeitlupe Tropfen entgegen, die durch den Einfluss der Oberflächenspannung bestrebt sind eine Kugelform zu erlangen.

Entgegen der allgemeinen Annahme hat ein Wassertropfen zu keinem Zeitpunkt eine Tropfenform, diese zweidimensionale Scheiße, die auf der einen Seite rund ist und auf der anderen spitz zuläuft. Um mich abzutrocknen zerre ich ein türkisfarbenes Laken aus der Schmutzwäsche, das die letzten beiden Monate gemeinsam mit zwei vollgekotzten Kleidungsstücken in einem großen Behälter verbracht hat. Ist das die Kotze eines Wildfremden, der mich in einer stark frequentierten Unisextoilette überrascht hat? Ist das meine Kotze? Bringt mich das mir jetzt irgendwie näher? Ich fange offenbar echt an, die wichtigsten Details zu vergessen.

Ich stehe zu Tode deprimiert im Flur auf einem Teppich, der aus einem mir unerfindlichen Grund in grauer Vorzeit mal ausgelegt wurde und der ist halt irgendwie graugrün, der ist schmutzig, der ist mit Brandlöchern übersät. O Gott, ist das alles schrecklich.

1. Ich habe meine von Analsex, Tränen und Leichenschändung geprägte Patchworkgeschichte verloren.

2. Ich habe eine offene Entzündung im Rachen.

3. Meine Familie ist ein Haufen von in irgendeiner frühkindlichen Allmachtsphase steckengebliebenen Personen mit Selbstdarstellungssucht. Im äußersten Fall wird von deren Seite aus mal ein popkultureller Text über die Frage verfasst, weshalb die Avantgarde TROTZDEM bauchtanzt, aber das war's dann auch schon.

You've made my shitlist

(L7)

Ich so: »Entschuldigung? Kannst du mir vielleicht helfen mit dem Huhn, ich weiß nicht, was für ein Huhn ich kaufen muss.«

Ich stehe vor einer großen Tiefkühltruhe im LIDL.

O-Ton heterosexuelle Kommunikationsdesignerin in blaugraugestreifter Strickjacke:

»Bitte?«

»Ich soll ein Huhn einkaufen für das Abendessen, und es gibt hier aber Brathuhn und Suppenhuhn, ich weiß nicht, was ich da jetzt nehmen muss.«

»Ja, sorry, aber ich weiß doch dann auch nicht, ob deine Mutter ein Suppenhuhn oder ein Brathuhn braucht.«

»Meine Mutter ist schon lange tot.«

»Und dein Vater?«

»Der ist eins von diesen linken, durchsetzungsfähigen Arschlöchern überdurchschnittlichen Einkommens, die ununterbrochen Kunst mit Anspruch auf Ewigkeit machen und in der Auguststraße wohnen. Jeden Tag bis zu elf Prostituierte, jeden Tag Haarwachs und jeden Tag mit Textmarkern melancholisch expressionistische Kunstwerke ausmalen, die er aus schwarzweißen Plattencovern zusammensetzt. Nachts werden die dann auf LSD mit seinem Galeristen in die Wand genagelt. So sieht sein Leben aus: depressive Musik. Die Melvins, Julie Driscoll, Neil Young, als gäbe es außer

Neil Young und Bob Dylan keine Leute, die Musik machen, er bestellt jede Woche Platten für dreihundert Dollar. Ich kenne ihn kaum.«

»Und wo wohnst du dann?«

»Bei meinen Geschwistern.«

»Und was machen deine Geschwister beruflich?«

»Meine Schwester heißt Annika und ist so eine durchtriebene Marketing-Bitch. Mein Bruder entwirft Motive, mit denen man eine Auswahl der vom Social-Commerce-Unternehmen mit Hauptsitz in Leipzig angebotenen Textilien bedrucken lassen kann. Er stellt seine entworfenen Motive auf einer Onlineplattform zur Verfügung und geduldet sich, bis jemand auf die schwachsinnige Idee kommt, in einem cremefarbenen Kapuzenpullover herumlaufen zu wollen, auf dem in Schwarzrotgold der Satz ›Unsere Nationalfarben sind beschissen‹ steht. Edmond entwirft auch allen Ernstes T-Shirts, auf denen ›I'm not an Alcoholic, I'm drunk – Alcoholics go to meetings!‹ steht. Der ist dreiundzwanzig, eine Mischung aus Marlon Brando und äh, wem denn noch, keine Ahnung, er besitzt eins der weltweit nur fünfhundertmal existierenden Paare goldener Pro Bowl 2007 Air Force 1 von Nike. Arbeitslos, demonstrativ arrogant, Fan von Ray Davis.«

If found please return to the club.

»Und du so?«

»Wie bei jeder drogenabhängigen Minderjährigen mit Reflexionsvermögen äußert sich mein Hang zur Realitätsflucht in einer ausgeprägten Lesesucht. Ich verschlinge gleichermaßen aufgeklärte Belletristik über pakistanische Psychoanalytiker und Diplomarbeiten über den Zusammenhang von Moby Dick und dem Nationalsozialismus. Tageslicht gilt es mit einer lässigen Geste abzuwinken.«

»Es freut mich ja sehr, mit dir darüber gesprochen zu haben!«

»Super, wir sehen uns!«

Ich erinnere mich an die Zeit, in der ich bei gutem Wetter etwas anderes gemacht habe als die Jalousien runter. Niedergeschlagen ziehe ich mir einen sagenumwobenen Sachtext über die Praxis der DJ-CULTURE rein:

Die Situation auf der Tanzfläche hat sich in den vergangenen knapp zwanzig Sekunden drastisch verändert. Jubel, Schreie, neue Level von Extremität überall da draußen.

»Ja, hallo, Edmond, wann kommst du denn?«

»Keine Ahnung, ich bin gerade bei Luther in dem Store in der Alten Schönhauser, und gleich kommt diese Penny, die immer PCP am Start hat.«

»Und wann kommst du wieder?«

»Das weiß ich nicht genau, jetzt sind gerade Dingsda und Kleini gekommen, du weißt schon, dieser Typ da mit der Freundin, die immer irgendwas durchsetzen will – Is it mixed by you? It's mixed like shit! Berlin is here to mix everything with everything, Alter!«

»Ist das von dir?«

»Berlin is here to mix everything with everything, Alter? Ich bediene mich überall, wo ich Inspiration finde und beflügelt werde, Mifti. Filme, Musik, Bücher, Gemälde, Wurstlyrik, Fotos, Gespräche, Träume ...«

»Straßenschilder, Wolken ...«

»... Licht und Schatten, genau, weil meine Arbeit und mein Diebstahl authentisch werden, sobald etwas meine Seele berührt. Es ist egal, woher ich die Dinge nehme, wichtig ist, wohin ich sie trage.«

»Es ist also nicht von dir?«

»Nein. Von so 'nem Blogger.«

»Aber wann kommst du denn?«
»Ja, das weiß ich halt noch nicht so genau, vielleicht bald.«
»Wann denn?«
»Bald. Vielleicht auch gleich.«
»Wie jetzt?«
»Ja, gleich, sofort.«
»O. k., tschüs.«

Ich öffne unserer neuen Haushälterin die Wohnungstür, und in ihrem dümmlichen Gesicht macht sich gerade der Schock über diesen ganzen Verwahrlosungsexzess breit. Die guckt mich an, als hätte sie Angst davor, hier auf irgendwelche verwesenden Tiere zu stoßen.

»Warum willst du eine Haushälterin, Annika?«

»Weil es doch total geil ist, wenn die Bettwäsche gebügelt ist und überhaupt.«

»Aber findest du es denn nicht wahnsinnig schlimm, diese vielen Menschen in deinem Besitz zu haben?«

»Weißt du, Mifti, früher warst du einfach nur verwahrlost, und jetzt bist du halt wohlstandsverwahrlost. In zwei Monaten hast du dann vor lauter Wohlstandsverwahrlosung sogar vergessen, dass Haushälterinnen Menschen sind, ehrlich.«

Frau Messerschmidt ist pensioniert und arbeitet zwölf Stunden am Tag schwarz, weil ihr Mann ein streitsüchtiges Arschloch und halt ununterbrochen zu Hause ist. Es stellt sich die Frage, ob ich mit Personal umgehen kann, das bereits nach sechzig Minuten aufopferungsvoller Arbeit auf dem Balkon über seine familiären Zusammenhänge und meine Tendenz zur Schulverweigerung spricht. Ich will Personal, das kein Deutsch kann und mir nicht mit jedem in meine Richtung abgeschossenen Blick vergegenwärtigt, wie schrecklich alles ist, vor allem das mit dem seit zwei Jahren nicht gebügelten Ethnomusterkleid, und dass das Leben einfach nicht besser wird später. Die Bügelwäsche ist ein Kapitel für sich. Das Tageslicht ist ein Kapitel für sich.

Ich weiß komischerweise genau, was ich will: nicht erwachsen werden. Ich werde in wenigen Jahren nicht mehr genug Kraft haben, um mir ernsthafte Gedanken über die Farbe meines ersten, eigenständig gekauften Sofabezuges machen zu können. Ich werde traurig auf einen Entwicklungsprozess zurückblicken, der von überdurchschnittlich kontraproduktiven Abstürzen geprägt war und mich zu Tode schämen für alles, was ich hier gerade so mit-der-Wurst-nach-der-Speckseite-werfend in diesen Computer reinhacke, so nennt man das, glaube ich. Weil ich dann vermutlich endlich Foucault kapiert habe, weil ich andere Maßstäbe und meine Familie umgebracht haben werde und plötzlich weiß, dass das hier gerade, also dieser aus unstrukturierten Tagesabläufen und Schulverweigerung und verschwitzten Bettlaken zusammengesetzte Müllberg, die beste Zeit meines Lebens war.

Edmond kommt nach Hause. Er hat Zigaretten und drei Haschischplatten in einer Aldi-Tüte mitgebracht. Er sieht nicht nur aus wie Marlon Brando, er hat sich aus dessen gleichnamiger Biographie auch einen wichtigen Bestandteil seines Lebens zusammengesetzt – das minimalistische Inneneinrichtungskonzept unserer Wohnung. Zwei mit insgesamt dreizehn Matratzen ausgelegte Räume, zu denen auch jeder unbekannte Halbjunkie von der Straße freien Zugang hat. Edmond findet es gut, jede Nacht an einem anderen Ort in der Wohnung zu schlafen, und im Sommer lässt er immer die Wohnungstür offen, damit dieser Durchzugsexzess irgendwie besser funktioniert. Es wurde noch nie bei uns eingebrochen. Einbrechen könnte man das dann ja auch nicht nennen, man müsste, um bei uns einzubrechen, ja bloß durch die offene Tür gehen und dann zufällig das MacBook Pro einstecken oder so und dann wieder rausgehen. Einmal hat Edmond unwissentlich Einbrechern die Haustür aufgemacht, so dass alle unsere

Nachbarn ausgeraubt wurden. Ein Boxensystem, ein raffiniert platzierter Beamer, Aschenbecher und mit Comicfiguren bedruckte Tagesdecken. An den unverputzten Wänden hängt ein weißes Poster mit der winzig kleinen Aufschrift: *Nowhere better than this place.*

Scheißmusik ist einfach Scheißmusik, das finde ich auch nicht witzig. *Good Day* von den Kinks ist ganz o. k., das fängt mit einem Wecker an, danach kommt Patsy Cline, überbewertet, *Sunday Morning* von Margo Guryan, die Violent Femmes singen *The Love is Gone,* und ich rede mir ein, da irgendeine Wahrheit drin zu erkennen und denke an zerfetzte Leichenteile im Schnee. Das sind alles in erster Linie Songs, die in einer Zeit geschrieben wurden, in der es noch kein Ecstasy gab.

Es ist Edmonds iTunes-Bibliothek. Ich erkläre ihm, dass es mir prächtig geht. Er erklärt mir, dass der Song *Hey hey, my my* die Verbindung zwischen Altrock und Punk darstellt und es nach allgemeingültigen Standards als absolut hinterwäldlerisch gilt, dem Wort ›Techno‹ das Wort ›Kultur‹ anzuhängen und das Ganze mit einer sich als alternativ betrachtenden Jugendbewegung in Verbindung zu bringen anstatt mit Prolldiskotheken für Besserverdienende. Ecstasy, Techno und sich selbst als eine Grenzen sprengende Übereinkunft zu betrachten sei Neunziger, so wie Koksen Achtziger sei und so wie gelocktes Haar das neue glatte Haar ist.

»Aber diese Übereinkunft, wie du das nennst, ist alles, was ich noch habe«, sage ich.

Wir breiten die Haschischplatten auf dem Flurteppich aus und strecken das Zeug, indem wir zerbröselten Lebkuchen zuerst gleichmäßig darauf verteilen und die Scheiße danach einbügeln.

»O Gott, guck mal, ich hab so ’ne unglaublich krasse Delle in der Augenhöhle, das wird bestimmt ein fetter Pickel!«, sage ich.

Edmond putzt sich die Zähne, und als er »Vielleicht wird es ja auch ein Furunkel« antwortet, tropft die schäumende Zahnpasta auf sein Christopher-Kane-T-Shirt mit dem Affenkopf.

»Du Arschloch!«

»Karl Marx hatte immer Furunkel am Arsch und hat sich die dann grundsätzlich aufschneiden lassen.«

»Gibt es eigentlich Frauen, die Actionfilme gedreht haben? Abgesehen von Karl Marx?«

»Angelina Jolie. *Lara Croft.*«

»Regie, du Spast.«

»Ach so, keine Ahnung.«

»Gibt es nicht, oder?«

»Gibt es nicht, stimmt. Vielleicht ist das deine Aufgabe.«

»Ich revolutioniere einfach den weiblichen Actionfilm.«

»Das Actionmelodram sozusagen.«

»Das weibliche Actionmelodram.«

»Das feministische Actionmelodram.«

»Nein, das antifeministische Actionmelodram! Mir wurde heute Angst vor Nähe bescheinigt. Was sagst du dazu?«

»Ich sage: Wo Mifti herkommt, werden unsere schlimmsten Alpträume zum Frühstück gegessen. Wo auch immer Mifti hinkommt, hinterlässt sie eine Aschenbahn aus verbrannten Herzen. Sie ist heute hier, morgen weg. Aber für die meisten ist sie die Inkarnation des zur Frau gewordenen Sputnik-Schocks. Ich werde einfach scheiße zu dir sein.«

Der Tag nimmt keine entscheidende Wendung. Unterhalten wir uns über den dreijährigen Äneas. Der hat vor wenigen Stunden noch an einem Spielgerät gebaumelt und einem seiner Elternteile zugerufen: »Nein, Mann, ich will nicht ins Yoga!«

Seine in einem cremefarbenen Nylonmantel steckende Mutter wurde von meiner Schwester zum Essen in unsere Wohnung eingeladen und hat ihn zu allem Überfluss mitgebracht. Er spielt jetzt gerade mit einer aus Legosteinen gebastelten Kanone, die kleine Zinnsoldaten quer durch das Wohnzimmer katapultieren kann und die ganze Welt erwartet von mir, dass ich ihm aus so komischen Abdichtungsfolien ein Ritterkostüm bastele. Ich biete nichts anderes als ein Bild des Chaos und der Auflösung und des Kinderhasses, und diese Mutter unterbricht mich und sagt:

»Entschuldige, stört dich der Lärm?«

»Nein, das ist doch nur ein Kind«, antworte ich.

Wir essen Fischstäbchen. Äneas sitzt in seinem Ritterkostüm in einem Regal und wartet auf irgendwas.

»Was machst du denn?«, frage ich und kriege keine Antwort.

»Äneas, wo sitzt du denn da?«

»Im ICE.«

»Und wohin fährst du?«

»Nach Barcelona. Kämpfen.«

»O Annika, ich kenne außer dir niemanden, der wirklich alles tragen kann!«

»Danke schön, das macht mich ja ganz ...«

»Ernsthaft, du kannst echt alles tragen.«

»Ach, ich wähle das alles einfach immer sorgfältigst aus, deswegen wirkt das bestimmt nur so, als ob ich alles tragen könnte.«

»Ja, du kannst einfach alles tragen.«

Annika ist das, was man eine Mischung aus Beate Uhse, Alice Schwarzer und Mutter Teresa nennt. Sie hat sich eine Stellung erarbeitet, deretwegen zu ihr aufgeschaut wird, sieht umwerfend aus und isst am liebsten argentinisches Rindfleisch; das Ding ist: In neonfarbenen T-Shirts irgendwelchen traumatischen Odysseen durch den Berliner Szene-Untergrund nachzulechzen, leider bringt es das in ihren Augen nicht mehr so ganz. Äneas' Vater ist ebenfalls zu Besuch. Er sitzt mir da fett gegenüber, ist überfordert und hat keine Ahnung, wie man diesem sozial gestörten Kind zuliebe ein Familienleben aufrechtzuerhalten vortäuscht, das an seinem Mangel an Intelligenz und den überschwänglichen Emanzipationsambitionen seiner Exfrau gescheitert ist. Die spricht gerade darüber, dass ihre neue Affäre für vierhundert Euro Glaskaraffen auf eBay ersteigert hat.

Die beiden haben in grauer Vorzeit mal bei uns gebadet, weil sie Handwerker am Start hatten bei sich zu Hause. Durch den Türspalt hat man dann immer gehört, wie sie sich so pseudoechauffiert über Feminismus gestritten haben und über die feministische Allianz mit dem Patriarchat und die weibliche, von Männern durch diese ganze Pornographie umstrukturierte Sexualität, die eigentlich gar keine mehr ist. Die Gebärmutter sei ja auch bloß was diskursiv Erzeugtes und so. Und das war so super, weil da währenddessen keiner von beiden aus der Badewanne rauskam, um sich kurz mal zu distanzieren, sie wollten ja nicht nackt durch unsere Wohnung laufen.

Schreckliche Leben sind der größte Glücksfall.

Als er bemerkt hat, dass ich ihn bemerkt habe, röchelt er plötzlich: »Hey, Mifti, warst du heute da auch mit bei Luther in dem Store in der Schönhauser? Die haben da so 'ne bescheuerte Sitzrave-Party abgezogen.«

»Oh, hallo, nein, wie kommst du darauf, Edmond war da ja nur alleine und so, ich weiß auch nicht mal, was du mit Sitzrave-Party meinst.«

»Was?«

»Wie jetzt?«

»Die Zeitverschiebung und alles. Du siehst aus, als hättest du so 'nen Mini-Jetlag und auf den Zigaretten steht alles auf Englisch.«

»Bitte?«

»Die Zigaretten, woher hast du die?«

»Die Zigaretten hat Edmond halt einfach mitgebracht.«

»Ach so, cool, als ich so alt war wie du, habe ich noch nicht geraucht, sondern gelernt, wie man einen Luftballon zuknotet.«

»Als ich so alt war wie du ... ha ha ha.«

»Ha ha ha ha ha!«

Wie mich das alles ankotzt, diese Erwachsenenschwadroniererei, diese Unterhaltung darüber, dass der kleine Äneas mal im Restaurant auf jemanden am Nachbartisch gezeigt hat und die blöde Mutter sagen musste: »Äneas, mit nacktem Finger zeigt man nicht auf angezogene Leute!«, und Äneas hat dann seinen Finger in eine Bratkartoffel gesteckt und gemeinsam mit der Kartoffel weiterhin schonungslos draufgezeigt. Null Pointe, aber: »Ha ha ha ha ha ha ha!«

Annikas Handy klingelt. Mein Vater wurde von Frau Pegler darüber in Kenntnis gesetzt, dass ich die letzten sechs Wochen nicht in der Schule war. Es ist mir scheißegal, wirklich.

»Du bist nicht das Opfer, du bist die alleinige Täterin.«

»Entschuldigen Sie, Ihr Dingsda brennt gerade ab!«

»Schulabschluss? Wozu denn? Ich habe doch ein Fahrrad und kann mich genauso gut mit französischen Studiofilmen bei Laune halten, in denen sämtliche Protagonisten gleichzeitig irgendeinen Scheiß aus handgetöpferten Lehmbehältern in sich reinstopfen und ihre Frauen betrügen.«

20 Uhr 13. SMS von Vater aus Tel Aviv mit folgendem Inhalt: »Was hast du jetzt vor?«

20 Uhr 29. SMS an Vater nach Tel Aviv mit folgendem, vielversprechendem Inhalt: »Zurück in die Kleinkriminalität, das geht jetzt nicht mehr.«

20 Uhr 33. »Warum rufst du nicht an?«

20 Uhr 34. SMS an Ophelia in ihrer androgynen Phase: »Weißt du, ich möchte dich auf der Stelle mit Liebe überschütten. Alles. Anytime.«

Vorwort

Ich bin wild aufgewachsen und ich will wild bleiben. Es ist drei Uhr nachts und mein kaputtgefeierter Körper sitzt zu Tode in seiner Opferrolle versunken in einem Taxi. Der Fahrer erzählt von seinem Sohn, der sich nach zehn Jahren von seiner Frau getrennt hat und von seiner eigenen Frau, die fremdgeht, und von Gott, zu dem er angeblich eine ziemlich gute Verbindung hat. Deswegen verzeiht er Schwulen auch, dass sie schwul sind, weil die können da ja eigentlich nichts für. Ich habe Fieber, Koordinationsschwierigkeiten, ein Promille im überhitzten Blut und mich zum wiederholten Mal auf eine Verabredung an einem Ort der absoluten, opportunistischen Hemmungslosigkeit eingelassen. Es geht um meine Achtungswürdigkeit, um Stahl und Beton, um eine riesige Fensterfront, die mit beweglichen Rollläden verschlossen werden kann, um meine Angst vor dem Tod, es geht um die Explosion der Wahrnehmung und vielleicht auch ein bisschen um eine organisierte Form von Schallereignissen.

Meine Wildheit ist eine charakteristische Eigenart. Ich kann entweder tun, was ich will und meine Eigenschaften befriedigen oder es einfach lassen.

Es ist gefährlich, das zu tun, was ich will, weil mich das wirklich verletzbar macht. Es zu lassen ist vollkommen unmöglich. Deshalb lüge ich dich an. Ich sage:

Es geht hier gerade in allererster Linie um das Prinzip.

Ich bin sechzehn Jahre alt und momentan zu nichts anderem mehr in der Lage, als mich trotz kolossaler Erschöpfung in Zusammenhängen etablieren zu wollen, die nichts mit der Gesellschaft zu tun haben, in der ich zur Schule gehe und depressiv bin. Ich bin in Berlin.

Es geht um meine Wahnvorstellungen.

Unfassbar, wie ich mich hier schon wieder auf cognacfarbenen 9-cm-Absätzen dem ganzen Scheiß aussetze, Industriegebiet natürlich, von weitem sieht man ein ehemaliges Heizkraftwerk, in dem es sich in spätestens einer halben Stunde diesem Zwang zur Selbstvergessenheit auszusetzen gilt. Ich bewältige einen von Neonröhren umzäunten Weg, der als der geilste der Welt gilt und mich aus einem mir unerfindlichen Grund nie interessiert hat. Ich finde meine dissoziative Identitätsstörung interessanter als alles, was diese Stadt mir ununterbrochen ins Gesicht kotzt. Vor einem Securitychef, der Syd heißt und drei Meter groß ist, tue ich so, als würde ich auf der Gästeliste eines Barkeepers stehen, der tagsüber mit zeitgenössischen Kohlezeichnungen die verwirrenden Ansichten unserer urbanen Welt darzustellen versucht. Damit umgehe ich eine kilometerlange Schlange von overstylten Dreiundzwanzigjährigen aus geregelten familiären Zusammenhängen, in deren Augen ich kein Mensch bin, sondern ausschließlich underdressed und wankelmütig. Orale Inkontinenz. Mir wird Scheiße in die Fresse gefeuert. Ich bin eine motherfucking unmoralisch handelnde Fotze und soll auf mein Leben klarkommen, Alter.

Die Frage des Abends: »Ey, was geht 'n hier?« Die Antwort des Abends: »Ey, hier geht doch nichts.«

Das Resultat des Abends: »Geil, keine Schlange, Taxi steht dahinten, überall Definitionen der Weltgesundheitsorganisation, so.«

Vom DJ-Pult aus gesehen links befinden sich hinter einer großen Glaswand ein langer Bartresen und diverse Sitzmöglichkeiten; rechts davon liegt hinter der Tanzfläche einer der unübersehbaren Darkrooms. So weit das Auge reicht versuchen sich diese pseudovergewaltigten Mittzwanziger die Seele aus dem Leib zu dancen. Ich sitze zu irgendeiner absurden Musikrichtung unbeeindruckt auf einem Lederpolster und bekomme bereits nach zehnminütiger, unspektakulärer Ausgelassenheitsscheiße die wichtigste Frage des Abends gestellt. Achtzehn Meter Deckenhöhe, zweitausendfünfhundert Menschen und die HIV-positive Ophelia, mit der ich im Eingangsbereich verabredet bin. Sie sieht gleichermaßen umwerfend und magersüchtig aus, trägt eine halboffene Bomberjacke ohne was drunter zu schwarzen Leggins und Satinsandalen von Lanvin, mit verspiegelten Absätzen, und ich rede echt nur Scheiße zur Begrüßung.

»Hauptsache, irgendeine schlichte Silhouette wird mal wieder in ein unverzichtbares Musthave verwandelt, nicht wahr, Schatz? Traditionelle klassische Eleganz.«

»Ich würde jederzeit für dich in irgendeine Bresche springen, Mifti.«

»Und der geraffte Fall eines Seidenvorhangs verbirgt den größten Teil deines Körpers.«

»Ich wäre so gerne lustig heute.«

»Aber es ist einfach zu heiß hier drin.«

Sie fragt dann also irgendwann mit so einer Geste Richtung Damentoilette:

»Siehst du den Typen da vorne?«

Es ist der Typ, dessen Anwesenheit mich davon abgehalten hat, souverän an ihm vorbei zum Zigarettenautomaten zu rennen. Da werden mal zur Abwechslung keine sexuellen Gelüste wachgerufen, sondern nur ein paar emotionale Zuneigungsattacken, weil er so süß ist, weil er so bauchfrei ist und total gewaschen wirkt im Gegensatz zu all den aus der Form geratenen Chauvinistenhippies hier. Ich labere sowieso nur noch uninspirierte Scheiße.

Ophelia sagt: »Der hat Ecstasy.«

Ich gehe ungeachtet der Tatsache, dass sie auf eine schlagfertige Antwort wartet, in seine Richtung.

»Kannst du uns eventuell zwei Teile klarmachen?«

»Ähm …«

»Seit wann sind wir gute Freunde?«

»Ähm?«

»Achte mal bitte ganz kurz auf die Absätze von den Flechtoptikschuhen, die meine Freundin da anhat. Krass verspiegelt sind die.«

»Und modeinteressiert bist du also auch?«

»Seh ich so aus?«

»Allein dieser Mantel, das ist wirklich – mit dem Gürtel dazu nämlich. Gehört das zusammen?«

»Nein.«

»Das hast du also zusammengebastelt.«

»Ja, also, nein. Ich mag das ja auch bei Männern, wenn die so Anzüge anhaben und so was. Ausrangierte englische Minister zum Beispiel, ich finde das irgendwie geil.«

Der Typ guckt sich meinen kaputten Polyesterrock an und erwartet zwei Fünfer von mir. Ich hole Geld aus meinem Schuh und wirke währenddessen gleichermaßen geistesgestört wie aufgeregt. Er gibt mir die Pillen unauffälliger als unbedingt nötig und mustert mich wie den dünnhäutigsten Menschen der Welt.

Ich frage: »Hast du Lust auf Oralsex?«

Er antwortet: »Wie alt bist du? Dreiundsechzig?«

Damit werde ich zurück in diese nicht enden wollende Zeit der Traurigkeit entlassen.

Ophelia ist äußerst attraktiv und eine phlegmatische Actionheldin. Wenn ich Ophelia suche, finde ich sie grundsätzlich gemeinsam mit einer Rasierklinge vor einem Ganzkörperspiegel, und da sitzt sie dann vollkommen fertig. Sobald sie länger als sechs Stunden keine Drogen konsumiert und deswegen einen hysterischen

Anfall hat, der sie töten will, versucht sie sich dort ihrer Gesichtsmuskulatur zu entledigen. Wir haben uns kennengelernt, weil sie trotz Höchststeuersatz aus so einem halbherzigen Bedürfnis nach Wirklichkeitsnähe heraus manchmal in Schulkantinen jobbt.

»Ich hätte hier gerne diese Rahmpolenta mit Spinat und kann ich statt Kartoffeln die Nudeln aus dem anderen Topf dazu haben, bitte?«

Sie: »Aus was für einem Topf?«

Ich: »Aus dem zweiten oder dritten von links da gegenüber.«

»Es hätte auch gereicht, wenn du einfach draufgezeigt hättest.«

»Und Nachtisch?«

»Du hattest schon einen Nachtisch.«

»Ich hatte definitiv noch keinen Nachtisch, ich bin hier eben gerade erst reingekommen, weil ich vorhin noch Gesellschaftswissenschaften im dritten Stock hatte.«

»Trotz deiner motherfucking Gesellschaftswissenschaften hast du dir hier gerade schon einen Nachtisch genommen, Baby!«

»Nein!«

»Ich kann hier nicht einfach so rumrennen und jedem Teenager vierzig Scheißvanillepuddings ins Gesicht schleudern, für die niemand bezahlt hat. Wie soll ich dich jetzt nennen? Impotenter Wichser?«

»Was reden Sie da?«

»Halt deine Fresse, du scharfsinniges Dreckskind.«

»Steh auf Fotze und verbeug dich.«

»Wie bitte?«

»STEH AUF FOTZE UND VERBEUG DICH!«

Ophelia hat mich mit einer großen Kelle Buchweizenauflauf beworfen. Ich habe sie mit dem Vanillepudding meiner Klassenkameradin Olivia Stüter beworfen, sie hat eine für zweihundert Siebt- bis Zehntklässler gedachte Portion Blattspinat über meinem Kopf ausgeleert, und dieser ganze Exzess plätscherte so vor sich hin mit einem konsequent gehaltenen Augenkontakt. Wir beschwörten da einen Kanal zwischen uns herauf, durch den es möglich war, uns gegenseitig anzustarren, als würden wir uns lieben.

Sie teilte mir mit, dass sie der perfekte Spiegel meiner wahren Gelüste sei. Und ich habe das einfach so hingenommen, ihre Telefonnummer gewählt, ihr zugehört, als sie sagte, dass ich dringend einige Kleidungsstücke, die sie nicht mochte, wegwerfen müsse, und geantwortet, dass sie eine Tote sei.

»Du kannst damit rechnen, in dieser Welt seelisch und körperlich verletzt zu werden.«

Das klingt zwar alles ziemlich unglaubwürdig, aber so war das halt damals.

Von: Ophelia
An: Mifti
Betreff: Go Away Fuck Yourself
Datum: So., 4. November 2007, 22:12

Ich muss dir meinen Traum erzählen. Er wird dir gefallen. Wir wollten uns treffen, und ich sollte dich in deiner Wohnung besuchen. Ein riesiger Altbau. Verspiegeltes Treppenhaus. Zwanzig Türen pro Stockwerk. Ich habe sogar eine Zeichnung davon gemacht, schade, dass ich sie nicht einscannen kann. Ich ging die Treppe hoch. Ein paar Hunde zerrten an den Überresten eines Esels. Es war relativ dunkel, weil es nur ein einziges kleines Fenster im kompletten Flur gab. In einer Ecke stand ein Tisch mit Stühlen. Ich sah mich um und realisierte, dass dieser von Aasgeiern zugeschissene Windfang zu deiner WG gehörte.

Ich war neugierig, weil da eine unverschlossene Tür war, also der Spalt zwischen Tür und Zarge war sehr breit, da konnte ich das sehen. Ich öffnete sie und sah in ein kleines Zimmer, in dem ein Metallbett stand, auf dem ein alter Mann lag, bis zum Getno mit eitrigen Wunden übersät. Er bewegte sich, weil er mich gehört hatte. Ich verließ das Zimmer. Aus einer Flügeltür kam ein Mädchen. Ich wusste nicht genau, ob du das warst, sie ähnelte dir aber, ging zum Waschbecken und wusch sich die Hände. Ich traute mich nicht zu fragen, wer sie ist, weil ich deinen Namen vergessen hatte. Ich wusste nicht mehr, ob du Ute oder Uta heißt. Irgendwann fragte ich, ob sie Mifti sei. Sie sagte unfreundlich: Nein, die ist drinnen.

Es war deine Mitbewohnerin. Sie hieß Claudia.

Wir gingen ins Badezimmer, und da war eine Traube von Menschen in aus Autoreifen gebastelten Badelatschen, alle genauso schlimm zugerichtet wie der Typ auf dem Bett. Du hattest dir mehrere Leute eingeladen und ich dachte: Die ist ja wirklich gestört! Alle buhlten um deine Aufmerksamkeit. Zwei Frauen gingen sogar nackt in die Badewanne, um dich zu beeindrucken. Alle anderen, sie waren mindestens zu siebt, standen drum herum. Ich ging einfach weiter, ohne ein Wort mit dir gesprochen zu haben. Du sahst auch total überfordert aus. Im nächsten Raum, der unglaublich groß war, fand eine Orgie statt. Ein Mann stellte sich vor mich auf alle viere und streckte mir seinen Arsch entgegen, ich sollte ihn ficken. Dafür hatte ich plötzlich einen Schwanz aus Pappe, der aber nur zweidimensional war, genau wie das Kondom, das ich drüberziehen wollte. Das ging natürlich nicht. Ende.

Von: Mifti
An: Ophelia
Betreff: AW: Go Away Fuck Yourself
Datum: Mo., 5. November 2007, 00:12

Und wie deutest du das jetzt?
In meinem letzten Traum bin ich in einem aufblasbaren Plastikhelikopter an den Amazonas geflogen. Nach kurzer Zeit mussten

wir in so einem Abenddämmerungszusammenhang im Regenwald notlanden und mein Bruder hat gesagt: »Du kannst jetzt entscheiden, ob du dich anziehst oder nicht.«

Dann schrie irgendjemand: »Oh, eine Melodie in der Nacht!«, und wir sahen ein riesiges, leerstehendes Hotel mit Pool und Squashhalle. Alle Passagiere verbrachten ihre Zeit damit, sturzbesoffen auf Autodächern herumzuliegen und über Tropanalkaloide zu diskutieren. Alice war auch da. Sie war kein Mensch. Sie hat ihr Gesicht zurechtgerückt, zart über meinen Handrücken gestrichen und mir vergegenwärtigt, dass sie und ich wirklich sind – echte Individuen oder wie man das nennt, in einer echten Gesellschaft, mit echten Wünschen, die nicht einfach so aus unseren echten Körpern rausgeschnitten werden können. Du lagst unter so einer großen Palme und hast mir die ganze Zeit zugewunken. Ich bin zu Tode bestürzt auf dich zugegangen, konnte nicht mehr sprechen, und du hast geflüstert: »Mifti, du bist in einem fremden Land, du stellst dich an wie der erste Mensch und natürlich bist du viel zu dünnhäutig.«

Von: Ophelia
An: Mifti
Betreff: Go Away Fuck Yourself
Datum: Mo., 5. November 2007, 06:28

Dass ich in meinem Traum deinen richtigen Namen nicht mehr wusste, ist der Spiegel meiner Oberflächlichkeit. Ich höre nicht richtig zu. Dass du dir so viele Leute oder Frauen gleichzeitig eingeladen hast, liegt an meiner subjektiven Wahrnehmung davon, was du für ein Mensch bist. Ich halte dich wohl für jemanden, der Aufmerksamkeit erregen will mit Extremen, der egozentrisch ist und seine Probleme oder sein Innerstes den Leuten ins Gesicht schleudert, um sich kurzfristig zu befreien und die Reaktionen genießt und braucht. Ein absoluter Täter, aber auch ein Opfer, das ich am Ende ficke. Komisch, oder? Dabei kenne ich dich gar nicht gut genug. Heute Nacht bin ich dir auf einer Preisverleihung begegnet. Du hattest deine schwarze Velourslederjacke an und bist zum Fahrstuhl gegangen, als du mich gesehen hast. Ich habe geschrien: »Mifti, ich hasse dich!« Du hast geschrien: »But why?« Ich habe geschrien: »Für dich, mit deinem auf Alice gerichteten 24-fach-Zoom ist jede Art von auf Gegenseitigkeit beruhender Liebe zu weit hergeholt! Warum können nicht auch andere Menschen in dein verficktes Blickfeld treten?«

Ich fing an, in den Mathematikstunden nichts anderes mehr zu entwickeln als den nächsten, spektakulär zu schildernden Traum. Ich habe kein Verständnis entwickelt für binomische Formeln oder für die Tatsache, dass man Winkeln in trigonometrischen Funktionen auch Namen geben kann. Alles, was ich entwickelt habe, ist eine alles überschattende Liebe zu Adjektiven.

Von: Ophelia
An: Mifti
Betreff: RE: No Subject
Datum: Sa., 19. Januar 2008, 10:28

Kann es denn sein, dass alles nur Chemie oder Biologie ist? Wäre dann nicht nur die Fortpflanzung der Sinn des Verliebens? Warum verliebe ich mich dann generell nur in Frauen? Aber will trotzdem immer noch brutalen Sex mit Männern? Ich lese in letzter Zeit immer mal wieder in einem Buch über Serienkiller und ich glaube, dadurch hat sich meine Sexualität verändert. Es wird alles beschrieben, und es gibt Sachen, an die habe ich noch nie im Leben gedacht. Bei neunzig Prozent der Taten geht es um Sex. Ich glaube, bei allen Kriegen geht es um Sex. Irgendwie ist es doch eine ganz egoistische Sache, dieses Vögeln. Man will begehrt werden; man will dem anderen Freude bereiten, weil es einem selber Freude bereitet, was man anrichten kann. Man will sexy sein oder dem anderen gefallen. Man will einen Orgasmus. Manchmal, wenn ich mit jemandem schlafe, sind die Geräusche nicht echt, vielleicht. Vielleicht aber doch. Ob man übertreibt? Ich glaube, dieser tierische Trieb am Anfang (wo ich in der Regel nicht reflektiere) ist nur dazu da, um sich aneinander zu binden. Das hat die Natur wohl so eingefädelt. Ich kann dann legal Dinge tun, die ich sonst nur mit mir selbst tun würde. Irgendwann habe ich geliebt, mit jeder Pore und voll mit triefendem Kitsch und da habe ich aufgehört zu denken. Was für eine Befreiung. Denn es war nicht nur Reflex, es war plötzlich implodieren und weich werden. So weich, dass ich immer nur lächeln konnte, denn ich habe nichts mehr gespürt, außer mich selbst zerfließen. Und ab da war es nicht mehr tierisch, sondern göttlich und sexy. Du solltest aufhören, dich diesen Truckfahrern hinzugeben und dich nur von jemandem in den Nacken beißen lassen, den du liebst, denn mit allen anderen bist du wahrscheinlich echt so eine Art Tier. Bist du sowieso. Ist alles eigentlich auch voll egal.

Ich steige jetzt also neben Ophelia irgendeine Stahltreppe hoch, sie geilt sich währenddessen unaufdringlich an ihrer patentierten Fotografinnenexistenz mit eigener Vision und Angeboten auf und dem ganzen schwarzweißen Scheiß. Sie sagt immer, dass sie keine Farben mehr kennt, seit sie so krank ist. Sie ist einfach farbenblind geworden. Ich habe irgendwann mal ein Interview mit David LaChapelle gelesen und gecheckt, dass diese Farbenblindheitsgeschichte von ihm ist. Fragt man sie nach ihren Inspirationsquellen, wird es meist abstrakt. Die afrikanische Steppe, kalte Schlangen der Luft und sich mit Cheeseburger-Telefonen im Parkett spiegelnde Jil-Sander-Anzüge, aus denen dann ein mit Schweineblut übergossener Plüschschakal hervorgeht oder so was. Sie ist also eine Künstlerin. Und sie hasst langweilige Leute, von denen sie auf der Straße angehalten und belästigt wird. Noch abscheulicher als Reichtum sind diese heuchlerischen Halbkünstler, die für sich beanspruchen, der absolute Dreck zu sein und sich über alle Erbstücke, die ich besitze, lustig machen. Seidenservietten, Halsketten, nicht mal Silberbesteck, sondern nur zwei Silberlöffel. Kein Kritiker weiß, was es bedeutet, Tag für Tag vergilbten Leuten die eigene Förderungswürdigkeit in die Fresse zu feuern, für Geld, weil man schlicht und ergreifend mal zur Abwechslung Geld braucht. »Das Problem von denen, von diesen Kritikern«, sagt sie immer, »ist ja nicht mal die Arroganz, Arrogantsein ist ja auch was Aristokratisches und so, das Schlimme ist eher diese Dummheit, oder nicht mal die Dummheit ist das Schlimmste, das Schlimmste ist die Faulheit. Man macht ein Statement und das wird neutralisiert und entkräftet, indem es irgendwie, ich weiß auch nicht, pathologisiert wird oder psychologisiert oder als unbeabsichtigt abgestempelt, aus purer Faulheit. Dabei ist diese ganze Anarchie ja kein Versehen, sondern ganz genau so gemeint, verstehst du?«

Wir gehen grundsätzlich nur dann nebeneinander irgendwohin, wenn wir nicht dazu verpflichtet sind, miteinander zu sprechen.

Wir teilen uns Mixgetränke, und das ist so ein super Moment, ich weiß gar nicht warum, ich fühle mich plötzlich von der Liebe überschüttet, die ich vor wenigen Stunden in einer SMS an sie thematisiert habe. Von einer Betoncouch winken uns zwei hysterische Schatten zu, deren Anwesenheit von meiner Seite aus als bedrohlich eingeordnet wird. Ein über fünfzigjähriger Hardcoregastronom überdurchschnittlichen Einkommens wird mir von Ophelia als ihr bodenständigster Freund vorgestellt. Ich wiederhole noch einmal: Betoncouch. Er begrüßt mich mit einem Bananenfleck auf seinem schwarzen Hemd und bunten Sportschuhen und einer Zwanzigjährigen an der Hand, die Samantha heißt und entweder geistig behindert oder auf einen Pelzmantel scharf ist.

»Sag dieser Scheißabiturientin da auf gar keinen Fall, dass der Typ, mit dem sie hier ist, so aussieht, als würde er übermorgen sein komplettes Gastronomieimperium beim Pokern verspielen. O. k., Mifti?«

»Hä?«

»Die heiraten in vier Wochen, Mann, und Albrecht setzt jeden Abend, ohne vorher seine Karten anzugucken, alles aufs Spiel, wofür sie ihn liebt. Bei irgendeinem von dieser Tierkrallenkettentranse veranstalteten Spielscheiß am Schiffbauerdamm. *Blind All In*, so nennt man das. Dieser Totenkopf da vorne ist übrigens der Verlobungsring.«

Ich werde zwangsläufig ausgeschlossen und laufe den zweieinhalb superetablierten Scheißikonen pflichtbewusst hinterher, übersensibel und unausgeglichen in das Raucherséparée hinein.

Gloria drückt mir ihre echte Hermès-Tasche aus hellblauem Kalbsleder in die Hand, rückt ihren Margiela-Cardigan zurecht, wechselt ihre Acne-Jeans gegen einen Flanellminirock von Marc Jacobs und Ophelia flüstert mir zu: »Wie kann man sich nur so einfallslos anziehen, Mifti?«

Dann tauschen wir uns plötzlich alle über die von Ophelia vor wenigen Stunden auf ihren Küchenboden gekotzte Falafeltasche aus und schlucken ganz beiläufig, aber parallel zueinander, unsere Teile runter. Thomas bietet uns zwei Lines Ketamin an, das in der Tiermedizin zur Narkose eingesetzt wird und in kleinen Dosen bewusstseinsverändernd wirkt. Er sagt: »Weißt du, was du später deinen Mitschülern sagen wirst, Mifti? Dass Ketamin die totale Auflösung der eigenen Existenz bedeutet, vier Jahre Koma und übelste Hirnspiralen, und außerdem bedeutet das hammergeil TANZEN, die ganze Zeit, egal, wer und wo du bist.«

Samantha sagt: »Es ist ja so krass grotesk, wie abgrundtief bescheuert ihr seid! Das hier ist voll der Notfall, es geht hier um ein Narkotikum, das kann einen, wie ihr euch vielleicht denkt, narkotisieren! Und wenn ihr narkotisiert seid, atmet ihr nicht mehr. Und wenn ihr nicht mehr atmet, geht euch irgendwann der Sauerstoff aus. Und das ist schlecht.«

Das Zeug brennt höllisch in der Nase.

Und das ist mein Leben.

Es weist eine feinkristalline Struktur auf, ist farblich durchscheinend und von einer stark temperaturabhängigen Konsistenz, es ist verschwommen, es ist ein undichter Unterwassertank, dem es schnellstmöglich zu entkommen gilt und plötzlich taucht man fünfhundert Meter unter dem Meeresspiegel durch eine Gruppe gefährlicher Raubfischarten in Übergröße. Ich beschließe, fortan jeden klaren Moment mit Ketamin oder dem Satz »Fünfzig Whisky Soda bitte!« zu beseitigen. Zwischenwelten sind mein einziger Bezug zur Wirklichkeit, zur Wahrheit will ich fast sagen, ach, und nach einer jahrelangen Duldungsstarre der absolute Zugriff aufs Leben. Ich sehe nichts anderes mehr als dunkelblaue Wellen, Seetang und ockerfarbene Pottwale mit weit geöffneten Fressen. Immer, wenn ich kurz davor bin, in den Zahnzwischenraum eines dieser Pottwale hineinzugeraten und deswegen plötzlich der festen Überzeugung, in wenigen Sekunden tot zu sein, wird mir kurzzeitig schwarz vor Augen. Ich weiß nicht, ob ich liege oder stehe oder noch immer auf dem Schoß dieses langhaarigen runtergewirtschafteten Penners sitze, der mit freiem Oberkörper in irgendeiner zum Ficken gedachten Sofanische eingeschlafen ist. Zuallererst sehe ich eine bedrohliche Vielzahl schwarzer Silhouetten. Danach kommt mir eine übergewichtige Frau in Latexganzkörperanzug entgegen, die drei angeleinte, halbwegs geschlechtslose Personen durch die Räumlichkeiten spazieren führt und mir eine Serviette reichen will.

Ich frage: »Können Sie mir eventuell kurz die Boa constrictor rüberreichen?« Mein Blickfeld ist von einer offenen Entzündung im Rachen des Fisches ausgefüllt, durch dessen Mundhöhle ich schwimme. Ich schließe die Augen, öffne sie wieder und befinde mich mit Ophelia und zwei Fremden in einer quadratischen Klokabine. Sobald ich mir meines Körpers bewusst werde und darüber, dass ich eigenständig denken kann, sind mein Kurz- und mein Langzeitgedächtnis plötzlich nicht mehr aufeinander abgestimmt. Die Vergangenheit und die Gegenwart zerfließen, der Raubfischrachen und mein hysterisches Umfeld überblenden sich gegenseitig, aus meinem Zeitempfinden wird ein großes Feld aufeinandergestapelter Erinnerungen. Es ist ein Nahtoderlebnis, ich werde panisch, ich rede mir ein, dass dieser Zustand nicht mit meinem kurz bevorstehenden Tod, sondern mit neurochemischen Vorgängen in den Temporallappen meines Gehirns zusammenhängt. Ophelia steht auf dem Klodeckel, um drei Lines Speed auf der Trennwand zur Nachbartoilette zurechtzumachen. Währenddessen schmeißt sie lachend zuerst ihren Gürtel und dann einen ihrer Schuhe über die Kabinentür. Ich kann die aus dem besten Soundsystem Europas hervorgehenden Bässe nicht mehr von den Schlägen der Draußenstehenden gegen die Tür unterscheiden, mir bleibt nichts anderes übrig, als auf engstem Raum in meinem gewohnt abstrusen Tanzstil abzuspasten und jede Sekunde unter qualvollen Umständen erneut herauszufinden, auf welchen Beat es sich unmotiviert seine linke Schulter auszukugeln gilt. Ich habe eine eigene Hand, eigene Beine und einen eigenen Gleichgewichtssinn. Ich kämpfe mich durch Wände aus Stahl und die überdimensionale Neutralität einer Situation, die objektiv als »unangemessen« einzuordnen ist. Wie gesagt: Stahl. Wodkapfützen, Körperteile, Münder, Haare, Schweiß, Leberflecken in Achselhöhlen, auf den Oberarm einer PR-Volontärin tätowierte deutsche Jagdterrier, rohes Fleisch und Stroboskoplicht.

»Ey, scheiße, guck dir mal deine Pupillen an bitte!«

»Ja, danke für das Gespräch und so.«

Der Ecstasymensch von vorhin steckt mittlerweile in einem

blauen Nickipullover und presst mich kaugummikauend wie in so einem Rockballaden-Musikclip gegen die Wand.

Ich schreie: »Ey, Tyyhyyp, geh mal weg, bitte!«

»Darf ich die mal fotographieren?«

»Verpissen Sie sich!«

»Lass mich mal bitte kurz deine Pupillen fotographieren!«

»Nein, weg, weg!«

»Kennst du nicht diesen einen Film da, *Romance*? Warum können wir uns nur lieben, wenn ein Tisch zwischen uns steht?«

»Ich kenne *Der letzte Tango in Paris*, wo dieses Girl plötzlich Marlon Brando erschießt, und er klebt dann so, kurz bevor er stirbt mit diesem Loch im Bauch, sein Kaugummi unter das Balkongeländer. Yes, yes, yes.«

»How do you like the music?«

»I love this club but I don't love Berlin!«

»Right answer!«

»Sprichst du immer Englisch, wenn du dich schämst?«

»Ja, Mann.«

Er hat kurze Wimpern und starrt mir triumphierend ins Gesicht. Seine Augen glänzen, als würden sie in ein Gewässer reingucken, in dem sich alle verfügbaren Lichtquellen Berlins gleichzeitig spiegeln. Es macht sich da etwas breit, was nur er sehen kann, eine andere Welt. Mit einer die Umstände in Grund und Boden stampfenden Ernsthaftigkeit versuche ich, meinen Körper davon abzuhalten, in den Zahnzwischenraum eines mir gegenüberstehenden Menschen zu geraten. Zweitausendfünfhundert Personen haben in der heutigen Nacht Pepp zum Wachbleiben und Narkotika zum Fliegen verwendet.

Um 8 Uhr 26 ist Ophelia gleichzeitig zu Tode gelangweilt und froh darüber, dass sie mich zwar schlafend, jedoch unversehrt am hinteren Ende eines der Tresen wiederfindet. Sie fragt mich allen Ernstes, ob wir uns kurz hinsetzen wollen. Geh auf die Knie, Sweetheart, und küsse den Boden. Es wird nicht geredet auf dem

Lederpolster ihrer Wahl, sondern ernsthaft und stilsicher aneinander vorbeigeguckt und so getan, als könne Kommunikation auch hervorragend über die grenzenlose Toleranz für das Schweigen des jeweils anderen funktionieren.

»Sollen wir gehen? Es ist so langweilig hier.«

»Ja.«

»Was hattest du eigentlich an, als du Alice zum ersten Mal geküsst hast?«

Ich bewältige den vierundzwanzigtägigen Fußweg nach Hause nur, indem ich mir bei jedem Schritt vorstelle, erschossen zu werden.

Mother

(Pink Floyd)

Das war natürlich eine ziemlich große Katastrophe, wie du da in der vollgepissten Jeans aus dem Vorderfenster zur anderen Straßenseite hinübergeguckt hast und drei Stunden später tot warst. Dein unter den inneren Blutungen zusammengebrochener Organismus hat sich verselbständigt, und deine Augen haben mir praktisch ungeschminkt in dieser überfüllten Notaufnahme zugeschrien, dass du weißt, dass ich durch die Hölle gegangen bin, weil du dich geweigert hast, mit mir zu sprechen. Du wusstest, dass ich mir in dem Augenblick, in dem du aufhörst, mit mir zu reden, alle Adern aufschneiden würde, das habe ich als Kind ja regelmäßig mit einer Rasierklinge versucht, um dir irgendwie klarzumachen, wie furchtbar du bist. Plötzlich warst du dem Leben gegenüber misstrauisch. Das endgültige Fallen aller Ketten, das Todeskriterium. Du besitzt mich, du beherrschst mich, ich habe nichts mit dir zu tun. Die komplette Welt verabscheut mich. Es kann sein, dass ich dich unter zivilisierten Umständen ermordet habe. Männer wollen mich natürlich vergewaltigen, einige Stellen meines Körpers sind ständig entzündet, diese Welt ist das Paradies, Schmerz existiert nicht. Man muss nur lange genug daran glauben. Du hast hirntot in einem diesen Vorabendserien entrissenen Krankenhausnachthemd gesteckt, und ich war dazu verpflichtet, eine Maschine auszuschalten, deretwegen dein Herz nicht zu schlagen hätte aufhören müssen. Hass, cremefarbene Polyestershirts mit

Löchern für die Daumen, traditionell ausgelassene Unterhaltungen über Volleyballvereine und Meersalzmasken, ich meine …

Hör zu, Mutter, mein Beifall wird mein Leben lang immer nur deiner hingerotzten Scheiße gelten …

Ich wurde von einer masochistischen Maschine in mir zum Äußersten getrieben. Seit du tot bist, lauert hinter den Türen der Wohnungen, in denen ich lebe, keine unvermutete Gewalt mehr, sondern nur noch grenzenlose Enttäuschung. Ich habe auf der Metalltreppe zu unserer Wohnung tote Rotkehlchenembryos gesehen, die aus ihren Nestern gefallen sind und von dir zertreten wurden. Ich habe gelernt, wie man Streichhölzer anzündet, ich habe mir mein Grundvertrauen abgewöhnt und gezwungenermaßen angefangen, dich und all diese mit deinen Zähnen langgezogenen Fleischfasern zu vergöttern. Wärst du nicht gestorben, würde ich noch immer zu Tode erschrocken in einer Lache aus Blut, Kotze und Vaginalsekreten meines Elternteils liegen. Ich habe vollständig versäumt, all diese mit deinem Tod einhergegangenen Vorteile auszukosten, das ganze in der Trauerpost steckende Geld verbrannt und nicht gesprochen, weil ich dachte, das würde irgendwie authentischer wirken, wenn ich da so schweigend rumsitze mit meiner den Eindruck der Versonnenheit verstärkenden blassen Haut. FEHLER. Ich habe ausschließlich gelitten. Die Ausdruckswaffe gegen meine Angst, das alles nicht zu überleben, ist jetzt also dieser Brief hier. Ich habe vor irgendeinem tapezierten Heizkörper gelegen und darauf gewartet, dass endlich alles aufhört.

Ich will Erleuchtung. Wenn ich alles tue, was ich kann, um meine Begierden und Träume und Eigenschaften in eine komplett andere Richtung zu lenken, damit ich dich nicht verlassen muss, wende ich mich dann von all dem ab, was das Teuerste und Tiefste ist: Erleuchtung? Oder bewältigen sich so Sachen wie Erleuchtung als unausweichliche Notwendigkeiten einfach von selbst? O Gott, ich will ja gar nicht mehr so was schreiben. Habe letztens alle Filme mit Gena Rowlands gesehen. Ich muss wirklich sagen, dass du eine Mischung aus Gena Rowlands und allen von ihr verkörperten Rollen in den Cassavetes-Filmen warst.

Gena Rowlands als *Frau unter Einfluss*, die im gleichnamigen, eindringlich gespielten Familiendrama in eine schwere Krise gerät.

Gena Rowlands in *Opening Night* als Broadwayschauspielerin, die in eine schwere Krise gerät.

Gena Rowlands in Gloria als eine Frau, die couragiert den Kampf mit Gangstern aufnimmt, um einen kleinen Jungen zu beschützen, und dadurch gerät sie dann halt irgendwann in eine schwere Krise.

Du hast ja sogar zwei 9-mm-Halbautomatikpistolen gehabt und dich für eine in achtundzwanzig Ländern gesuchte Mafiabossin gehalten. Wahnsinn, das fällt mir jetzt gerade wieder ein. Und dass das mit uns eine Liebe zwischen zwei gleichberechtigten Erwachsenen war, die unter schwierigen Umständen in einem weiblichen Terroristenhaus leben und jeden Morgen erneut feststellen, dass sie sich nie zuvor gesehen haben. Eine ziemlich sexuelle Liebe, die auf Gegenseitigkeit und Einverständnis beruhte. Natürlich wurde ich mittlerweile von einer sadistischen Maschine in mir zum Äußersten getrieben. Ich bin geflüchtet, um in dieser schrecklichen Stadt bis an mein Lebensende durchreflektiert und ausgeglichen zu sein. Inzwischen möchte ich jedes Etablissement, in dem ich mich aufhalte, im Rahmen eines spontanen Selbstmordattentats in die Luft sprengen. Habe ich dir nicht mal gesagt, dass ich dir dabei helfen werde, mich zu vernichten? Ich bin mittlerweile alt genug, um alles über deine Vergangenheit wissen zu wollen und feststellen zu können, dass ich mehr mit deinem Leben vor meiner Geburt zu tun habe als sämtliche Personen, die ein Teil davon waren.

Du weißt, ich liebe nur dich,

Mifti

PS: Und ich weiß, dass du alles nur zu meinem Besten getan hast.

Jetzt gerade liege ich neben etwas nicht wirklich substantiellem, in eine hellgelbe Toilettenschüssel Erbrochenem auf roten Corddecken und bin gehäutet worden. Über mir hängt mein inzwischen blutdurchtränktes T-Shirt. Jemand hat es mir vom Körper gerissen und dann ein speziell gefertigtes Messer an meinem Steißbein angesetzt, um von dort aus das Rückgrat entlang den ersten Schnitt zu machen. Dann wurde die Haut vom Fleisch gelöst. Die hintere Kopfhaut lässt sich am einfachsten abziehen. Das Gesicht ist übrig geblieben, ein paar Fetzen an den Fingerknöcheln auch. Hände und Füße baumeln, weil sie im Gelenk getrennt wurden.

Ich bin eine einzige große Wunde und löse mich in der Umgebung auf. Diese glorifizierte Scheißjugend ist also auf die Haut geschrieben, auf die Upperclass-Haut, die mich ausmacht, die mich in erster Linie vor Alice ausgemacht hat, die sich immer deutlicher aus den in sämtliche Richtungen wallenden Umrissen der Inneneinrichtung erschließt und jetzt plötzlich vor mir steht.

Sie ist bis zum Exzess geliftet. Ich schätze mit meinem authentischen Märtyrerblick das Verhältnis ihrer Hüften zu ihrem Arsch ein und die Spannkraft ihrer Muskeln unter dem ganzen Chinaseidenkleid-Exzess. Ihre Haare, die ihr ins Gesicht fallen, und jedes Leiden und jede Entbehrung, alles, was ich überstanden habe. Mein Kreislauf wird wegen des hohen Blutverlusts innerhalb der nächsten zehn Minuten für immer zusammenbrechen, das weiß sie, das weiß ich, das weiß im besten Fall auch Gott.

»Deine Augen, Mifti, so einen Gemütszustand habe ich noch nie gesehen. So entspannt. Ich glaube, du kriegst nicht mehr mit, was um dich rum passiert. Du bist aber noch … ja, du bist echt noch am Leben.«

Ich schreie: »Weißt du eigentlich, was du gemacht hast?«

»Du bist blind, verstehst du. Wärst du alt geworden, hättest du irgendwann zurückgeblickt und erkannt, dass die Erinnerung an deine ganze glückliche Jugend eigentlich nur aus mir besteht. Aus der Hoffnung, dass ich noch mal in einer von irgendwas Transzendentalem durchfluteten Großraumdisko I need you für dich auflege. Und dann hättest du dir eingebildet, dass ich eigentlich gar nicht existiert habe. Ich wäre nur noch irgendeine unangemessene, runtergekommene Person gewesen, durch die du lernen musstest, dass Hingabe zu Selbstverlust führen kann, und dieser Selbstverlust nichts mehr mit Liebe zu tun hat, sondern nur mit Autoaggression. Merkst du, wie du jetzt gerade transzendierst?«

»Ich hasse dich.«

»Du bist nur ein Opfer, so wie alle anderen auch. Es ist ja so einfach, ein Opfer zu erschaffen. Man hat dich in ein dunkles Zimmer gesperrt, und schon begann dein Leiden, deine Qualen wurden methodisch und eiskalt verstärkt, du hast verschiedene Bewusstseinsstadien durchlaufen, und nach kurzer Zeit entwickelt sich in so einer Scheißsituation ja naheliegenderweise ein alles überschattendes Trauma. Die kleinste Berührung führt dazu, dass du Dinge wahrnimmst, die es nur in deiner Phantasie gibt. Was siehst du? Insekten, Kakerlaken, Küchenschaben, die über deinen Körper krabbeln?«

»Ähm.«

»Du würdest dir lieber den Arm abhacken, anstatt das zu ertragen, oder?«

»Weißt du, wie du gerade guckst, Alice?«

»Dieser Planet ist so gemacht, dass es nur noch Platz für Opfer gibt. Die Menschen haben es verlernt, zu leiden.«

»Wie Dorothy in *The Wizard of Oz*, als sie sagt: ›Toto, I've a feeling we are not in Kansas anymore.‹«

Weißt du, ich will mich einfach nur bei mir selbst dafür entschuldigen, dass gerade all die meinem späteren Ich gegebenen Versprechungen von irgendeinem tauben Wind in Stücke gerissen werden. Deswegen habe ich mit diesem ganzen Tagebuchkram überhaupt erst angefangen. Ich glaube ehrlich gesagt, ich will mir damit irgendetwas beweisen.

Erfolg ist wie ein scheues Reh, es muss einfach alles stimmen: Die Sterne … Ach, ich weiß es nicht.

(Franz Beckenbauer)

Annika fragt: »Wie alt ist Ophelia eigentlich?«

»Achtundzwanzig.«

»Ach, krass, o. k. Aber die ist schon noch so, dass sie sagt: ›Hey, ich geh jetzt raven!‹«

»Ja, voll.«

22 Uhr 35. SMS von Ophelia an mich in einem Zustand totaler Unausgeglichenheit: »Ich fühle mich so gehetzt in letzter Zeit, ohne Zeit zum Verweilen. Das lenkt mich so sehr von mir selbst ab, dass ich die Zeit gar nicht fühle und alles total penetrant an mir vorbeirauscht. Als würde ich an einer Autobahn stehen und nicht rüberkommen. Und zurück geht es auch nicht, denn ich stehe natürlich auf dem Mittelstreifen. Ein kleiner Unfall, der die Welt aus dem Fluss katapultiert, wäre wohl nicht schlecht.«

23 Uhr 23. »Mir ist gerade aufgefallen, dass ›total penetrant‹ eigentlich deine Wörterfolge ist. Ich benutze sie fast nie. Du schon. Ich besuche dich jetzt einfach.«

Als Ophelia gemeinsam mit einer Spaghettipizza unsere Wohnung betritt, wird sie von Annika als ein Mensch gemustert, der nichts anderes ist als mir überlegen, mit dieser perlenglatten Haut, der Eleganz, den perfekten Haaren.

Der gestrigen Nacht zum Trotz geht es mittlerweile nicht mehr ausschließlich um mich, sondern hauptsächlich um die Ausweglosigkeit, in der ich mich befinde. In meinem Körper hat sich irgendwas ziemlich Gravierendes angestaut, eine Mischung aus eiweißspaltenden, wässrigen Lösungen und Schuldzuweisungen. Ziemlich viel ist aus den Fugen geraten. Ich sehe Straßen, die mich verschlingen wollen, ausgestopfte Pinguine reden mit mir, sagen Sachen wie »Tierversuche sind aber auch schlimm!«, mein Umfeld bekommt buchstäblich Risse.

Ich liege neben Ophelia auf einer in den Balkon gequetschten Matratze. Auf meinen angewinkelten Beinen steht zur Abwechslung mal ein MacBook Pro.

Wie du immer mal wieder »sozusagen« an Satzenden anbaust, überhaupt der Trick, mit Füllwörtern intellektuelle Sätze verworren und atemlos zu machen – beeindruckend, Mifti!

Wir sehen uns Fernsehausschnitte über belgische Pinguinfreaks und den Trailer für einen Film an, in dem einem achtjährigen Jungen derart penetrant in den Arsch gefickt wird, dass er ins Krankenhaus eingeliefert werden muss.

»Ey, scheiße, das klingt jetzt total blöd, aber das macht mich voll an.«

Daraufhin nicke ich natürlich total fertig und scheiße, und natürlich frage ich: »Wie jetzt?«

»Na genauso wie diese ekelhafte Sexszene mit dem megafetten Trucker in diesem schrecklichen Film *Butterfly Kiss*. Die gehört echt zu meinen Top-20-Onanieantörnern.«

Dann knutschen wir aus lauter Langeweile.

»Wir sind ja beide so geschlechterverwirrt, Schatz.«

»Sie spielt so damit, du hast absolut keine Vorstellung davon, wie weh sie mir tut. Ich weiß auch nicht, was sich ändern würde, würde sie das mit meiner Mutter wissen.«

»Ist aber trotzdem krank.«

»Dass ich sie liebe? Klar.«

»Oder nicht wirklich krank, sondern eher eine Übersprungshandlung.«

»Es quält mich so.«

»Ihr könnt jedenfalls nichts anderes als Freunde sein, wenn du ihr das mit deiner Mutter erzählst – wenn Alice überhaupt noch irgendeinen gesunden Anteil in sich trägt, sorry. Und ich weiß nicht, ob sie dazu in der Lage ist.«

»Was heißt das?«

»Wäre es nicht besser, ihr wärt Freunde? Nein, das wäre nicht besser, aber wäre es nicht besser, ihr würdet euch nie wiedersehen?«

»Ophelia!«

»Es gibt doch so ein Phantasma, das war im Mittelalter echt ein Ort, wo erfüllte Liebe stattfinden durfte. Ein Ort der Erfahrung, die jemandem zusteht. Ich war mal verliebt in diesen Typen aus der Verfilmung von der unendlichen Geschichte, scheiße, wie hieß der denn noch mal?«

»Atreju.«

»Ja, und ich würde jetzt immer noch sagen: Dieser Typ war mein ganz großer Freund. Natürlich kenne ich ihn nicht, und er kennt mich nicht.«

»Willst du das jetzt auf so eine Teenieerfahrung reduzieren?«

»Nein, ich ziehe das nur heran, um es ein bisschen weniger abstrakt zu machen. Es gab jedenfalls in meiner Vorstellung einen Ort, an dem ich mich mit diesem Typen treffen konnte. Durch das, was er macht, und den Humor, der sich da breitmacht, spielt der 'ne große Rolle in meinem Leben. Die Vorstellung von ihm, die ich mir gemacht habe, hat mich, glaube ich, sozialisiert. Jedenfalls eher als all die anderen Leute, mit denen ich wirklich was hatte zu der Zeit. Das ist eine Liebesgeschichte, aber in der öffentlichen Wahrnehmung muss ich mit ihm geschlafen haben, damit das wirklich als so was anerkannt wird. Vielleicht ist das das Problem. Du kennst sie so gut. Und diese Verbundenheit hat sich auch nur aus eurer Zusammenkunft herauskristallisiert, ihr funktioniert nur zusammen, da kommen wir jetzt glaub ich an so einen überbewerteten Seelenverwandtschaftspunkt.«

»Wir funktionieren nur zusammen, hach ja.«

»Ja, Mann.«

»Ich weiß es nicht. Ich versteh es nicht.«

»Lass uns doch mal über Sex reden.«

»Es war so perfekt.«

»Ach ja?«

»Es hat alles perfekt gepasst, von Anfang an. Diese Woche in ihrer Wohnung und danach dann der ganze Scheiß in Frankreich mit dem Meer auch und so, ich meine, normalerweise schämt man sich ja oder sagt: O warte mal, das ist irgendwie scheiße mit meinem Bein hier, oder man kriegt einen Krampf oder was auch immer, weil das alles nie reibungslos ist, aber in dem Fall war es einfach mal so. Reibungslos.«

»Und ...«

»Ich will immer noch, dass bleibt, was jetzt gerade ist. Ich bin ja auch nicht eifersüchtig auf ihren Freund oder auf ihre vierzig Liebhaber, ich mag die alle total. Ich wäre eifersüchtig, würde sie mit einem Haustier durch diese ganze Scheiße latschen. Mit irgendetwas, was niedlicher ist als ich. Wenn sie schwanger wäre, würde ich mich wahrscheinlich vor ihrer Wohnungstür erschießen oder so.«

»Sie ist sechsundvierzig, du bist sechzehn – ihr hattet Sex, als du fünfzehn warst. Oder vierzehn? Und dann erzählst du ihr, dass du in ihr deine tote Mutter wiedererkennst. Also irgendwie müsste sich da was in ihr regen.«

»Was denn?«

»Mein Gott, na, Skrupel oder so.«

»Kannst du mir mal bitte irgendeinen konkreten Tipp geben?«

»Aber Mifti, du weißt schon alles, und es hat doch eh keinen Sinn, weil du verliebt und irrational bist.«

Ich gönne mir zwanzig Minuten Kontemplation, bevor ich mich Annikas Aggressionen aussetze.

Wir sitzen in dem stark frequentierten Außenbereich eines zu irgendeiner Off-Location umfunktionierten Kindergartengebäudes und haben beschlossen, ernsthaft über die mit unserer neuen Familienkonstellation einhergehenden Probleme zu diskutieren. Auf eine 3 x 4 Meter große Leinwand wird die Übertragung der Fußballeuropameisterschaft projiziert, und es herrscht so eine total gequälte Unbefangenheit. Diese ganzen Afterhour-Mitverwundeten sitzen jetzt leicht deprimiert auf Bierzeltgarnituren, nicken ab und zu beschwichtigend und essen Koteletts, der Alkohol hat schließlich jede Menge verbranntes Ödland in den zwanzigtausend Magengegenden hinterlassen. Zwanzigtausend Magengegenden voll verbranntem Ödland. Ich gehe rein, um zu fragen, warum niemand unsere Bestellung aufnimmt. Die Kellnerin sagt: »Also, das Problem ist, das hier vorne ist eine Sommermarkise, und die würde jetzt einem spontan einsetzenden Platzregen nicht standhalten, und deswegen fahren wir die innerhalb der nächsten zehn Minuten ein und, also der Außenservice wird deswegen auch eingeschränkt und, ja, vielleicht setzt ihr euch einfach mal nach drinnen.«

Mein Leben, meine Disziplinlosigkeit, mein Hausschaf, meine Tendenz zur Autoaggression, meine Selbstzweifel, meine Angst davor, nicht rechtzeitig vor eine harte Prüfung gestellt zu werden oder vor eine schwierige Entscheidung und natürlich auch die Angst davor, nie wieder das Bett verlassen zu müssen, außer um gelegentlich Zigaretten zu organisieren und dann in wenigen Jahren den Antrag auf Hartz IV in den Briefkasten zu schmeißen. Meine Autoaggressionen gehen über eine Häufung von Narben am nichtdominanten Unterarm hinaus, ich injiziere intravenös schädliche Substanzen und stehe seit neuestem in der Gefahr einer ungewollt tödlichen Verletzung.

Alles geht weiter. Es lohnt sich nicht, auf ein einschneidendes Erlebnis zu warten.

Ich bin ein misshandelter Teenager. Meine Schwester als einfühlsame Interpretin kann ohne weiteres eine zutiefst traumatisierte, hyperintelligente, vom rechten Weg abgekommene Person in mir erkennen, die den berühmten stummen Schrei nach Liebe/Hilfeschrei vom Rande des Abgrunds aussendet. Ich hingegen erfreue mich an der von mir perfekt dargestellten Attitüde des arroganten, misshandelten Arschkindes, das mit seiner versnobten Kaputtheit kokettiert und die Kaputtheit seines Umfeldes gleich mit entlarvt. Da sich auch Annika darüber bewusst ist, Teil meines von mir als degeneriert betitelten Umfelds zu sein, wird sie dieser Abend höchstvermutlich in einen Abgrund tiefer Verzweiflung stürzen. Im Grunde kotze ich ihr dreispännig vor die Füße, aber das ist sicher um Längen interessanter und bunter als mancher kunstvoll ersonnene Geisteserguss. Mir wurde eine Sprache einverleibt, die nicht meine eigene ist. Diese Sprache ist sehr lebendig, obwohl einige Worte extrem überstrapaziert werden. Um die abgehobene Glätte glaubhaft durch all den passierenden Wahnsinn zu tragen, ist es wichtig, dass der Text fehlerfrei und perfekt gegliedert ist. Alles in allem bleibt über mich zu sagen:

Diese junge Frau spielt geschmeidig auf der Klaviatur der Elemente wie eine Gazelle mit Panzerfaust.

Ich sehe Annika zum ersten Mal in meinem Leben wirklich an, speichere die Tatsachen ab, dass ihre Haarfarbe schwarz ist und sich über ihre dünnen, blassen Oberarme großflächige weiße Tätowierungen ziehen, die man zuerst für eine Pigmentstörung hält und später dann originell findet. Sie kratzt sich, sie blinzelt herzzerreißend und verhält sich so, als würde ihre Enttäuschung auf einem von mir begangenen Mord an einem gemeinsamen Familienmitglied beruhen. Mit im Wald vergrabenen Knochen und einem blutdurchtränkten, aus der Wohnung gerissenen Teppich und so. Edmond liegt jetzt halt seit vierzehn Stunden in seinem Bett.

Gestern Nacht ist er unter Einfluss des Dissoziativums Phencyclidin vollkommen nackt durch die Kastanienallee gerannt, und als er nach Hause kam, hat er irgendwas geredet von einem Typen, der sich auf PCP seinen Schwanz abgeschnitten, ihn runtergeschluckt und später wieder ausgekotzt hat, lachend. Ich liebe meine Geschwister.

Gestern Nacht habe ich bei Thunfischcarpaccio und Zitronengraswodka über den Film *Way down – Typen mit denen es abwärts geht* diskutiert. Jürgen ist ziemlich seelenlos und hat Wahnsinnsgästelisten-Kapazitäten. Wir haben uns auf einer Mottoparty von Ophelia kennengelernt, und er wollte im Gegensatz zu vielen anderen seine Unterhose nicht ausziehen, das fand ich super. Ich irgendwann so: »Was machen Sie eigentlich beruflich?«

»Studieren. Aber ich bin mit Julianne Moore befreundet. Deswegen ist es ziemlich schwierig, so Medienwissenschaftsdozenten mit Halbglatze ernst zu nehmen.«

Nach diesem Abend habe ich mit Edding auf alle meine T-Shirts geschrieben: I SEE THE WORLD IN TWO DIMENSIONS.

Realitätsebene zwei: Als misshandelter Teenager sitze ich mit diesem Jürgen an einem Tisch. Er und seine aristokratische Pornodarsteller-Abgefucktheit lassen mich vielbeschäftigt und durchtrieben aussehen. Hundertfünfundzwanzig etablierte Persönlichkeiten essen Seeteufel im Schweinenetz und unterhalten sich über emotionale Tiefen, die asiatische Schauspielerinnen in international besetzten Arthouse-Thrillern nicht verkörpert haben. Reiche Bauunternehmer frequentieren dieses Etablissement in keinem Fall, weil das Preis-Leistungs-Verhältnis nicht stimmt. Ich springe nur mit Federschmuck bekleidet aus einer großen Geburtstagstorte. Jürgen entschuldigt sich voller Inbrunst und erhebt sich dann von seinem Stuhl, um auf ein Sichtbeton-Kunstwerk an der gegenüberliegenden Wand zuzusteuern. Seine Füße berühren nicht mehr den Boden, er schwebt irgendwie. Ich kann das zuerst gar nicht glauben, aber offenbar fliegt der Typ jetzt tatsächlich durch diesen Laden.

Das Teil wird von oben angestrahlt. Er hält sein Weinglas unter die Lampe und vergewissert sich, dass in seinem Getränk kein Insekt schwimmt. Erleichtertes Ausatmen. Er kämpft sich zurück durch einen Schwall neureicher Galeristen, der Schwall neureicher Galeristen kämpft sich wiederum durch einen weiteren, diesmal aus den Bodyguards des Vaters von Nicolas Sarkozy zusammengesetzten Schwall, der in den Raucherbereich will. Ich denke tagtäglich erneut: Wahrscheinlich konnten sich die Besitzer nicht zwischen Raucherbereich und Darkroom entscheiden, allerdings konnten sie sich entscheiden für eine sachliche Totale, eine Ulrich-Seidl-Einstellung sozusagen, ich weiß doch auch nicht. Pamela Anderson betritt den Scheißladen.

Ich persönlich würde mich wirklich freuen, wenn Sie als Publikum in diesem geschilderten Abend etwas Brauchbares finden, das über das Individuell-Psychologische der Autorin hinausgeht.

Wir geben unsere Bestellung auf. Ich zeige etwas gehemmt auf die mit Stubenküken gefüllten Champignons.

»Wie kriegt man so ein großes Küken denn in so einen kleinen Pilz?« »Also ich nehme zweimal alles und fünf Flaschen Mineralwasser.« »Jetzt sehe ich gerade, dass die Stubenküken mit Champignons gefüllt sind und nicht andersrum, Entschuldigung.« »Und dann nehme ich noch als Nachtisch dieses Gefrorene aus Pistazien. Was ist das denn, ein neuer Staat im Balkan?«

»Also, Mifti, meine Erfahrungen zu dem von dir angesprochenen Thema: Selbst wenn du heutzutage verhaltensgestört bist und selbst wenn du eine gewisse Notfallnormalität aufrechtzuerhalten imstande bist, stellt sich Erfolg nicht von selbst ein – obwohl deine abweichende Persönlichkeitsstruktur dich zu einer Besonderheit hat werden lassen.«

Annika nur so: »Mifti, du hast die Sprache zerstört.«

I totally agree und frage trotzdem: »Warum?«

»Alles was du versprichst, ist gelogen, also ist irgendwie alles, was du sagst, gelogen. Mir ist völlig egal, ob du dir deine Schulkarriere versaust und dich später prostituieren musst oder dich umbringst, aber dass du mich ununterbrochen anlügst, ist das Schlimmste. Du missachtest alle Voraussetzungen menschlichen Zusammenlebens. Mir ist wirklich völlig egal, ob du dich nun später umbringst oder nicht.«

»Die Technoplastizität, Annika.«

»Was?«

»Irgendwann, wenn das Blut so technoplastizitätsmäßig durch die Gegend zirkuliert, ist alles wieder super.«

Klar, jedes Mädchen würde gerne aussehen wie ... Obwohl, aussehen will ich nicht wie Heidi Klum, aber so einen Job machen? Natürlich. Wenn ich zehn Zentimeter größer wäre?!

(Sexy Julia)

Ich kämpfe mich in der U8 durch eine Masse sozialer Härtefälle und gebe gegen diese aus Fleisch und Blut bestehende Unterschicht letztendlich auf. In der Oranienstraße entdecke ich Ophelias ehemaligen Heroindealer, der kopfüber in einem Behältnis zum Zwischenlagern von Abfall hängt. Ich habe ihn als einen gepflegten Neunzehnjährigen in Erinnerung, der vollständig clean ist und aus Russland stammt. Er richtet sich über dem Rand dieser Biotonne hängend auf, sieht gefickter aus als je zuvor und hebt die Hand zum Gruß, als würde er in mir eine potentielle Kundin mit einer zum Scheitern verurteilten Existenz erkennen. Ich kriege naheliegenderweise Panik. Nach kurzer Zeit steht er wieder auf beiden Beinen in einem Hauseingang, macht eine unauffällige Bewegung und mehrere, nicht auf den ersten Blick einzuordnende Junkies stürmen auf ihn zu. Währenddessen lächelt er mich an. Erst nach ein paar Schritten in die entgegengesetzte Richtung kann ich meinen Kopf von ihm abwenden. Ich klingele bei Pörksen, und dessen Gesicht wird seit neuestem von etwas gekrönt, das er einen stark gegelten Businesshaarschnitt nennt. Er lebt jetzt zusammen mit seiner dauerbekifften Freundin in Kreuzberg. Die neue Wohnung ist der gescheiterte Versuch, dem Begriff »Rock-'n'-Roll-Lifestyle in Buxtehude-Westend« einen seriösen Anstrich zu verleihen. Statt die Umzugskartons auszuräumen, hört er lauter als unbedingt nötig schlechten Punk. Zur Begrüßung springt mich ein extrem großer Hase an, der Panzer heißt und den die beiden aus Dänemark mitgebracht haben, wo sie mal surfen waren. Da gab es so eine Gruppe von coolen Jungs, alle so hardcoremäßig, und die hatten diesen Hasen dabei und haben den ab und zu mal rausgelassen, und dann jagten halt diese gutangezogenen Typen diesem Hasen quer über den Campingplatz hinterher und riefen die ganze Zeit: Panzer, komm wieder!

Tina liegt vollständig außer Gefecht gesetzt vor dem Fernseher, sieht sich *Germany's Next Topmodel* an und schreit mit in ihre Kopfhaut vergrabenen Fingernägeln ab und zu: »Scheiße, ficken, scheiße … und diese ganzen Flachwichser kriegen das ganze Geld, das ist ein unfassbar beschissener Vorgang, Mann!«

»Was ist denn?«, frage ich und traue mich nicht, dieses fettsträhnige Wesen auf dem Sessel dahinten noch mal anzugucken. Ich starre in Pörksens Gesicht um mir anhand seiner Reaktion auf Tina zu erschließen, was mit ihr geht. Er schüttelt den Kopf.

»Ich kann doch jetzt nicht schon wieder vier Tage nichts essen, Pörksen!«

»Ich habe dieses Jahr Höchststeuersatz«, sage ich.

»Respekt!«

Ich stecke einen herumliegenden Haschischbrocken ein und verschwinde an Tina vorbei ins Arbeitszimmer. Fette Boxen, na ja, das ist alles irgendeinem mit Liebe durchtränkten Blick vorzuziehen, der *Clitoris Bite Boogie* und sonst sind da halt noch so extrem böse Polendiskosachen am Start, unglaublich.

Ich so: »Warum hält dich das Buch denn eigentlich in permanenter sexueller Erregung?«

»Ja keine Ahnung, jedenfalls gibt es da in einem Kapitel zum Beispiel so eine Stelle, wo die sich dann plötzlich alle so kleine Fischchen in die Venen injizieren sozusagen und dadurch dann zu großen Drachen werden, die über die Stadt fliegen können. Ich meine, ich kann mir das schon ganz gut vorstellen, dass es so was in dreißig Jahren wirklich mal geben kann und so, aber das ist schon krass, dass dieser Typ sich schon jetzt so was ausdenkt, jedenfalls fixen die sich jetzt diese kleinen Fischchen und werden dann zu diesen Drachen und fliegen dann die ganze Zeit so bescheuert rum, und als sie wieder landen, tauschen sie sich sozusagen darüber aus, was sie beim nächsten Mal besser machen können. Der eine sagt dann zum anderen, dass er zum Beispiel nicht um den einen bestimmten Turm da rumfliegen soll, weil sie sich dieses Mal zu sehr in die Quere gekommen sind. Ich kann das jetzt nicht so gut nacherzählen, aber es ist echt lustig. Das symbolisiert ja halt auch alles irgendwie was, der Autor denkt halt schon, dass in Russland in dreißig Jahren wieder die Monarchie zurückkehrt sozusagen, keine Ahnung.«

»Ach so!«

»Na ja. Tina hat es ja auch gelesen.«

Tina ist eine Person, die einen Mantel aus den letzten beiden Exemplaren des indonesischen Höhlengnus trägt. Sie tut das ausschließlich, um direkt auf den allerersten Blick unmoralisch zu wirken, pure Moral ist in vieler Leute Augen seit neuestem etwas, was es vehement zu bekämpfen gilt. Ich will kein moralisches Machtwort sprechen, vor dem dann alle in Ehrfurcht erstarren. Psychologie und Moral sind keine geeigneten Instrumente, das Leben zu bearbeiten. Es ist ein Mythos, dass alles, was uns als Missstand erscheint, auf psychologische Probleme zurückzuführen ist. Und Moral ist unintelligent, sie greift zu kurz. Da ist man, liebe Leute, einfach zu schnell im Konsens. (Das fällt mir jetzt spontan dazu ein.)

»Ja, also ich bin jetzt auf Seite 77 oder so, aber schon im zweiten Kapitel wurde da plötzlich so total fröhlich eine Massenvergewaltigung beschrieben. Ich lag da im Bett, und meine Scheidenmuskulatur krampfte sich voll zusammen. Total bescheuert, da erzählt so einer von der großen Mannschaft, die da ist, also das ist der Clou an dem Buch, dass da eine große Mannschaft ist, die das Land beherrscht, verstehst du, was ich meine? Das sind dieselben wie mit den Fischen und alles. Und einer von denen beschreibt dann diese Massenvergewaltigung und hat total viel Freude daran.«

»Wir benötigen hier auf der Stelle eine Heilpädagogin, wenn nicht sogar mehrere!«

Inmitten eines leeren Wohnzimmers finde ich mich plötzlich auf einem großen Barhocker wieder, bekomme eine E-Gitarre in die Hand gedrückt, fühle mich unter Druck gesetzt, diskutiere währenddessen über Heidi Klum und die Tatsache, dass meine komplette Generation von dieser Bitch mittelalterliche Standards vermittelt kriegt, und denke: Ist das das Leben, das ich mit dreizehn hatte führen wollen?

Pörksen schreit als dreiundvierzigjähriger Newcomer in die Weiten der von ihm okkupierten Musikbranche hinein: »YEAH!«

»Haste Lust auf einen speziellen Mix aus Dorfdisko und Cowboysaloon, Mifti? Stell dir vor, Ronald Reagan macht 'ne Party in seinem Hobbykeller!«

Tina nur so: »Und Gorbatschow legt auf!«

Und Pörksen dann wieder so, also bestialisch stotternd: »Und da hängen wir heute Abend nämlich rum, kleines Baby. Leer, aber Techno.«

Obwohl mich mit Dekadenz gekoppelte Fäulnis stark fasziniert und ich normalerweise standhaft bin, sehe ich mich bereits in einer Masse freizügiger Menschen untergehen, die ihre letzte Chance auf hemmungslosen Sex am Sonntagabend nicht verpassen wollen.

»Ey, scheiße, warum habt ihr mir das nicht gesagt?«

»Wie jetzt?«

»Ja guck dir mal bitte die Scheiße hier an.«

»Was denn, das ist doch geil! Hast du eigentlich mal dieses Video gesehen, was ich dir geschickt habe, wo die Frau zu ihrem Mann sagt: ›Harald, ich geh den Hund trainieren!‹ Und er so: ›Ja, zieh dir aber bitte was Warmes an, es ist frisch draußen?!‹«

»Ähm …«

»Jedenfalls veranstaltet diese Partyreihe so ein komischer Typ, er heißt Ismail und ist echt schräg. Zum Beispiel hatte er mal so ein Erlebnis, angeblich komplett ohne Drogen, wo sein Gehirn sich plötzlich umgedreht hat. Also, diese ganze Gehirnmasse ist irgendwie nach links weggedriftet, und dann war oben und unten im Kopf ein Hohlraum, und es hat sich dann sozusagen umgedreht, das Gehirn, und jetzt sieht er alles verkehrt rum.«

»Gewöhnt man sich an so was?«

»Offenbar schon.«

Pörksen hat Ahnung von vielen Dingen. Ich saß mal in einem Auto, das ihm über die Ferse gefahren ist und er danach so: »Keine Sorge, das ist harmlos, ich habe darüber mal eine Dokumentation auf 3sat gesehen.«

In meiner unmittelbaren Nähe sucht ein Bottom mit aufnahmefähigen Löchern für regelmäßiges Lochtraining einen geilen Stecher. Die Leute hier blasen gern und lassen sich gleichermaßen ausdauernd auf Reaggae ficken, vor meinen Augen und im Rahmen einer seit mehreren Jahren andauernden Übersprungshandlung. In diesem schwarzgestrichenen Heizkellerloch ist es naheliegend zu vermuten, dass man in irgendeiner jenseitigen Unwelt gelandet ist. An dem Punkt bin ich jetzt also, manche hier tragen venezianische Masken, und das Motto heißt unerforschte Territorien, und faszinieren tut mich so was echt nicht. Es gibt nicht genügend Freiraum, um auf der simulierten Tanzfläche unkoordiniert abzuspasten, dafür sind zu viele verzerrte Menschen anwesend, die die Party am heutigen Abend auch ohne speziellen Fetisch erkunden dürfen. Ich trinke Wodka Cranberry auf einer Sitzfläche aus Stahl, bewege mich nicht vom Fleck und atme so selten wie möglich ein, um nichts Unvorhergesehenes zu inhalieren. Ein Mädchen hängt mit ausgekugelten Schultern an einer an der Decke befestigten Kette, über ihren Rücken ziehen sich

Geweberisse. Wir empfinden es natürlich nicht als gerechtfertigt, ihre Schreie nicht als Teil der inszenierten Situation einzuordnen.

Das hier ist eine Parallelwelt. Wir sitzen neben einer Frau, die sich Smily Susi nennt, und ihrem Typen. Die beiden sind ungefähr fünfzig und haben tätowierte Glatzen. »Mifti, hör mal kurz zu, die Smily Susi kenn ick seit 'm Grundschulturnen! Da saß sie immer in ihrem hellblauen Biberstoffbody auf einer Bank und war total alleingelassen.«

Im Unterarm von dem Typen ist so ein Loch.

»Da hatte ich Hunger.« »Was?« »Da hatte ich Hunger und hab mir ein Stück aus dem Unterarm geschnitten. Kennst du eigentlich Tuffi?« »Was?« »Diesen Elefanten, der in den Sechzigern aus der Schwebebahn in Wuppertal gesprungen ist?«

»WAS?«

»Du kennst ihn also nicht, schade. Da gab es einen Elefanten vom Zirkus und der wurde als Werbegag durch die Schwebebahn geführt und ist da dann allen Ernstes rausgesprungen.« »ZEN, Liebling, Zen.« »Was ist Zen?« »Ich buchstabiere das mal für dich: Z-E-N. Es gibt doch den Zenbuddhismus, und Zen ist halt so ein Zustand, voll meditativ, wo dir alles egal ist. Und währenddessen denkst du aber trotzdem manchmal an Sachen, die du noch machen musst und …« »Was?« »Also, man denkt dann an Sachen, die man machen muss, zum Beispiel Klopapier kaufen, und so ein Typ, der meditative Reisen veranstaltet mit fünfzig Leuten zusammen, hat mal zu mir gesagt, dass man sich dann sagen muss: Auf Wiedersehen, ich muss noch Klopapier kaufen.« »WAS?« »Auf Wiedersehen, ich muss noch Klopapier kaufen.«

Erst jetzt bemerke ich, dass hier niemand ein Gesicht hat. Das ist lichttechnisch trickreich, wenn auch unergründlich gelöst: Niemand hat ein Gesicht, es herrscht grenzenlose Anonymität. Hier geht es also um Gott.

Nur auf dieser Party ist man anonym, man ist nur dann anonym, wenn man Gott ist.

Ein Feuerbad. Die Hölle. Sex ist ja immer ein gewalttätiger Akt. Eusebius von Cäsarea sagt: »Wehe dem, der die Hölle jetzt für lächerlich hält und die Hölle erst an sich selbst erfahren muss, ehe er an sie glaubt.«

Und obwohl ich als aufgeklärter Mensch die Hölle lange Zeit als machtpolitisches Instrument gedeutet habe, glaube ich jetzt an sie. Von einer Sekunde auf die andere bin ich woanders. In einer Fernsehdokumentation in Sibirien, wo Wissenschaftler bei einer Erdbebenentstehungs-Forschungsbohrung in neun Kilometern Tiefe einen Hohlraum erreichen. Sie lassen ein Mikrophon in die Höhle. Über das Mikrophon ist das Geschrei menschlicher Stimmen zu hören. Unzähliger Stimmen. Und später steigt dann eine giftige Gaswolke aus dem Bohrloch auf. Jeder kleinste Ton dringt durch das knöcherne Labyrinth in mein Innenohr, und ich erkenne diese Stimmen wieder, und sie teilen mir etwas mit, was definitiv nicht von dem Erschaffer des Tracks kalkuliert wurde vorher. Diese Musik und ich und eine grauenhafte Kreatur mit wüster Fratze und Krallen, die bei der Bergung des Bohrkopfes erscheint und mich anfaucht, so dass ich in Panik den Platz verlasse.

Ich habe Pörksen noch nie so angeguckt wie jetzt, seine Zunge ungefähr in meinem Rachenraum, seine zusammengekniffenen Augen zwei Zentimeter von meinen entfernt, und eigentlich würde mich das alles kein bisschen interessieren, würde sich da nicht gerade so eine pure Geilheit in mir breitmachen. Wir sitzen auf einem zerlöcherten Sessel, aus dem gelber Schaumstoff quillt. Ich kriege einen Kunstnebelschwall ins Gesicht, Tränen laufen mir das Gesicht runter, und als ich wieder sehen kann und seinen Kopf zu mir ranziehen will, ist er plötzlich verschwunden.

»Ey, vor der Tür wartet glaub ich jemand auf dich«, sagt Smily Susi. »HÖ HÖ HÖ! Amazing day: sun, sea, beach, wind, happy dog, happy Susi.« »Wie alt ist die?« »Wusstest du, dass es hier auch V. I. P.-Nächte gibt?« »Da bezahlst du dann zwanzigtausend Euro und kannst 'nen Scheich in den Arsch bumsen.«

Alle sind einen Kopf größer als ich, und ich habe die ganze Zeit Achselhöhlen im Gesicht, als ich nach draußen hetze. Da steht er dann rauchend, und ich frage mich, ob es hierbei jetzt um Drogen oder Sex oder einen netten, kühlen Nachtwind geht. Er kommt auf mich zu, ich nehme ihm die Zigarette aus der Hand, und während ich ziehe, beißt er mir in den Hals. Irgendwann liege ich dann mit angewinkelten Beinen auf dem nassen Betonboden und Gesteinskörnung bohrt sich in meinen Rücken. Pörksen über mir, meine Paillettenstrumpfhose an meinen Fesseln. In dieser Position lasse ich mich aus diversen Gründen wahnsinnig lange in den Mund ficken. Als die Sonne aufgeht, läuft mir sein warmes Sperma die Kehle runter. Es ergießt sich über mein ganzes Gesicht, das hat komischerweise was ziemlich Opernmäßiges. Ich drehe den Kopf ganz langsam ein Stück nach links. Aus einem mir unerfindlichen Grund erzeugt das ein extrem lautes, bedrohliches Geräusch, als wäre ich in einem offenen Steinbruch und kurz davor, von einer Felslawine überrollt zu werden. Jetzt ist es so weit. Der Boden wird irgendwie weich, heiß, ich weiß nicht, ob mein Rücken aufreißt oder der Untergrund, und als Pörksen sagt: »Guck mal Mifti, glaubst du, das war eine Fledermaus, deren Flügelschlag einen Hall im Fernsehturm erzeugt hat?«, potenziert sich die Lautstärke seiner Stimme bis zum Getno und wird zu diesem überdimensionalen Fauchen, das ich sowieso schon die ganze Zeit erwartet habe. Es ist einfach viel zu laut. Mein Trommelfell wird von einer Stecknadel durchlöchert. Aus meinen Armen treten dicke, dunkelrote röhrenförmige Strukturen hervor. Adern, durch die sich kleine Insekten quetschen. Sie werden immer größer, bis meine Blutgefäßwände zerplatzen und aus meinem Körper dunkle Mehlwürmer rauskriechen, über mich drüberkrabbeln, zu platten Käfern mutieren, deren Fühler dreimal so lang sind wie ihre Körper.

Der Taxifahrer sagt: »Du bist schon mal mit mir gefahren, kann das sein?«

»Wie bitte?«

»Diese Zähne und diese Augen haben mich stutzig gemacht.«

»Ja, Kreuzbiss, tragische Geschichte.«

Ich humple in die Wohnung, aus meiner Lippe sickert allen Ernstes Blut, und das verunsichert mich schon wieder total. Edmond stopft sich in der Küche aufgekratzt Lakritzschnecken in den Mund. Annika liegt schlafend, unschuldig und herzzerreißend opferbereit unter einer der mit Comicfiguren bedruckten Tagesdecken. Ihr in geregelten Bahnen verlaufendes Leben bewegt mich zu einem spontanen Anfall von Sentimentalität. Ich beschließe, nie wieder in eine Situation zu geraten, die ihr Gesicht in ein sorgenvolles Schlachtfeld aus Widersprüchlichkeiten verwandelt.

»Haben wir noch Halloumikäse?«, frage ich Edmond, und er dreht sich mit weit aufgerissenen Augen zu mir um.

»Ja, bestimmt.«

»Kannst du mir den braten?«

»Kannst du dir den nicht alleine braten?«

»Nein.«

»O. k.«

»Du machst es?«

»Nur, wenn du zuguckst, wie das geht.«

Ich gehe auf Zehenspitzen in mein Zimmer, weil ich immer noch panische Angst davor habe, dass gleich der Boden aufklafft und mich verschlingt.

»JETZT GUCKEN SIE SICH DAS ABER BITTE SCHÖN AUCH AN, MIFTI!«

»NEIN!«

»Hä?«

»Mir ist so schwindelig.«

»Oh.«

There is hope for us all

(Nick Lowe)

Pörksens Eltern sind angeblich die totalen Esoteriker und deswegen steht er meiner momentanen Astralreisenphase auch ziemlich agnostisch gegenüber. Ich versuche inzwischen zum zwölften Mal, meinen Körper zu verlassen, und werde die ganze Zeit immer nur von so einer Wahnsinnsatemnot zurück in die Finsternis meines komplett abgedunkelten Zimmers geschleudert. Es ist 12 Uhr 45, und ich habe seit fünf Stunden nichts anderes gemacht, als rauchend im Bett zu liegen. Die einzige Lichtquelle besteht in der bei jedem Zug aufleuchtenden Kippenglut. Ich gucke an mir runter und glaube plötzlich, dass ich dieses Ding hier, mit den Lungen und den ganzen Blutbahnen und so, bloß besetzt habe, wie ein Parasit von einem anderen Stern, der aus Forschungsgründen ... na ja. Jedenfalls, vor wenigen Stunden, für einen ganz kurzen Moment, war ich da plötzlich nicht mehr drin. Ich habe mich als komische wolkenförmige Umhüllung oder als Luft davon abgetrennt und ganz genau den Moment mitgekriegt, in dem ich von irgendeiner nicht in meinem Besitz stehenden Kraft zurückgezerrt wurde in dieses verschimmelnde Ding. Ich kann nicht mehr. Diese Kraft ist Gott. Ich hasse Gott.

Pörksen ruft an. Er sagt: »Also echt, ey, du hast dann irgendwann nur noch so gemurmelt: Krass ... äh ... krass, Baby, was geht denn? Wow. Bist jedenfalls hardcoremäßig durch die Gegend gedingst zuerst, hast mir einen geblasen, als wir zu Hause waren, und irgendwann Tinas Pavel-Pepperstein-Bild von der Wand gerissen. Ist aber noch heile, zum Glück. Und danach haben wir doch dieses Geräusch gehört, du …«

»Was meinst du damit: als wir zu Hause waren?«

»Zu Hause, bei mir, Alter.«

»Wir waren draußen.«

»Du bist einfach etwas verwirrt, Schatz.«

»Was?«

»Du warst gestern genau zweimal für zwei Sekunden draußen. Und dabei handelte es sich lediglich um die beiden Strecken zum Taxi.«

»Irgendwas zerfließt hier gerade, Pörksen.«

»So gegen fünf Uhr morgens haben wir jedenfalls ein krasses Geräusch gehört, als würde jemand übelst laut schnarchen, und dann flog auf einmal etwas davon, ein …«

»Pörksen, wenn wir wirklich bei dir zu Hause waren, hat sich da raum- und zeitempfindungsmäßig irgendwas aufgelöst bei mir. Neutralisier das jetzt bloß nicht mit dem Wort Psychose. Der ganze Abend gestern ist zerflossen, echt. Ich könnte schwören, dass wir draußen waren. Du kniest über mir, und der Boden geht auf, so war das.«

»Und was heißt das jetzt? Dass du die Welt verstanden hast? Glaub mir, an dem Punkt war ich auch schon. Der einzige Fehler des Menschen ist die Erfindung der Zeit. Das fand ich irgendwie einleuchtend damals.«

»Ich …«

»Du warst total strange gestern, Mifti. Ohne irgendwas konsumiert zu haben, das ist ja das Krasse. Was für ein Absturz. Sei froh, dass wir dich mitgenommen haben. Man hätte dir echt die Gedärme aus dem Körper schneiden können, und irgendwann wärst du dann aufgewacht, ohne Tasche und mit ’nem 2x2 Quadratmeter großen Arschloch. Oder auch nicht. Wie solche Situationen ausgehen, kann ja leider Gottes nur Gott entscheiden.«

»Wo ist Annika?«

»Bei der Arbeit.« Edmond jumpt irgendwie ziellos durch die Wohnung.

»Ja und, hat die was gesagt? Wann kommt die wieder? Hallooo?«

»Die hat nur gesagt, dass du da in deinem Bett lagst und total fette Pupillen hattest und dass sie nicht so genau weiß, wie du da rauskommen sollst aus dieser verzwickten Situation. Du treibst sie sozusagen zur Weißglut, Mifti. Was willst du uns beweisen? Dass du dich skrupellos von deiner Verwandtschaft abnabeln kannst, ohne auch nur den geringsten Anschein von Betroffenheit zu zeigen? Sie hat auch gesagt, ich soll dir sagen, dass du nicht über Leichen gehen musst. Du musst nicht über Leichen und du sollst in die Schule gehen. Du sollst das einfach durchziehen. Das ist eine flehentliche Bitte. Ich will wissen, wer du wirklich bist.«

»Was redest du da? Warum sagt die mir das dann auch nicht selber? Ich sitze hier jetzt rum, und du sagst mir, dass die dir gesagt hat, dass ich nicht über Leichen gehen muss.«

»Du hast auch die Spülmaschine nicht ausgeräumt. Sie hat gefragt, ob du das aus Bosheit oder aus Angst nicht machst.«

»Das ist mir so scheißegal, ob ich die Spülmaschine ausgeräumt habe oder nicht! Natürlich schlägst du dich gezwungenermaßen auf ihre Seite, klar, du lebst ja unglücklicherweise auf ihre Kosten, natürlich bleibt dir da nichts anderes übrig, als ihre Verschwörungstheorie gegen mich mit lautstarken Befürwortungen zu untermalen, aber guck mich doch mal an! Ich bin minderbemittelt und völlig am Arsch, und dann erwartet die, dass ich funktioniere, das kann ich aber nicht. Ich funktioniere nicht einfach so fröhlich vor mich hin, ich funktioniere halt einfach nicht. Besitzgier, Gewohnheiten, Eifersucht, mangelnde Privatsphäre, Begehren, Begehren, Begehren.«

»Vielleicht gehst du besser mal wieder zu irgendeinem Therapeuten.«

»Ich weiß, dass, wenn man Bäume malen soll in so einem Zusammenhang, die Wurzeln nicht zu dick sein dürfen, das bedeutet nämlich Aggressivität. Zu viele Früchte bedeuten Strebertum, zu viele Blüten Romantik. Ihr könnt echt vergessen, durch so was irgendwas über mich rauszufinden.«

Ist es das, was ihr für Wahnsinn haltet? Fürchtet ihr euch davor, verrückt zu werden? Jagen euch Leute, die durchdrehen, einen wohligen Schauer über den Rücken?

Dass Edmond sich in Bezug auf mein neuerliches Fehlverhalten derart konzentriert zeigt, schockiert mich übrigens zu Tode. Ich werde von Selbstzweifeln geplagt. Er ist nicht mehr dieses desinteressierte Arschloch, als das ich ihn nach meiner Geburt kennengelernt habe.

Wir decken den Balkontisch souverän mit abgepacktem Aufschnitt, der das Haltbarkeitsdatum überschritten hat und unterhalten uns darüber, wie seine Offtheaterscheiße sich zu etwas entwickeln kann, was ... zu irgendetwas halt, vielleicht zu etwas, was ihm einen Zweitwohnsitz in Costa Rica ermöglicht.

»Also, Mifti, am Anfang hatte man unendliche Möglichkeiten, und plötzlich werden die Möglichkeiten immer mehr eingeschränkt, das heißt, ich musste mir da natürlich auch Grenzen setzen, und plötzlich merkt man: Scheiße, nein, man muss das abwehren und das ist total blöd, der Typ hätte eine hervorragende Inszenierung zustande gebracht ohne diese poststrukturalistische Glücksbegriffsscheiße und ohne diese standardisierte moralische Scheiße. Ich war da voll geflasht von dieser Scheiße, also ich stand da dann und dachte, das ist jetzt total berührend und großartig, und dann habe ich noch mal voll euphorisch diese abstruse Massenvergewaltigung in Szene vier angesprochen und habe dann die Schauspieler angeguckt, und die nur so: Ja, ähm. Verstehst du, was ich meine?«

»Du willst natürlich ein Theaterstück machen, und da gibt es halt Regeln, auch wenn es so blöde Regeln sind wie die, dass sich der eine da zum Beispiel nicht in die Sicht von dem anderen stellen darf. Dafür war ein Regisseur ja früher da, damit der denen da gesagt hat: So sieht man die anderen da vorne nicht, wenn ihr so steht. Ich bin zwar kein Mensch, der alles nur für ein Spiel hält, aber wenn man ein Theaterstück als diese komische Art von Spiel betrachtet, muss man das naheliegenderweise auch ganz konventionell als bescheuertes Kinderspiel betrachten, obwohl man sich in diese unbeschwerte Kindheit auch nicht mehr reinversetzen kann – du willst ja auch was anderes, du willst ja nicht nur Ringelreihen spielen. Richtig dahin zurück kannst du also nicht, aber du kannst die Haltung haben, dass alles erlaubt ist. Damit du keinen Gedanken daran verschwendest, ob du es bestimmten Standards oder einem bestimmten Handwerk unterwerfen musst. Auf der Bühne ist es erlaubt, alle klassischen Formen innerhalb der inhaltlichen Problematik, alle moralischen Gesetze und jede Art von Technik zu missachten. Dieses ganze soziale Netzwerk, das da am Start ist, ist gleichzusetzen mit einem fünfzehnmonatigen Kind in dessen frühkindlicher Allmachtsphase.«

»Das verstehe ich jetzt nicht so ganz.«

»Es gibt eben eine Welt der Naturgesetze, eine Welt der gesellschaftlichen Gesetze und Zwänge, eine Welt der moralischen Gesetze und Konventionen und es gibt eine Welt des Spiels und des Scheins. Weil das Theater eine soziale Kunst ist, weiß man grundsätzlich nicht, ob es wirklich so frei ist, weil es doch in irgendeiner Hinsicht auch eine gesellschaftliche Auseinandersetzung zwischen zur Gesellschaft gehörenden Menschen darstellt. Es muss also kommunizierbar bleiben. Wobei – das muss es auch nicht. Wenn man die Möglichkeit hat, ein vollständig weggetretenes Kunstwerk zu machen, braucht man keine Zuschauer.«

»Was passiert denn eigentlich, wenn man in seinem Privatleben die Welt der gesellschaftlichen Gesetze gegen diese Welt des

Spiel und des Scheins austauscht? Das machen wir doch die ganze Zeit, oder?«

»Keine Ahnung. Ich glaube jedenfalls, dass wir längst kein Insiderphänomen mehr sind.«

»Das ist einfach, was ich mich frage. Man macht Theater, weil man irgendwie wirklich Spaß haben will, aber als ich in Brüssel inszeniert habe, und das war so teuer, keine Ahnung, und jedenfalls war da dieser Typ und der so: ›Und, hast du Spaß gehabt?‹ Und ich war total glücklich, weil er hat das gefragt, weil ich so unglücklich ausgesehen habe. Und das ist jetzt so was, wo ich denke: Bleib ich dem Ganzen da jetzt treu oder bleib ich mir treu, und wenn ich mir dann treu bleibe, ob ich da dann auch ein WG-Zimmer finde. Man trifft dann Menschen, die sich genauso viele Gedanken machen oder überhaupt irgendwie viele Gedanken machen über ein ganz anderes Thema, aber das ist ja egal, Hauptsache irgendjemand macht sich überhaupt noch Gedanken, ob über die Bandscheibe des Waschbärs oder über Medea.«

»Hauptsache, man hat irgendwie Spaß.«

»Ja und weißt du, ich hab einfach, als wir da in Brüssel waren, und das war der einzige Moment während meines Aufenthalts in Belgien, wo ich so dachte: Ja, da hat das mit der Massenvergewaltigung echt hingehauen.«

»Bei dir mangelt es nicht an Ideen, bei dir mangelt es nicht an Radikalität und bei dir mangelt es auch nicht an Mut. Bei dir mangelt es schlicht und ergreifend ausschließlich an einflussreichen Menschen, die sich von dem, was du machst, überzeugen lassen, Edmond.«

Er lächelt triumphierend, ich esse tonnenweise Halbfettmargarine und kandierte Spinnen, und dann räumen wir den Tisch ab, so wie freundliche kleine Menschen das halt einfach mal tun. Irgendwann fragt Edmond mich, ob ich Bock auf tierförmige Kekse habe, und ich greife in die mir entgegengestreckte Tüte und ziehe einen Elefanten raus.

»Nein, den darfst du nicht essen.«
»Wie bitte?«
»Das ist eine geschützte Art. Das malaiische Rüsseltier.«

Liebe Medea,
was ist aus dir geworden? Eine Theaterfigur, die ein Problem mit ihrem Liebhaber hat und grundsätzlich nichts anderes mehr ist als eine stampfende Gebärmutter mit Migrationshintergrund, die am Deutschen Theater und in einer Einbauküche und im 19. Jahrhundert und im Rahmen eines spontanen Gefühlsausbruchs ihre Kinder ermordet? Ich bin fest davon überzeugt, dass du nicht von weiblicher Eifersucht zu Tode geplagt in deinem Uterus versunken bist, sondern eine Politikerin warst. Der Mord an deinen Kindern war ein ganz kalt kalkulierter, politischer Akt.
Du hast dein Menschenrecht mit einer Gerechtigkeitsklage eingefordert, die sich in dieser Gesellschaft zu dem Mord an deinen Kindern entwickeln musste. Du hattest ein Anrecht auf Ruhm und Würde, und du warst nicht nur reine Frauenbiologie, abhängig von einem Liebhaber. Du warst die Verwandte eines Sonnengottes.
In Liebe, Mifti

Alice, ich denke jetzt gerade im Moment an dich und ich werde weder damit aufhören, dein Gesicht zu sehen noch damit aufhören, diese Dinge hinzuschreiben, denn sonst ist alles weg, diese Direktheit ist dann weg und dieses Glück. Trotzdem werde ich nie wieder etwas mit dir zu tun haben, weil du mich nämlich offenbar, egal ob nur die Umstände dazu geführt haben oder nicht, nicht mehr lieben willst. Es gibt Komplikationen, denn ich benehme mich wie ein Kleinkind. Das hier alles trifft die Situation wahrscheinlich gar nicht, es gibt naheliegenderweise Schattierungen,

Grauabstufungen, es gibt dich immer noch, komm endlich raus, du verdammte Allerweltshure.

Annikas Schambehaarung ist unter aller Sau. Dafür entschuldigt sie sich, als sie zu mir in die Badewanne steigt und wir wieder Geschwister sind. Wir sind Geschwister, die nichts voreinander zu verheimlichen hätten, würden sie passioniert und parallel zueinander Sport auf Lehramt studieren.

Wie ich nun von ihr erfahre, habe ich heute neben Edmonds Keyboard aus eloxiertem Aluminium gekotzt und den Wohnzimmertisch umgeschmissen. Zur Abwechslung steht sie nicht moralisch betrübt im Hintergrund, sondern reibt sich vollständig zugedröhnt in einem Beruhigungsbad liegend mit Eukalyptus-Duschlotion und ätherischen Ölen ein:

»Du weißt aber schon, dass ich morgen wegfahre, Mifti?«

»Nein, du komisches Faszinationsdiktaturmonstrum.«

Annika erklärt, dass unsere Welt ständig in Bewegung ist und Trends die Vorreiter dieses Prozesses der Veränderung sind. Um auf der Spitze der Welle agieren zu können und nicht auf Strömungen reagieren zu müssen, unterhalten sie und ihre Agentur ein internationales Netzwerk – dessen Großteil am morgigen Dienstag auf einer Kostümparty mit dem Motto »Strange in Brandenburg« ein ironisch gemeintes Musikvideo für die MySpace-Seite der Agentur drehen wird. Im Rahmen dieser Veranstaltung singen dreißig bis vierzig »am Puls der Zeit lebende PR-Volontäre in hochwertigen Sommerkollektionen der von ihnen kontinuierlich betreuten Labels« den Song *Poison* von Alice Cooper. Initiiert hat das niemand Geringeres als Annika selbst. Sie ist und bleibt diejenige, die Erlebniswelten zu konzipieren und ihren markenaffinen Verstand mit der Erfahrung innovativer Marketingtools bestens zu paaren versteht.

»Du weißt doch: Wir nehmen beständig die Suche nach Trends und Veränderungen auf.«

»Ach so. Und wann kommst du wieder? Sag mal, findest du meine Zähne irgendwie komisch?«

»Hä? Nee?!«

»Hach.«

»Nächste Woche.«

»Warum denn erst nächste Woche? Was macht ihr denn da so lange? Du kommst doch dann nach Hause und schläfst drei Wochen durch. Das kannst du nicht bringen, Annika.«

»Das will ich auch gar nicht bringen. Wir müssen da ja auch noch konferieren und so. Ich finde nur, das ist ziemlich geile Scheiße.«

»Ja, das ist geile Scheiße.«

Plötzlich reißt Edmond die Badezimmertür auf und schreit frohen Mutes: »SCHEISSDROGIS!«

Annika schreit zurück: »SCHEISSDROGI!«, und wirft diesen Duschlotionsblödsinn nach ihm, der jedoch nicht Edmond, sondern den Türrahmen trifft und für die nächsten vier Jahre Spuren seines Inhalts auf unserem Flurteppich hinterlassen wird.

Ich sage: »Edmond, kannst du bitte wieder rausgehen, ich möchte mich momentan auf unseren inakzeptablen Zustand als solchen konzentrieren.«

Er springt vollständig angezogen in die Badewanne. Ich drehe völlig durch. Annika lacht überambitioniert und hemmungslos verzweifelt Tränen, Edmond trägt türkisfarbene Doc Martens, in denen er noch vor wenigen Minuten quer durch ein nahegelegenes Waldstück gestampft ist. Matsche und Partikel von Hundescheiße überall im Badewasser. Er versucht, eine Position einzunehmen, die sich für alle Beteiligten als vertretbar erweist. Nun sitzt er ausgeglichen in unserer Mitte, um zuallererst natürlich mal ganz tief durchzuatmen.

»Mifti?«

»Ja?«

»Kannst du mir jetzt mein Geld wiedergeben? Geht es dir jetzt besser?«

»Hä?«

Wir erfahren an dieser Stelle, dass ich nicht nur neben Edmonds Keyboard aus eloxiertem Aluminium gekotzt, sondern mich (gleichermaßen skrupellos) mit dem Argument »Scheiß Kapitalismus!« geweigert habe, ihm meine Schulden vom Vortag zurückzuzahlen.

»Aber was für Schulden denn?«

»Ja, das waren keine richtigen Schulden, sondern ich hab dir doch das Geld da gegeben, damit du das Dingens da kaufst.«

»Was war das eigentlich?«

»Ein internationales Kulturmagazin.«

»Und jetzt?«

»Jetzt will ich sozusagen, dass ich das Restgeld wiederkriege.«

»Ja, sorry, ich hol das schnell.«

Ich renne zu meinem Portemonnaie und stelle fest, dass das Geld irgendwie nicht reicht. Ich renne zurück, Edmond hat Annika in der Zwischenzeit seelenruhig einen Negerkuss ins Gesicht getan und guckt jetzt über ihren Brustkorb gebeugt, ob sie weiße Punkte auf den Mandeln hat.

»Das sieht schon cool aus von hier, also wenn Annika jetzt nicht nackt wär, würde ich das fotographieren.«

»Ich habe so Halsschmerzen plötzlich, Mifti. Ich weiß gar nicht, woher die kommen. Edmond guckt jetzt gerade, ob ich weiße Punkte auf den Mandeln habe.«

»Wie viel kriege ich denn wohl wieder jetzt? Du weißt doch. Zinsen. Ein Germknödel pro Woche.«

Ich drücke ihm ein bisschen Kleingeld in die Hand.

»Ist das dein Ernst, Mifti?«

Annika: »Sag mal, Edmond, Unterhose und Socken bei Männern, das geht gar nicht.«

Edmond: »Ich kann halt meine eigene Sexyness nicht ertragen, die muss immer irgendwie entschärft werden, damit ich mich vorm Spiegel nicht immer selbst besteigen will.«

Mifti: »Na ja, ich habe dieses Buch über die RAF gekauft, was ich ja auch kaufen sollte, wo die Frau da das aus ihrer Perspektive beschreibt und dann noch deinen internationalen Scheiß da, und das hat beides siebzehn Euro gekostet. Insgesamt habe ich also vierunddreißig Euro ausgegeben, und jetzt kriegst du neun Euro wieder.«

»Aber ich habe dir doch fünfzig Euro ausgehändigt!«

»Wenn du so schreist, hör ich dir sowieso nicht zu!«

»Mifti, fünfzig Euro!«

»Ja, aber ich hab ja auch noch Zigaretten gekauft, du hast mir letztens auch alle meine Zigaretten weggeraucht.«

»Wir kommen dann aber trotzdem nicht zurück zur ursprünglichen Summe.«

»Das ist ein minimaler Fehlbetrag.«

»Und wo ist der jetzt?«

»In meiner Jackentasche.«

Und dann wieder: der Sound, ein Zugriff auf absolut jeden gewünschten Bewusstseinszustand. Alles, was du willst, lässt sich kurzfristig herstellen, während das Schwarz vor deinen Augen gelegentlich von einem Flimmern durchzuckt wird. Es geht um deine Verschmitztheit und diese Momente des unaufhaltsamen Selbstverlusts, in denen sich nichts anderes bestätigt, als dass du in dieser Masse aus unkontrolliert durch die Scheiße latschenden Polytoxikomanen kein Mensch mehr bist, sondern ein zerfließendes Stück Allgemeinheit. Du zerfließt, lässt dich von einer Wand zur gegenüberliegenden und danach in die Arme des dir alles ermöglichenden Basses fallen. Er durchdringt deine Muskeln und du strahlst ihn an, von dem Verstoß gegen das selbstauferlegte Grundregelwerk in dir zum Äußersten getrieben.

Edmond: »Dass ihr so scheißsymbiotisch seid, ist hier doch echt so scheißsekundär.«

»WIR SIND NICHT SCHEISSSYMBIOTISCH!«

Ich öffne die Augen, mache des Verlusts meines Gleichgewichtssinns wegen einen Ausfallschritt nach links und knalle rückwärts gegen unsere Wohnungstür. Ich mache drei Schritte nach vorn und knalle rückwärts gegen irgendeinen sich im öffentlichen Raum befindenden Werbeträger von Langnese. Ich drehe mich um und knalle rückwärts gegen einen grobporigen Typen in grünen Klamotten. Des Polizisten Fortschritt in Sachen nonverbaler Kommunikation sieht folgendermaßen aus: Er zerrt mich gewaltsam eine Steintreppe runter, wie bin ich bloß hierhingekommen, er setzt mich in ein Taxi, der Taxifahrer setzt das Taxi in Bewegung und kommt aus der Identifikation mit seinem Aggressor (mir) heraus auf die Idee, das Radio laut zu stellen. Ich fühle mich zurückversetzt in ein viertausend Menschen umfassendes Etablissement und fange zu heulen an, als George Michael mir aus den Boxen hysterisch »Guilty feet ain't got no rhythm« zuschreit – in einem Song, dessentwegen ich plötzlich alles für einen 2 x 2 Quadratmeter großen Laminatdancefloor geben würde. Ich schreie mit, heule weiter, der Fahrer fragt zum dritten Mal: »Wo soll ich dich denn eigentlich hinbringen jetzt?«

Ich gehe drei Schritte nach hinten und knalle rückwärts gegen das Taxi. Ich lege mich in den Eingang des Fabrikgebäudes, in dem Ophelia wohnt, und falle dort endgültig einem unspezifischen emotionalen Ausdruck zum Opfer, der der Mimik zugeordnet wird und mit Tränenfluss einhergeht. Das Weinen ist nicht an eine bestimmte Emotion gebunden, kommt aber beispielsweise häufig bei Angst, Melancholie und Aggressionen vor. Wer wütet, zerstört blindlings. Wer (im weitesten Sinne) traumatisiert ist, findet sich ununterbrochen in Situationen gesteigerter Nervosität wieder.

Ich stehe deplatziert im Waschraum und begutachte eine systematisch heterogene Gruppe von filamentösen Pilzen, die sich als grünlicher Belag in schlangenförmigen Linien über eine organische Substanz zieht. Mein Kindergarten schimmelt. Ich bin vier Jahre alt und habe vor wenigen Minuten in die geöffneten Handflächen einer Praktikantin gekotzt.

Ich stehe weinend im Zimmer meiner Mutter, mir werden zwei Porzellandosen mit meinen Milchzähnen und unbegründete Anschuldigungen in die Fresse gefeuert. Sie sagt, dass sie sterben wird. Sie durchtrennt meine Kniekehle mit einer Cutter-Ersatzklinge. Sie durchtrennt mit geringer Kraftaufwendung meine Sehnen, sie zerschneidet alles, was im Entferntesten zu mir gehört, sie setzt meine offenen Wunden mit einem nachfüllbaren Elektronik-Langfeuerzeug in Brand, das mit einer Werbung für Frischhaltefolien bedruckt ist und eine Kindersicherung hat. Sie sagt, dass ich das Beste bin, was ihr je passiert ist. SIE SAGT, DASS ICH DAS BESTE BIN, WAS IHR JE PASSIERT IST.

Ich sage zu Alice: »Vielleicht bin ich borderlinegestört.«

Alice antwortet: »Ach, diese Borderlinesyndromscheiße ist gleichzusetzen mit unklaren Oberbauchbeschwerden. Das sagen die immer, wenn ihnen nichts mehr einfällt.«

Ich sitze im Gemeindehaus der evangelischen Kirche Düsseldorf-Düsseltal und feiere gezwungenermaßen Weihnachten, sechsjährig und im Rahmen einer von meiner Klassenlehrerin organisierten Veranstaltung. Gelber Laminatboden, braune Vorhänge, Raufasertapete und Schaukastenaushänge. Meine Mutter schenkt mir zwei aus Überraschungseiern und Watte gebastelte Weihnachtsmänner. Ich tue so, als wäre ich zu Tränen gerührt.

»Siehst du die Scheiße, die hier überall rumliegt? Das Papier da vorne?«, fragt sie. Ich nicke.

»Die anderen Eltern haben ihren Kindern auch alle diese Weihnachtsmänner geschenkt, und die haben sie einfach kaputtgemacht, weil sie auf die Scheißschokolade geil waren. Die Eltern haben sich so eine Mühe gegeben, und diese Dreckskinder machen die Weihnachtsmänner einfach kaputt und schmeißen sie in irgendeine Ecke.«

Meine Mutter fängt an zu weinen, ich umarme sie. Es gibt keine Täter, es gibt nur Opfer. Je jünger ein Kind ist, desto schuldiger ist es. Je verantwortlicher ein Kind für sein soziopathisches Elternteil ist, desto souveräner kann es mit seiner juristischen Schuldfähigkeit umgehen.

0 Uhr 8. Vielleicht ist man erst dann unschuldig, wenn man keine Vorstellung von Moral mehr hat, denke ich dann irgendwann und finde mich dabei total unsympathisch. Diese sich verselbständigende Altklugheit muss ich mir dringend abtrainieren. Als Ophelia mich durch die Gegensprechanlage begrüßt, wirke ich so, als wäre der Schmerz entweder nicht existent oder bereits verarbeitet worden. Vier Stockwerke und eine Frau, die unsere Seelenverwandtschaft nur um ihrer selbst willen schätzt. Sie steht rauchend im Türrahmen und trägt ein pinkblaugestreiftes Satinnachthemd.

»Du rauchst zu viel, Mifti!«

»Warum? Weil ich so keuche?«

»Ja. Und weißt du was? Ich finde das so großartig, diese Vorstellung von uns als kulturvernichtendes Team.«

Ophelias in eine Wohnung umfunktionierter Lager- und Industrieraum ist 290 Quadratmeter groß. Der Fußboden ist aus Beton, die Wände sind aus vier Zentimeter dickem Rigips. Ihre Kunstsammlung wird von Genre- und Landschaftsmalerei dominiert, religiöse Motive und die sich seit den siebziger Jahren verstärkende Moderne-Postmoderne-Diskussion fehlen fast völlig. Sie verfrachtet mich auf einen ihrer Sessel, bietet mir probiotischen Joghurt an und fragt: »Warum genau bist du jetzt eigentlich hier?«

Ich zucke mit den Schultern. Würde ich in der Lage sein, vor Menschen aus Fleisch und Blut zu weinen und nicht bloß vor mir selbst in den zu ihnen gehörigen Hauseingängen, fiele sowohl mir als auch den Menschen aus Fleisch und Blut so einiges leichter.

»Mifti, du bist zu gut, zu jung, zu vielversprechend, zu begabt. Ich werde dich verjagen, wenn du hier jetzt so eine Show abziehst. Ich verjage alle, die ich liebe, dann merke ich auch was. Ich war in Salem. Salem ist im Endeffekt total armselig. Ich habe alles richtig gemacht, es funktioniert aber nichts. Ich habe meine Asozialität, die sich unter der Fassade meiner Empathie tarnt, dort perfektioniert. Ich bin so alt wie alle, wenn sie sterben. Deswegen bist du die Überlegenere.«

Ich sage nichts.

»Hat die Scheiße hier jetzt wieder irgendwas mit deiner Mutter zu tun? Willst du mir nicht endlich mal erzählen, wie deine Mutter war?«

»Sozialhilfeempfängerin, versoffen, trotz allem Chanel-Kostüm.«

»Und was ist passiert heute?«

»Ich war gestern mit Pörksen und Tina auf dieser Unerforschte-Territorien-Party.«

»Warum hast du mir keine SMS geschrieben? Good day to rassle, wrestle and fight or gutpunching.«

»Was?«

»Ja, Mifti, mich hat da mal jemand gefragt, ob er mir so 'ne krasse Mittelaltergabel ins Brustbein rammen darf. Hab mich natürlich unaufdringlich dagegen zur Wehr gesetzt und so getan, als müsse ich dringend zur Bar – das macht man ja immer, so tun als müsse man wahnsinnig dringend zur Bar –, aber diese Situation hat mir ein weiteres Mal vor Augen geführt, dass alles möglich ist. Du kannst nicht nur Auberginen in Arschlöcher versenken, du kannst auch versuchen, vier Metallspitzen in das Fleisch unter dem Kiefer einer Unbekannten zu rammen.«

»Jedenfalls war ich da.«

»Genau, da waren wir vorhin stehengeblieben.«

»Und es war auch total o. k., obwohl ich flächendeckend überfordert war mit diesen im Fetisch beheimateten Glatzköpfen. Worauf ich hinauswill: Heute Nachmittag bin ich völlig durchgedreht, und das, obwohl ich morgens aufgestanden bin und es mir den Umständen entsprechend erstaunlich gut ging. Ich habe mit Edmond so ein Regal aufgebaut, und alles war total gechillt und super und geil, und ich dachte: Hey, yeah, family und so. Und dann ist da irgendein Stück Holz abgebrochen, und das hat mich total fertiggemacht. So ein beschissenes kleines Holzstück ist da von diesem Scheißregal abgebrochen, und ich stand dann da und hab angefangen, Edmond anzuschreien, und dachte, das ist jetzt der Weltuntergang. Und da habe ich dann sogar meinen Vater angerufen und dem habe ich gesagt: ›Papa, scheiße, es ist alles zu spät.‹

Er dann so: ›Kannst du das Gespräch bitte mal vernünftig beginnen?‹

›Papa, kann ich dich kurz eine Minute sprechen?‹ Und er wieder nur so: ›Wie viel Geld willst du?‹ ›Ich stecke richtig in der Scheiße, hier ist gerade was abgebrochen.‹ Und kein Schwein wusste, was abgeht. Und ich auch nicht. Und an den Rest kann ich mich nicht mehr erinnern. Und Annika hat mich dann irgendwann vor die Wohnungstür gesetzt. Sie hat mich nicht gewaltsam und im Rahmen einer erschreckenden Herausforderung für die Vollzugsbehörden vor die Wohnungstür geprügelt, sie hat mich einfach vor die Tür gesetzt. So gefickt war ich. Und jetzt bin ich hier.«

»Wie bist du hergekommen?«

»Irgendein Bahnpolizist hat mich in ein Taxi gesetzt. Bin völlig fertig in dessen Arme getigert.«

»Und womit hast du das Taxi bezahlt? Turnt da jetzt noch ein hysterischer Berufskraftfahrer durch den Hinterhof, den ich bezahlen muss?«

»Nein. Ich hatte noch Geld im Schuh, keine Ahnung warum, aber ich hatte noch Geld im Schuh.«

Ophelia nickt anerkennend und steht auf. Sie trinkt ein großes Glas Leitungswasser, bevor sie sich zu mir verhält:

»Warum bist du hier?«

»Weil mir nur deine Adresse eingefallen ist.«

Ophelia nickt anerkennend und setzt sich wieder hin.

»Ich kann mich irgendwie nicht dazu verhalten. Das erwartest du jetzt hoffentlich auch nicht. Ich kann dir sagen: Du sollst in die Schule gehen, du sollst kein Heroin nehmen, du sollst dich so gut wie möglich in deine familiären Zusammenhänge integrieren und später dann halt Chirurgin werden. Du sollst das einfach durchziehen.«

»Weißt du, wie oft ich diesen Satz höre, Ophelia? Dass ich das einfach durchziehen soll?«

»Ich will dir das auch alles gar nicht sagen. Ich dachte auch immer, ich bin doch das Kind. Du musst deine Mutter nicht verteidigen obwohl sie tot ist und eine tolle Frau war, du musst dich nicht für deinen Vater oder dessen Wohlbefinden verantwortlich fühlen oder dafür, dass er existieren kann, ohne darüber nachdenken zu müssen, ob es dich gibt, und wenn doch, dann denkt er natürlich, dass du nur in totaler Bedürfnislosigkeit existierst. Ich kenne doch das Gefühl. Dass man dann vor irgendeiner Pillenschachtel sitzt, nur weil einer seinen Schwanz nicht bei sich behalten konnte, weil Mama ... ja was? Keine Kinder hätte haben sollen? Lieber das Kind ihrer Mutter bleiben wollte, als zur Mutter ihres Kindes zu werden? Hätte man dich und mich nicht bei unseren Müttern lassen dürfen? Sie waren ja bei uns, heilige Mifti, wir waren nicht bei ihnen. Das schmeckt nach Scheiße, Metall, das schmeckt bitter, und das schmeckt definitiv nicht nach Trost, aber vielleicht schmeckt es nach Sinn, in diesem allgemeinen Dahinschimmeln.«

Ophelia signalisiert mit einer kitschigen Abwinkgeste, dass sie emotional instabil und zu betrunken ist um diesem Gespräch standzuhalten. Sie holt eine erbsengroße Plastikkugel aus der zu ihrem Nachthemd gehörenden Brusttasche und schmeißt sie mir zu. Ich schmeiße sie wieder zurück.

»Ich hab übrigens letztens deinen komischen früheren Dealer getroffen«, sage ich.

Anstatt mir zu antworten, wickelt sie die Plastikfolie ab. Schlussendlich liegt auf dem Mahagonitisch eine Messerspitze bräunlichen Pulvers, das wie Instanttee aussieht und nach einer Mischung aus Zigarettenkippen, Müll und Essig riecht. Aus einem Stück Silberpapier dreht sie sich ein Röhrchen, auf ein weiteres schüttet sie die Hälfte des Pulvers. Als sie ein Feuerzeug unter die Folie hält, schmilzt das Heroin und zieht eine kleine Rauchschwade hinter sich her. Dieser Dampf wird von Ophelia mit Hilfe des besagten Aluröhrchens inhaliert, bis nur noch irgendwas ganz Schmutziges, Kleines, Böses zurückbleibt und sie mich fragt: »Und, wie sehen meine Pupillen jetzt aus?«

»Mann, scheiße, ich bin minderjährig.«

»Nein, Mifti. Du bist nicht sechzehn, du bist seit neuestem ein indirekter Teil meines Lebens.«

Ihr Kopf fällt langsam der Tischplatte entgegen. Ich streichle ihren Rücken und warte, bis sie ihren von einer plötzlichen Wahrnehmungsveränderung außer Gefecht gesetzten Körper wieder unter Kontrolle hat. Es dauert eine Ewigkeit.

»Oder eher ein direkter Teil. Mifti?«

»Ja?«

»Ich besorge dir noch eine Einladung, und du kommst am nächsten Freitag mit nach Charlottenburg zu Samantha und Albrecht, die feiern da ihre Hochzeit, abgefuckt, Charlottenburg halt. Emre legt da auf. Er isst ein reines Blutwurstbrot. Ich hasse Fleischessen, aber manchmal, und zwar ganz selten, habe ich einen Scheißhunger auf ein fettes Blutwurstbrot.«

»Machst du auch Koks klar?«

»Ich gebe kein Geld mehr für Drogen aus, die Musik nicht zum Klingen bringen.«

»Aber ich muss wirklich mal wieder koksen, Ophelia. Wenn einem langweilig ist, und das ist mir gerade, oder zumindest wäre mir langweilig, würden wir hier gerade nicht zusammen sitzen, jedenfalls: Wenn einem langweilig ist, denkt man doch immer direkt an Drogen.«

»Ich liebe dich, Mifti.«

»Wer ist Emre eigentlich?«

»Der Mann meines Lebens.«

»Und wie ist Emre so drauf?«

»Sozialhilfeempfängerin, versoffen, Chanel-Kostüm.«

Um 3 Uhr 55 wache ich auf Ophelias Schlafzimmerboden auf und beschließe, ihre Wohnung auf direktem Wege zu verlassen. Ophelia liegt schwer atmend in ihrem vollgekotzten Doppelbett. Ich kratze hektisch aus den überall im Raum verteilten, mit Fünf-Cent-Münzen gefüllten Porzellanbehältern Geld für Zigaretten und eine Kurzstrecke zusammen. Nachdem ich die Schlafzimmertür so leise wie möglich zugezogen habe, sprinte ich mit beiden Händen voll Kleingeld durch den kilometerlangen Wohnungsflur dem Ausgang entgegen. Von einer Sekunde auf die andere fange ich an, unter einer psychischen Störung zu leiden, die mit einem zeitweiligen Verlust des Realitätsbezuges einhergeht: Ich höre Stimmen. Ich werde hysterisch. Auffällige Symptome für eine Psychose sind Halluzinationen. Ich betrachte nicht mich selbst, sondern mein Umfeld als verändert und erlange keine Krankheitseinsicht, das fällt mir jetzt spontan dazu ein. Die Stimmen kommen aus der noch vor wenigen Stunden mit Heroinschwaden vollgeräucherten Küche und unterhalten sich über eine Kunstform, die ihren Ausdruck in der Produktion bewegter Bilder findet:

»Ja also, ich finde, du gehst da dann so rüber und dann musst du spielen, dass du in der Wut von Marie deine eigene Verzweiflung wiedererkennst.«

Als ich die Küche betrete, stehen da fünfzehn Personen herum, die sich entweder über die Widersprüchlichkeit ihrer Rollen unterhalten oder im Hintergrund geleuchtete Lichteffekte korrigieren.

Ich frage: »Entschuldigung, aber was geht denn hier?«

Naheliegenderweise werde ich angeguckt, als wäre ich der dünnhäutigste Mensch der Welt.

»Ich weiß, es gibt niemanden, der mich NICHT anstarrt als wäre ich der dünnhäutigste Mensch der Welt, aber was passiert hier gerade? Habt ihr das mit Ophelia abgesprochen?«

Ein total dünner Aufnahmeleiter in Picaldi-Jeans guckt dermaßen unberechenbar zu mir rüber, dass ich verstumme und mich unauffällig aus der Küche zurück zu Ophelias Schlafzimmer schleiche. Ich reiße die Tür auf und schreie: »Ophelia, in deiner Küche sind fünfzehn Menschen!«

Sie wacht ruckartig auf und schmeißt diesen Scheißschuh nach mir, den sie letzte Woche bereits über die Tür einer Klokabine geschmissen hat. Danach lässt sie sich wieder in ihre Daunenkissen fallen.

»Was geht denn da, Ophelia? Da sind fünfzehn Menschen in deiner Küche.«

»Sind die echt schon da?«

»Ja, die sind echt schon da!«

»Haben sie Kameras und Lampen und so was dabei?«

»Ich glaube schon.«

»Dann dreht meine Freundin Frauke da gerade 'ne Szene für ihren Abschlussfilm, in dem so ein Typ Zyankali in das Tampon von seinem Girlfriend reintut, damit das Girlfriend stirbt. Ist doch geil, oder? Solange ein Film in meiner Wohnung gedreht wird, ist definitiv gewährleistet, dass er sich von dieser jungen deutschen Sozialrealismusscheiße absetzt.«

In der Küche bediene ich mich souverän an dem auf einem Tapeziertisch angerichteten Catering. Ich werde nicht beachtet, esse ein Nutellabrötchen und beobachte währenddessen eine überschminkte Frau in Netzstrumpfhosen dabei, wie sie: »Hör endlich auf mit deinen Scheißdrogen, Jürgen! Ich will keine Scheißdrogen in meiner Wohnung!« schreit.

Jürgen wird gespielt von einem Mann, der sich nicht von der direkt an seinem Gesicht klebenden Handkamera irritieren lässt und bläuliches Pulver schnupft. Ich sage: »Das wirkt aber nicht so richtig echt, wenn ihr da einen Drogenfilm machen wollt und der da bläuliches Pulver schnupft, was soll das denn sein?«

»Fuck, wer bist du eigentlich?«

»Kann ich mal kurz ins Badezimmer?«

»Nein, da wird gerade jemandem kollagenreiches Bindegewebe auf den Rücken geschminkt.«

Ich stampfe wütend quer durch die Küche, sage: »Vergrabt euren Scheißfilm doch einfach in der Wüste!«, und knalle die Wohnungstür hinter mir zu.

Filmriss

Ich schreie: »Ey, scheiße, wer hat dich denn ins Hirn gefickt?« Annika zuckt zusammen. Um 7 Uhr 20 hat sie pflichtbewusst einen Eimer Wasser über mir ausgeleert, während ich weinend in meinem Bett lag.

»O Gott, Entschuldigung, Mifti, ich hab nicht gesehen, dass du schon wach bist, warum weinst du denn?«

»Ja, fuck, guck dir jetzt bitte mal meine Scheißhaare an!«

»Komm, Mifti, wir müssen das hier jetzt zu Ende bringen, komm jetzt! Du siehst so super aus, nicht weinen jetzt, bitte.«

Annika kann natürlich total verstehen, dass ich jetzt heule und die Welt nicht mehr verstehe und mich nicht wiedererkenne.

»Du siehst echt toll aus.«

»Nein, ich hab voll die Komplexe, und die Haare haben mir halt immer so eine Kraft gegeben.«

»Schatz, jetzt guck mich mal an. Du hast doch Selbstbewusstsein ...«

»Ich hab kein Selbstbewusstsein.«

»Wir haben beide kein Selbstbewusstsein und zusammen sind wir stark, ich hier mit meinem hässlichen Bauch, und du jetzt vielleicht mit deinen komischen Haaren, die aber superschön aussehen.«

»Das würde ich doch jetzt auch sagen.«

»Du siehst gut aus, ohne Scheiß, du siehst aus wie Carmen Electra in irgendeiner Lagune!«

»Wirklich?«

Annika setzt sich lächelnd auf die Bettkante und nimmt meine Hand.

»Aber du musst wirklich langsam aufstehen, es ist zwanzig nach sieben.«

»Ey, lass mich bitte noch fünf Minuten schlafen.«

»Was geht denn jetzt? Bist du völlig krank? Willst du hier wieder liegen bleiben oder was?«

»Ich hab doch gesagt, dass ich aufstehe.«

»Du hast mir versprochen, dass du heute in die Schule gehst. Das ist jetzt wirklich das Ende.«

»Nein, das ist ganz bestimmt nicht das Ende, lass mich hier bitte noch dreißig Sekunden liegen, ich zähle jetzt bis dreißig.«

Ich zähle tatsächlich laut bis zweiundzwanzig.

»Dreißig Sekunden sind vorbei.«

»DREI MINUTEN, ANNIKA!«

»NEIN! NEIN!«

»Du schreist mich hier die ganze Zeit an und ballerst mich mit irgendwelchen Scheißbefehlen zu und da erwartest du ernsthaft, dass ich aufstehe?«

»Was soll ich denn machen, Babysister? Soll ich dich jetzt aus dem Bett prügeln oder was? Soll ich dich verprügeln? Ich kann dich leider nicht verprügeln, das geht leider nicht.«

»Natürlich geht das.«

Sie guckt mich erschrocken an.

»Nein.«

»Natürlich geht das, Annika, verprügle mich doch einfach.«

Ihre Erschrockenheit entwickelt sich innerhalb weniger Sekunden zu einem grenzenlosen Verständnis für alle gewalttätigen Erziehungsbevollmächtigten dieser Welt. Sie kämpft, sie hasst mich, sie ist in der Lage dazu, mich traditionell unbetroffen in eine Position zurückzudrängen, in der es sich Jahre meines Lebens nach Unterdrückung und Demütigung zu sehnen galt. Sobald sie mich anfasst, gehöre ich ihr. Wir sehen uns gegenseitig drei Minuten lang schweigend beim Sterben zu.

»Nein, das geht nicht«, sagt sie und dreht sich um.

Ich ziehe mir die Decke über den Kopf und weine.

»Du willst aus mir deine verfickte, kranke, tote, sadistische Mutter machen. Ich bin total paranoid. Du hast deine Mutter umgebracht und du wirst mich umbringen, davon bin ich in meiner Scheißparanoia felsenfest überzeugt.«

»Ich habe meine Mutter nicht umgebracht.«

»Du bist geboren, du hast sie umgebracht. So einfach ist das.«

»Sie hat gesagt, dass ich das Beste bin, was ihr je passiert ist.«

»Sie hat deine Speiseröhre mit der Schraubdrehung von 'nem Eisenknebel zerrissen. Hör endlich auf damit, diese pseudonaiven, pseudokleinkindlichen, pseudounschuldigen Aussagesätze aus dem Gehege deiner Zähne zu entlassen. Ich kotze gleich, wirklich. Du bist nicht mehr die misshandelte Dreijährige, die du ununterbrochen pseudobelastungsgestört zu sein vorgibst. Da sind keine lebhaften Erinnerungen in dir verblieben, die ein gefährliches Eigenleben entwickelt haben und sich jetzt gegen dich richten. Du richtest dich gegen uns. Du bist erwachsen, Mifti.«

»Boah, wie du redest, ey.«

»Du forderst hier gerade dein Recht ein, gefoltert zu werden, sehe ich das richtig?«

»Ja, toll.«

Man wird als pseudobelastungsgestörte Dreijährige aus seinem Bett über den Parkettboden gezerrt und findet sich nach einigen Minuten der totalen Orientierungslosigkeit unter dem Schienbein seiner Halbschwester wieder, die ihre sadistische Ader entdeckt hat und mit ihrem Ellbogen meinen Hinterkopf zu zertrümmern versucht. Sie kniet auf meinem Rücken, weil mein Körper im Gegensatz zu mir selbst ein auf körperliche Schmerzen reagierendes Reflexbündel ist, das nicht stillhalten kann. Ich schreie. Selbst das Schreien hat nichts mit mir selbst zu tun, sondern mit der unvermittelten Reaktion eines Organismus auf einen bestimmten Reiz. Ich bin nicht meine Schreie, ich bin nicht mein physisches Schmerzempfinden, ich bin kein Tier. Ich habe komischerweise Hunger. Man denkt in solchen Situationen ja immer an die nichtigsten Sachen. Vor zwei Wochen ist mir wieder so was Komisches passiert, als ich nachts durch die Choriner Straße gelatscht bin und auf der gegenüberliegenden Straßenseite plötzlich so eine megaaggressive Gruppe kleiner Vollprolls gesehen habe. Mit Basecaps, in die Socken gesteckten Billigjeans und einem schwerstminderjährigen Girl in spitzen Pumps von Deichmann im Schlepptau. Die haben dann in gemeinschaftlicher Ideenvielfalt eine leere Bierflasche in meine Richtung geworfen. Ich habe meine Kopfhörer aufgesetzt. Die zweite Flasche landete direkt vor meinen Füßen, und die Typen überquerten die Straße.

»Bleib stehen, du hast sowieso keine Chance«, sagte der Hässlichste von ihnen, während ich noch immer an dem Glauben festhielt, die irgendwie mit ein paar gekonnten Fußtritten allesamt in Grund und Boden stampfen zu können. Dann kickte jemand von hinten seinen Fuß in mein Blickfeld, ich konnte gerade noch ausweichen. Das Einzige, woran ich dachte, waren die Nummern in meinem Handy. Nicht das Handy. Bitte nicht das Handy.

Der Hässliche dann irgendwann so: »Ey, hassu gerade Nazigruß gemacht zu mir oder was?«

»Wie bitte?«

»Ich hab's gesehen, du hast gerade Nazigruß gemacht, Alter!«
»Nein, hab ich nicht.«
»Ich hab's doch gesehen, ey!«
»Spinnst du? Ich hab meine Kopfhörer aufgesetzt, ich bin selber Ausländerin!«
Die Miene der Typen versteinerte sich, und dann veränderten sie ihre Haltung und waren alle ziemlich verwirrt.
»Krass, Entschuldigung, wir dachten, Sie wären Nazi.«
»Nein, Mann! Ihr könnt doch nicht durch die Choriner Straße laufen und Leute plattmachen.«
»Na ja, wir machen das immer so, also Erhan kickt dann immer, und dann liegen die Leute auf dem Boden, und dann gehen die anderen noch mal drauf.«
Erhan so: »Ja, sorry, der Kick, zum Glück habe ich nicht getroffen.«
»Haben Sie eine Zigarette für uns?«

Mein Kopf blutet. Ich bin ausgeglichener denn je. Ich liege als klar zu erkennendes Opfer mit blutendem Hinterkopf auf dem Bauch und genieße den Zustand der totalen Verantwortungslosigkeit. Der totalen Unschuld, weil es sich bei der ganzen Scheiße um eine besonders schwere Verletzung des Kindeswohls handelt. Offenbar steht mir ein Kindeswohl zu, offenbar wird mir mein Kindeswohl vor Augen geführt, indem es verletzt wird. Offenbar bin ich unabhängig genug von Annika, um in ihrem strafrechtlich zu verfolgenden Handeln nur meine mit selbigem einhergehenden Vorteile zu erkennen. Ich bin unabhängig genug von meiner Schwester, um ihr hyperventilierend in die Fresse zu feuern, dass es ein auf Gewaltopfer wie mich spezialisiertes Kommissariat gibt und mir quälende Mehrfachaussagen erspart bleiben werden.

Plötzlich realisiert Annika, dass sie soeben in eine Situation geraten ist, die ihr Gesicht verändert hat. Sie sitzt zitternd an die Heizung gelehnt auf dem überstrapazierten Flurboden und ist auf eine ekelhaft sentimentale Weise bemitleidenswert, die mich gleichermaßen aggressiv und überlegen macht.

Ich schreie hyperventilierend: »Du bist so gemein, du haust mir nur auf den Kopf, weil ich so lange Haare habe und da niemand die Blutergüsse sehen kann später!«

Annika schreit hyperventilierend: »Ja Mann, Scheiße, was soll ich denn machen?«

»Willst du mich jetzt fragen, wie du mich für diese ganze Scheiße bestrafen sollst oder was? Soll ich dir jetzt sagen: Hey, das nächste Mal rammst du mir einfach fett so eine Scheißikealampe in die Fresse?«

»Boah, scheiße, halt doch endlich deine Scheißfresse!«

»Hast du jetzt keine Angst, dass ich eine Gehirnblutung erleide?«

»Mifti, du bist kein Scheißsäugling mehr, Scheißgehirnblutungen haben nur Scheißsäuglinge!«

Sie steht hyperventilierend auf, um hyperventilierend durch den Flur zu torkeln. Kurz bevor sie sich in ihr Zimmer flüchten kann, klingelt zum ersten Mal in diesem Halbjahr unser Festnetzanschluss. Wir gucken uns an, verbündet und überfordert. Wir warten vollkommen aus dem Konzept geworfen, bis der Anrufbeantworter anspringt und das akustische Resultat des im Kehlkopf unseres Nachbarn Lars generierten Phonationsschalls ein Licht auf unsere Situation wirft, das unsere Situation lächerlich und unangebracht wirken lässt. Lars sagt: »Ja hallo, ist schon irgendjemand wach von euch? Mir ist total langweilig, deswegen wollte ich fragen, ob ich kurz runterkommen kann, und dann hole ich einfach meine Playstation ab, ich habe Mifti ja meine Playstation ausgeliehen vor drei Wochen. Tschüsi.«

Annika nur so: »Spinnt der? Es ist acht Uhr morgens!«

Ich tusche mir vor dem Badezimmerspiegel die Wimpern, ziehe mir ein türkisfarbenes, angeblich durch irgendwas Subtiles (was auch immer subtil in diesem Zusammenhang bedeuten mag) überzeugendes Seidenkaftankleid an und sage: »Tschüs, Annika!« Annika sagt unbeteiligt: »Willst du in einem Halston-Dress zur Schule gehen, das tausendfünfhundert Dollar gekostet hat?«

Ich knalle die Wohnungstür hinter mir zu. Erschöpft setze ich mich auf unsere Fußmatte und führe mir vor Augen, wo die Probleme liegen:

1. Ich habe keine Lust, jetzt zur Schule zu gehen.
2. Ich habe beachtliche Kopfschmerzen.
3. Auf unserer Fußmatte steht: Yogamatte – und das geht halt irgendwie gar nicht.
4. Ich muss dringend einen Weg finden, wieder da in diese Scheißwohnung reinzugelangen.

Man neigt zum Erstellen unnötiger To-do-Listen, mit deren Unterstützung es die nächsten zwanzig Minuten vor der verschlossenen Wohnungstür sinnvoll zu gestalten gilt:

1. Musik ist ausschließlich dazu da, um Gefühle zu konservieren. Karen Carpenter und Richard Carpenter.
2. Warum scheint die Sonne, warum singen die Vögel weiter, wissen die denn alle nicht, dass gerade die Welt untergeht.
3. Van Morrison, Gloria, fortwährende Hyperventilation und die Erinnerung an den von Edmond vor wenigen Wochen aus dem Gehege seiner Zähne entlassenen Satz: »Ich kann nur rennen, schnell und zwar weg und das immer. Patti Smith ist ein alter Junkie, was findest du nur immerzu an diesen alten Frauen? Alter macht niemanden besser. Wer altert, vergammelt.«
4. Anstatt in einem Zustand unwiderruflichen Kummers vor der Wohnungstür zu vergammeln, schließe ich die Wohnungstür einfach wieder auf.

Annika sitzt gemeinsam mit ihrer High-Definition-Mascara am Küchentisch und guckt mich an, als hätte sich meine Dünnhäutigkeit innerhalb kürzester Zeit zu einer nicht mehr nachvollziehbaren Skrupellosigkeit entwickelt.

»Ich muss nicht mehr in die Schule, Annika.«

»Das ist jetzt das Ende.«

»Ja, das ist wirklich das Ende. Draußen sind alle ohnmächtig.«

»Das glaube ich dir nicht.«

»Es ist total egal, ob du mir glaubst oder nicht. Draußen sind alle ohnmächtig.«

Sie guckt sich paranoid um.

»Atomkrieg?«

»Chemieangriff?«

»Mach das Fenster zu, Mifti.«

»Zu spät.«

Annika wird ohnmächtig, ich falle um. Jeder von uns denkt, er sei der alleinige Simulant. Das ist ungemein sexy.

Ja, da waren wir auch den Tränen ein bisschen nahe, und das muss ich auch ganz offen zugeben, auch wenn man bei mir das jetzt nicht oft gesehen hat, aber wenn es diese Momente gibt, in denen man den Tränen nahe ist, dann war das da schon einer davon, also da waren wir alle echt den Tränen nahe.

Um 8 Uhr 10 steht Lars gemeinsam mit seinem zweijährigen Scheißblag und einer unübertrefflichen Erwartungshaltung in unserem Wohnungsflur. Das zweijährige Scheißblag trägt einen weißen Häkelponcho aus Chile, wurde nie in seiner Entscheidungsfreiheit eingeschränkt und hat deswegen innerhalb von zwanzig Sekunden zuerst eine komplette Packung Nordseekrabben aus unserem Kühlschrank geholt und den Inhalt derselbigen dann auch auf der Stelle aufgefressen.

Lars hat drei Jahre lang Graphikdesign in London studiert und ist Veganer.

Intimacy

Als Lars, unser Nachbar, Graphikdesign in London studiert hat, fotographierte er im Rahmen des Projekts *Intimacy* Muscheln von innen und begründete diese zugegebenermaßen beschissene Idee damit, dass der Innenraum einer Muschel viel mit der Anatomie und dem Muskelaufbau des Menschen zu tun habe und so.

Mifti (schockiert): Bitte?
Lars: Nein, ich habe das dann halt damit begründet, dass eine Muschel von innen ... Ich weiß auch nicht so genau, die Struktur vom Inneren einer Muschel hat was total Intimes.
Mifti: Und das hast du abgegeben? Das ist wirklich ziemlich große Scheiße!
Lars: Der Typ hat auch gedacht, ich hätte ihn verarscht, krass oder?
Mifti: Du kannst als deutscher Veganer mit überdurchschnittlich großen Ohrlöchern keine Muscheln abgeben, wenn du in London Graphikdesign studierst.
Lars: Was hättest du denn abgegeben?
Mifti: Keine Ahnung, ich hätte wahrscheinlich Filmstills aus *Intimacy* abfotographiert.
Lars: Nein, jetzt sag mal ehrlich.
Mifti: Ich hätte Haut fotographiert. Ich hätte einen ganzen 35-mm-Film mit Hautunreinheiten abgegeben. Oder Intimpiercings.
Lars: Jetzt sag mal bitte ganz ehrlich, was du abgegeben hättest!
Mifti: Wer wurde denn am überschwänglichsten gelobt bei dem Projekt?

Lars: So eine Taiwanesin, die blutende Füße und ein Telefon und so eine Scheiße fotographiert hat und irgendwelche Poster, die an Wänden hingen. Und sie hat gesagt, dass sie Nebenschauplätze nachgestellt hat, weil die Nebenschauplätze sind irgendwie das, wodurch sich intime Situationen am prägnantesten einprägen, und die hat sie halt nachgestellt.
Mifti: Ich hätte die Seiten aus dem Fotoalbum meiner Oma fotographiert, aus denen meine Mutter Kinderfotos von sich geklaut hat. Du siehst die Seiten und dass da mal was war und dass da Fotos geklaut wurden, von meiner Mutter, die tot ist. Niemand weiß, wo diese Fotos sind. Ich finde, etwas Intimeres gibt es nicht.

Die soziale Lüge

Wenn ich lüge, dann neurotisch und zwanghaft. Meine Lügen ergeben sich aus einer Abhängigkeit von metaphysischen Begebenheiten. Wenn Annika lügt, sollen ihre Lügen dem Wohl der Belogenen dienen oder der Harmonie der Gruppe oder zumindest ihrer Leistungsmotivation. Davon ist sie fest überzeugt.
Lars: Ja, das tut mir jetzt natürlich auch total leid dass wir euch stören hier, aber das ist echt scheiße ohne Playstation an so einem Scheißtag.
Mifti *(wirft mit einer lässigen Geste die Haare zurück)*: Kein Ding, Lars! Ich bin aber auch nicht durchgekommen durch dieses Spiel da, ich weiß nicht, zuerst habe ich dann sechshundert Zombies pro Minute abgeballert, aber das Schlimme war dann später, dass da irgendwann dieses Seeungeheuer kam mit dem Ding im Rücken, und ich habe das mit dem Anker nicht getroffen.
Lars: Das ist kein Anker, sondern eine Harpune!
Mifti: Ich glaube, das ist ein Anker, weil der Typ ja spontan war und gerade keine Harpune zur Hand hatte auf dem Ruderboot und dann diesen Anker in die zu Flossen umgestalteten Vorderextre-

mitäten des großen Fisches rammen sollte, aber das hab ich dann halt nicht hingekriegt.
Lars: Wahrscheinlich, weil man da am Anfang den Hund befreien musste aus dieser Bärenfalle und du das nicht gemacht hast. Mir ist der Hund bei der Geschichte mit dem großen Raubfisch später zu Hilfe gekommen, weil ich ihn da im ersten Level gerettet habe.
Mifti: Dieser Scheißhund? Scheiße!
Lars: Ja, scheiße.
Mifti: Wie scheiße. Was für eine Scheiße das ist, oder? Dass man da mit gedrückter B-Taste Menschen abknallt, und sich im Endeffekt alles nur noch um einen weißen Bernhardiner-Grönlandhund-Mischling dreht.
Annika: Was führt ihr hier gerade für einen außerirdischen Dialog, Kinder?
Lars: Boah, scheiße, Mifti, dreh dich noch mal um.
Mifti *(die Lars kurz zuvor und versehentlich ihren blutverklebten Hinterkopf zugewendet hat, weil sie in die Küche rennen und ein Senfglas mit Waldmeisterbrause für ihn und das Scheißblag organisieren wollte)*: Annika hat mich verprügelt.
Annika lacht souverän die aus ihrem Unterbewussten hervorgegangenen, besorgniserregenden Sadismustendenzen aus der Welt. Niemand wird sie jemals beschuldigen.
Lars: Ey Mifti, wie krass sich das jetzt gerade angehört hat, das darfst du so echt nicht in der Öffentlichkeit sagen, irgendjemand glaubt das bestimmt.
Mifti: Annika hat mich verprügelt, Lars, ohne Scheiß.
Lars: Ich meine das ganz ernst Mifti, in der Öffentlichkeit darfst du das nicht sagen, du erzählst das dermaßen plausibel, dass dir das dann auch alle Menschen glauben werden, wenn sie Annika nicht kennen.
Annika: Das sieht schon heavy aus, oder? Deswegen sind wir vorhin auch nicht ans Telefon gegangen, Mifti ist irgendwie schon wieder nicht aufgestanden in ihrer verfickten Disziplinlosigkeit

und dann irgendwann doch, und dann ist sie rausgegangen, kam aber wieder! Überleg dir das mal!
Lars: Spinnst du, Mifti?
Annika: Mifti?
Lars: Mifti?
Scheißblag: Mifti?
Annika: Und dann ist Mifti danach halt plötzlich mit dem Kopf gegen diesen Kinderlötkolben gerannt, den Edmond in seinem Zimmer deponiert hat.
Lars: Was für ein Kinderlötkolben?
Annika: Gegen den Kinderlötkolben, dem die Cockerspanieldame Chantal vor wenigen Monaten ausgewichen ist, und dadurch hat Chantal einen Autounfall verursacht. Den Kinderlötkolben hat Edmond im Internet ersteigert, weil er die zum Kinderlötkolben gehörige Geschichte so geil fand.
Lars *(besorgniserregt zu Mifti)*: Warum bist du schon wieder nicht in der Schule? Warum ziehst du das nicht einfach durch?

Danach steckt Mifti Berlin-Mitte in Brand. Sie erdrosselt Lars mit einem Telefonkabel, wirft das zweijährige Scheißblag unprätentiös aus dem dritten Stock und bearbeitet Annika mit einem eisernen Requisit in der Größe ihrer Hand, das mit scharfen Zacken besetzt ist und dazu dient, das Fleisch des an den Armen aufgehängten Opfers zuerst in Fetzen zu reißen und danach bis auf die Knochen abzuschaben. Danach besucht Mifti Alice, die desinteressiert und kiffend auf ihrer Dachterrasse liegt. Mifti fesselt Alice an einen Tisch und setzt ihr einen Käfig auf die Brust, in dem sich eine Ratte befindet. Weil auf dem Käfig glühende Kohlen liegen, versucht sich die Ratte einen Ausweg durch das Opfer zu nagen.

Mittlerweile sitzen wir am Frühstückstisch, Annika spült eine halbe Ritalin mit Magermilchkakao runter und teilt den Inhalt der zweiten Nordseekrabbenpackung in drei gleich große Portionen auf. Lars, Annika und ich verstehen uns wunderbar.

Annika fragt: »Was hättet ihr denn heute gehabt in der Schule?«

»Hä?«

»Na ja, was für Fächer? Was für Fächer verpasst du jetzt? Mathe? Wenn du technisches Werken verpasst, kriegst du eine Sechs aufs Zeugnis!«

»Die fahren irgendwie alle ins KZ heute.«

»Großartig!«

Anyone from the Seventies here? Let's talk.

(Leisha Hailey)

Ich befinde mich in einer S-Bahn und diesmal stehe ich nicht unter Drogen, sondern gemeinsam mit zwei sechzehnjährigen Klassenkameradinnen aus Zehlendorf vor dem Fahrscheinautomaten. Die beiden tragen neonfarbene, mit Fleece gefütterte Stirnbänder, und ich bin keine ausgestoßene, pseudoarrogante Schulverweigerin, sondern ein integriertes, stilles Mitglied einer aus zweiundzwanzig mit ihrem Imponiergehabe auffallenden Jugendlichen zusammengesetzten Klassengemeinschaft. Der Unterschied zwischen denen und mir ist, dass ich nicht das Gefühl habe, mir aus irgendetwas etwas machen zu müssen, dass es Kinderfotos von mir gibt, zu denen Leuten grundsätzlich kein anderer Satz einfällt als: Toll, viel zu viel Weisheit für so ein kleines Gesicht. Meine Lehrer wissen nicht, was das Wort »Ambiguitätstoleranz« bedeutet. Die wissen nur intuitiv, dass es eine ganz wilde Sache ist, jetzt nett zu mir zu sein, also, die wissen das.

Margit Kratzmüller sagt: »Ey, geil, dass du mal wieder da bist, wo warst du denn?«

»Hatte eine sekundäre Pneumonie und musste Virostatika verabreicht bekommen, jeden Morgen.«

»Krass, wir haben dich total vermisst.«

»Ja, geil.«

»Ich habe jetzt einen Freund.«

»Super, wie alt?«

»Na ja, achtzehn.«

»Kenne ich den?«

»Das ist ein Freund von der Ex-Mitbewohnerin von dem einen Model da, mit dem ich mal was hatte.«

»Dieses Modelschwein von MySpace mit dem Billabong-Pulli?«

»Ja genau, der ist auch gar nicht mehr bei MySpace, ich habe immer gedacht: Wenn der mal nicht mehr bei MySpace ist, dann ist er tot.«

»Ist er wahrscheinlich.«

»Ja, bestimmt. Jedenfalls, wir waren da halt so ganz oben in diesem Club am Alex, und irgendwie habe ich mir da auch alles aufgeschürft.«

»Du hattest mit dem Sex im Treppenhaus vom Weekend und hast dir dabei alles aufgeschürft?«

»Ja, und du?«

Ich vergrabe mein Gesicht in den Armen.

»Ich bin nicht so der Drüber-Rede-Typ.«

»Ach ja, dein Problem da mit den Geschlechtsteilen.«

»Was?«

»Hast du mir doch mal erzählt, oder? Dass du ein Problem mit Geschlechtsteilen hast.«

»Ich hab ein Problem mit Sex, weil Sex der bedingungslosen Liebe entgegenwirkt, die ich will und nichts anderes ist als ein egoistischer, tierischer Trieb, der die Menschen, die ich liebe, als fremdgesteuerte Reflexbündel entlarvt. Eigentlich hast du recht, ich habe echt ein Problem mit Geschlechtsteilen. Picture the following scene …«

»Was heißt das?«

»Führ dir folgendes Szenario vor Augen: Du sitzt auf dem roten Sessel in deinem Zimmer, und dein neuer, achtzehnjähriger Freund drückt dir ein Buch mit kompliziertesten, philosophischen Problemkomplexen in die Hand, die du für ihn systematisch strukturieren sollst. Sagen wir mal *Homo Sacer* von Giorgio Agamben.«

»O. k.«

»Du denkst dir nichts dabei und fängst an, irgendeinen Text über die rechtlich verfasste Spaltung deiner Identität in ein vergesellschaftetes Wesen vorzulesen, in dem kommen Worte wie ›Dezidierung‹ vor, also wirklich so Scheiß, und plötzlich fängt er an, dich zu befriedigen. Du willst das Buch wegschmeißen und dich darauf einlassen, er zwingt dich aber, den Text zu Ende zu lesen.«

»Ja.«

»Jedenfalls, nach spätestens drei Zungenschlägen entwickelt sich diese Situation zu einem unfassbaren Kampf zwischen deinem Körper und deinem Kopf. Zwischen deiner Biologie und deinem Intellekt. Du versuchst wirklich felsenfest, weiterhin irgendeinen zusammenhängenden Sinn in dem, was du da liest, zu erkennen, schaffst es aber irgendwann nicht mehr, weil sich deine Muskeln und deine Geilheit total dagegen wehren. Und irgendwann kommst du dann und lässt das Buch fallen. Dein Körper, der eigentlich nichts mit dir zu tun hat, hat dich besiegt. Manche empfinden das als die absolute Erfüllung. Mir macht das aber einfach Angst.«

»Dann hast du Angst vor Kontrollverlust.«

»Nein, das würde ich so nicht sagen.«

»Jedenfalls hört sich das immer sehr klug an, was du erzählst.«

»Danke schön.«

»Jürgen?«

»Schön, dass du anrufst, Mifti. Ich wollte gerade kotzen gehen.«

»Was?«

»Kann ich ja jetzt nicht.«

»Warum wolltest du kotzen?«

»Anorektische Anfälle. Na ja, wie gesagt, kotzen tue ich dann jetzt halt nicht.«

»Bist du allein? Hast du meine Masochismus-Kurzmitteilung gekriegt?«

»Ja. Wo bist du gerade?«

»Im Konzentrationslager. Mir wird hier absolut keine Vorstellung vermittelt. Wir stehen als zweiundzwanzigköpfige Klassengemeinschaft gleichmäßig verteilt auf einem halbkreisförmigen Appellplatz, der früher von vier Ringen fächerförmig angeordneter Baracken umschlossen war.«

»Seid ihr in Sachsenhausen? Da habe ich mal vor die Krankenstation gekotzt.«

»Anstatt vor die Krankenstation zu kotzen, hab ich mich grad schon sozusagen über einen Wackelkontakt in meinem Audioguide unterhalten. Wie war dein Tag?«

»Pinkelszenen in einem Parkhaus, für das wir keine Drehgenehmigung hatten.«

»Kannst du mich hier rausholen?«

»Mifti?«

»Wann sehen wir uns?«

»Übermorgen Abend? Bei der Hochzeit von Samantha und Albrecht, auf die du hoffentlich eingeladen bist. Was ich dir noch sagen wollte: Mach dir am besten keine ernsthaften Gedanken darüber, warum du dich von Annika verprügeln lässt. Dieser ganze masochistische Blödsinn wird mit der Zeit immer unaufdringlicher. In zehn Jahren hast du normalen, gleichberechtigten, legalen, auf erfüllter Liebe basierenden Sex. Und zwar mit Personen, die nicht zu deiner Familie gehören.«

»Ich fand das jetzt sehr schön, wie du das vorgetragen hast, aber ich glaube, das ist ziemlich große Scheiße.«

»Irgendwann wirst du eine ganz durchtriebene Sadistin sein. Irgendwann wirst du sogar feststellen, dass Genitalien schön aussehen können. Hast du nicht Lust, deiner kompletten in Röhrenjeans steckenden Klassengemeinschaft ihre von dir in Wäscheklammern eingequetschten Brustwarzen umzudrehen?«

»Nein. Die sind alle niedlich.«

»Niedlich ist Silber, Sadismus ist Gold.«

»Ich habe letztens vorm Berghain eine Schnecke zertreten.«

»Haha.«

»Ja, ich war echt zu Tode schockiert und fand das furchtbar, dieses Geräusch alleine schon und diese komische Hersilie, ich weiß gar nicht, ob du die kennst, jedenfalls hat die dann …«

»Meinst du die Hersilie mit diesem krassen ›Ich spiele eine Prostituierte in einem Film‹-Look?«

»Genau. Sie jedenfalls so: ›Dann weißte ja, was du in deinem nächsten Leben wirst: Schnecke vorm Berghain.‹«

»O. k. Das kannst du dann ja mal in deiner späteren Buddhistenphase an einem Strand in Thailand verwenden, wenn sich alle über Wiedergeburt unterhalten und sagen: ›Also ich möchte gerne als Baum wiedergeboren werden‹ oder ›Ich möchte gerne als Blatt wiedergeboren werden‹, und du schreist megadesillusioniert: ›Ich weiß schon, was ich später werde, Schnecke vorm Berghain‹«.

»Scheiße.«

»Wo geht die denn wohl hin, die Seele?«

»Entweder in den Himmel oder in die Hölle. Oder in den Schmetterling.«

Es gibt so viele Jahre in meinem Leben mit so einer Art Leichenstarre oder wie nennt man das, so einer Art Duldungsstarre oder so, also, sich nicht bewegen, weil man weiß: Das kann jetzt nicht das Leben sein, und da muss man dann durch, durch diese fürchterliche Zeit, man muss das ablaufen, was andere einem als Erfahrung vorschreiben und wo man aber denkt: Das interessiert mich eigentlich überhaupt nicht. Was schreibe ich hier?

Mein erster Tag in der neuen Schule liegt ungefähr acht Monate in der Vergangenheit.

Ich betrete ein Gebäude, das ich nach sechsundfünfzig Minuten Bahnfahrt eigenständig in einem unübersichtlichen Waldstück aufgespürt habe. Von nun an werde ich auf jede Frage nach meinen familiären Zusammenhängen antworten: »Ich habe keine Familie.« Das schwöre ich mir bereits nach den ersten beiden Schritten über den blau gesprenkelten Laminatboden, der mich in einem inakzeptablen Ton darum bittet, von meiner Existenz als in verheißungsvoller Spätsommerluft über intellektuelle Moden diskutierende Kampfhundbitch Abschied zu nehmen. Ich denke »Apartment, Wrestling, Rock'n'Roll«. Mit jedem Meter verliere ich einen Teil meines Vokabulars. An diesem Ort werde ich in naher Zukunft zu keiner anderen Leistung mehr fähig sein, als permanent zu vergessen, die Arbeitsblätter zu knicken, bevor ich sie loche. Locht man Arbeitsblätter nicht auf Kante, stehen sie im Endeffekt hässlich aus dem Schnellhefter raus und haben die nicht zufriedenstellende Kopfnote »befriedigend« im Bereich »Zuverlässigkeit und Sorgfalt« zu verantworten.

Irgendwann bin ich dann einfach nicht mehr hingegangen sozusagen. Nicht jetzt weil ich dachte, man könnte auf Bildung verzichten, sondern weil ich damit einfach nicht zurechtkam. So was ist kein bewusster Schritt, sondern nur ein Verzweiflungsakt. Das unseriöse Element am Leben fand ich einfach viel toller, diesen sexy Moment, das Vorläufige, das Luxuriöse und das Spielerische. Dass es total unsinnig ist, auf der Welt zu sein. Und dass es eine Unverschämtheit ist, sterben zu müssen. Mit diesem Gedanken schlafe ich ja wirklich oft ein. Ich fühle mich bis zum Getno verarscht, weil mein Bewusstsein zwangsläufig draufgeht, wenn der Körper nicht mehr funktioniert, obwohl ich das eigentlich …

Es ist 12 Uhr 30. Alles, was Herr Kroschinske erzählt, finde ich interessant.

Herr Kroschinske: »Da vorne drin sind kleine Kerker, in denen die Menschen monatelang im Dunkeln eingesperrt waren.«

Ich zünde mir eine Zigarette an.

»Mifti, das ist keine so gute Idee.«

»Entschuldigung.«

Ich mache die Zigarette wieder aus und lächle glaubwürdig opferbereit. Herr Kroschinske lächelt glaubwürdig ausgeglichen zurück. Ein Junge aus der Parallelklasse, dessen Namen ich nicht kenne, schreit: »FUCK, WARUM DÜRFEN WIR HIER NICHT RAUCHEN? DA IN DEM MÜLLEIMER SIND VOLL DIE VIELEN ZIGARETTENKIPPEN!«

»Anatol Schmidt, das Problem ist, ich hab vorhin hier mit der Aufsicht gesprochen und das Rauchen ist hier einfach mal echt verboten.«

»Ja, Mann, scheiße, hier im Mülleimer sind aber voll die vielen Zigarettenkippen!«

»Das liegt dann vermutlich daran, dass sich andere Leute nicht an das Rauchverbot gehalten haben und dann jemand deren Zigarettenkippen aufgesammelt und sie später in den Mülleimer geworfen hat, keine Ahnung, warum holst du jetzt so demonstrativ deine Zigarettenschachtel raus?«

»WAS? WIR DÜRFEN HIER NICHT RAUCHEN?«

»Nein, ihr dürft hier nicht rauchen.«

»Ja, scheiße, was machen wir denn jetzt!«

»Wir können ja vielleicht gleich mal überlegen, ob wir geschlossen das Gelände verlassen, aber jetzt guckt euch erst mal noch die weißen Linien da drüben an, da stand mal ein Gebäude in dem gezielt ein Attentat auf sechshundert Leute verübt wurde, weil sie als biologisch minderwertig galten, und die sind da wirklich auch alle gestorben.«

Die Klasse verlässt geschlossen das Gelände, noch bevor Herr Kroschinske seinen Satz zu Ende gebracht hat. Mit Virginia, die vier Strumpfhosen übereinander trägt, unterhalte ich mich im Gehen über irgendeine Scheiße.

»Weißt du, Mifti, dann habe ich irgendwann mal meinem Vater eine SMS geschrieben, in der stand: ›Liebes Papa‹. Und er schreibt so zurück: ›Liebe Virginia, du weißt aber schon, dass es LIEBER Papa heißt? Hast du ein Problem mit deinem T9?‹«

»Was für ein Arschloch.« (Es fällt mir so schwer, mich darauf jetzt mit vollem Ernst zu konzentrieren, weil mir das so wahnsinnig altmodisch vorkommt etc.)

Und das ist also das Begräbnis, das ich mir immer gewünscht habe: Ja also, mein Vater, meine Mutter, mein Kind und meine Geschwister und meine Großeltern sind tot. Weil meine Familie ausgelöscht wurde, bin ich aus einem mir unerfindlichen Grund zu einem Discountbestattungsunternehmen geworden plötzlich, in dem die untere Mittelschicht stirbt, wenn sie tot ist. Alles ist echt, aber es gibt Momente, in denen die Wahrheit ein Fake ist, Blumen, Tonnen von Duftstoffen, hölzerne Nägel, die wie Fingernägel lackiert sind, während ich mich durch eine Masse schlechtgekleideter Menschen kämpfe, die mich anstarren, ich gönne niemandem, der hässlicher ist als ich, mich dabei zu beobachten, wie ich weine oder unter dem Druck dieser weitverbreiteten Standardauffassung von Authentizität zu Boden sinke und glaubwürdig edelfies den Anschein einer kathartischen Wirkung aufrechtzuerhalten versuche.

Ich will vierhundert Aktien erben und habe ausgerechnet, wie hysterisch ich bin, der Priester fragt mich: »Fällt dir etwas Gutes ein, was ich über die verwesenden Leichen deiner Familie sagen (ich muss etwas sagen, SAG ETWAS!) kann?« Und ich sage ihm, wie wunderschön sie alle waren. Niemand heult, die Leute sind nur gekommen, um mich anzustarren. Habe ich sie wirklich geliebt? Ich will ein Haustier, das sich im Kreis drehen kann. Die Schulleiterin Frau Pegler schreit am anderen Ende der Leitung:

»Mifti, ich halte dich für den unmoralischsten Menschen, der mir je begegnet ist.«

Ich will nicht, dass diese schreckliche Hartgeldnutte einen Fall von Lobotomie aus mir macht.

»Was?«

»Ich halte dich für den unmoralischsten Menschen, der mir je begegnet ist, und ich verlange, dass du dich auf der Stelle, genau in diesem Moment, egal ob dir vor zwei Sekunden irgendein großer Stein auf den Kopf gefallen ist oder nicht, ich verlange von dir, dass du dich in einen Regionalzug setzt, um in weniger als zwei Stunden in meinem Büro aufzutauchen.«

»Na gut.«

»Na gut?«

»Frau Pegler, Sie wissen doch: Ich bin nicht in der Lage dazu, es Ihnen leichtzumachen, irgendeine Form von Vertrauen zu mir aufzubauen.«

Herr Kroschinske streicht sich unnatürlich unangestrengt ein Haarbüschel aus dem Gesicht und guckt woanders hin und dann irgendwie doch wieder zu mir. Während er noch versucht, dem Impuls zu widerstehen, sich diesmal nicht auf die Seite einer knallneurotischen Schuldirektorin zu schlagen, sondern auf die eines Problemkindes, das vorgibt, durchreflektiert und deswegen unangreifbar zu sein, beende ich das Telefonat. Ich gebe ihm sein Handy wieder und mit einer lässigen Geste gleichzeitig fünf verschiedene Dinge zu verstehen: Von mir wird erwartet auf der Stelle alarmiert die Hufe zu schwingen, Frau Pegler ist eine unsichere Scheißfotze deren pädagogisches Fehlverhalten zwar unangebracht, aber nachvollziehbar ist, Sie sind ein echt cooler Lehrer und mir voll sympathisch, Ihre Frisur ist auch total cool, das von Ihnen vor unserem wirklich interessant gestalteten Konzentrationslagerbesuch ausgeteilte Arbeitsblatt werde ich zu Hause ausfüllen und übernächstes Jahr fehlerfrei im Rahmen eines meine folgenden dreihundert Fehltage ausgleichenden Referats der kompletten Klassengemeinschaft präsentieren. Herzlichen Dank, dass Sie sich darüber gefreut haben, mich zu sehen.

Der Regionalzug, in dem ich zwanzig Minuten später sitze, heißt Helmut Schmidt.

Ich versuche, mich zurück in die Grundstimmung des letzten Jahres zu steigern. Ein Zustand, in dem mir vor lauter produktiver Sentimentalität nichts anderes übrigblieb, als nachts mit Bleigewichten an den Knöcheln vor dem Spiegel auf in Techno gemixte Geigenpassagen zu tanzen. Jeder Track war eine Herausforderung. Ich hätte Strom gefressen, um länger als achtundvierzig Stunden ekstatisch über einen vollgekotzten Dancefloor springen zu können. Eine Zeit, in der fremde Leute im Regionalexpress »Krasse Choreographie« tuschelten, anstatt mich nicht zu beachten, eine Zeit, die von einer über jeden Überlebenswillen erhabenen Vorstellung dominiert wurde: der Vorstellung, die Alice und ich voneinander hatten – eine Antwort auf alle Fragen, die in der absoluten Intensität meines nicht in einen konkreten Anspruch zu übersetzenden Begehrens lag.

Es funktioniert nicht. Es funktioniert auch nicht, aus dem Fenster zu sehen. Es funktioniert nicht, sich vorzustellen, dass man am späten Nachmittag bekifft auf einem Motorroller durch das Erdgeschoss der Galeria Kaufhof fahren und das weiche Goldblitzen der Uhrenkästen als adäquaten Ersatz für all das einordnen wird, dessen man innerhalb der letzten zwei Jahre beraubt wurde: Träume, Verlangen, Sexualität, Glaube. Unterwelt in einem Land, das menstruiert, Tag für Tag erneut zu Scheiße wird und mit seiner unaufhaltsamen Fäulnis all die aus Phantasien zusammengesetzten Existenzen ins Verderben stürzt: Sie sterben.

Sie spielen, essen, ficken, schlafen, wachen auf, sind nicht zu Hause, wenn das Gas abgelesen werden soll, bestellen Sitzbälle, um ihre Rückenmuskulaturen zu stärken, laden kostenlos die Diskographie von Iggy Pop aus dem Internet, haben eine Ausbildung zur Landschaftsgärtnerin absolviert, entscheiden sich falsch, buchen einen Pauschalurlaub, verbringen ein Austauschjahr bei Mormonen in Las Vegas, dekorieren ihre Wohnung jahreszeitengemäß, legen sich einen Vierbeiner zu, dessen Exkremente zuerst in einer Plastiktüte verstaut und danach entsorgt werden müssen, trennen sich voneinander, nennen ihre Schülerband »Eva Herman Enterprise«, werden Großeltern, sind beeindruckt, haben unreine Haut, werden erstochen, verlieren bei einem Autounfall ihr linkes Bein, kaufen Buttermilch, antworten »Arschloch« auf die Frage nach ihrem Sternzeichen, erstellen die Internetseite www.live-vergewaltigungen.de und fragen sich seit Jahren, aus welchem Grund sich Matratzengeschäfte immer in Eckhäusern befinden.

Frau Pegler hält mir einen kleinen Zettel vors Gesicht, auf den ihre Sekretärin feinsäuberlich geschrieben hat: Mifti kommt zehn Minuten zu spät.

Sie wedelt mir damit allen Ernstes über dreißig Sekunden vor der Nase herum. Ich beginne zu vermuten, dass meine Schuldirektorin geistig behindert ist.

»Das lag hier gerade auf meinem Schreibtisch.«

»Ich habe angerufen, um zu sagen, dass der Regionalexpress Verspätung hat.«

»Tatsache ist, dass du nicht alles dir in der Macht Stehende unternommen hast, um pünktlich zu sein.«

Ich lächle Frau Pegler an und lasse mich von ihr auf einen dunkelblau gepolsterten Stuhl platzieren, der in den Augen meiner Schwester definitiv Grund genug gewesen wäre, das Büro auf der Stelle wieder zu verlassen. Mit Hilfe eines letzten Funkens an Selbstdisziplin und dem Gedanken an eine grüne Wiese gelingt es mir, meine Aggressionen im Zaum und bescheiden die Fresse zu halten.

»Mifti, ich habe einen hundertfünfzigprozentigen Riecher für Gut und Böse. Und du bist definitiv böse.«

»Reicht Ihre dreizehnjährige Erfahrung im Umgang mit psychisch labilen Jugendlichen nicht aus, um einschätzen zu können, dass mich dieser Satz jetzt in eine fette Identitätskrise stürzen lässt?«

»Nein.«

»Meinen Sie das wirklich ernst? Müssen wir uns wirklich auf so einer Ebene unterhalten?«

»Ja.«

»Frau Pegler, man versucht, Sie stilvoll und angemessen in Grund und Boden zu kritisieren, und alles, was Sie machen, ist: ja oder nein sagen.«

Frau Pegler antwortet nicht.

»Man kritisiert Sie stilvoll und angemessen in Grund und Boden, und was machen Sie? Sie sagen GAR NICHTS. So eine Scheiße!«

Ich wünsche mir, dass jemand mich fragt, wie mein Schultag gewesen ist.

I got the elation, hesitation, dissipation, coagulatin', relaxation, angxation [sic], emancipation, propagation, moppin', soppin', talkin' bout your coppin' blues.

(The Charlatans)

Es ist komischerweise ziemlich einfach. Der unglaubliche Hochgesang auf ein gut durchdachtes Lichtkonzept, das noch vor wenigen Sekunden aus nichts anderem als zwei deplatzierten Stehlampen bestand. Eine sich mit jedem Augenschlag weiter in die Richtung des gewünschten Technopalastes entwickelnde Dönerbude. Die Frage danach, ob das nüchterne Leben überhaupt einen Sinn machen kann.

Die Antwort auf diese Frage gibt Edmond, nachdem er sich einen Börek in den Mund gestopft und währenddessen gemurmelt hat, er müsse poetischer werden: »Und endlich ist es vorbei, unsere Herzen sind wirklich ziemlich im Arsch, aber plötzlich haben sie keine Angst mehr davor, sich in historische Dokumente verwandeln zu müssen!«

Ja, genau. Ich trage einen dunkelblauen Parka, und die Gegenwart brennt sich noch immer durch den Stoff in meine Rückenmuskulatur. Die Welt zerfließt. Als ich auf mein Handgelenk gucke, rufen mir drei Stempel ins Gedächtnis, dass Berlin mir gehört. Lackierte Holzmöbel mit inakzeptabel gemusterten Polstern, an den Wänden hängen vergrößerte Passfotos von den Kindern des Mannes, der momentan hinter einem Glastresen steht und Tag für Tag salmonellenbehaftetes Fleisch mit hochqualitativen Dönerschneidegeräten zu bearbeiten pflegt.

Ich sage: »Ihr habt es so gut Leute, ihr habt Geschwister.«

Anstatt die Aufmerksamkeit auf mich zu lenken, lehnt Annika sich mit geschlossenen Augen über die Lehne ihres Stuhls. Diesbezüglich bin ich verwundbar.

Sie sagt: »Warum redest du hier jetzt so eine Scheiße, du hast auch Geschwister, du hast uns hier, wir sind inkompetent und scheiße, aber wir sind deine Geschwister.«

»So meine ich das nicht, ihr seid zusammen aufgewachsen und alles.«

»Wir haben uns ein Doppelstockbett geteilt.«

»Genau.«

»Das ist beschissen und nicht beneidenswert.«

»Aber was du da letztens erzählt hast, fand ich so geil, als ihr an Weihnachten zusammen bei Papa in diesem Ferienhaus in Zürich wart und beschlossen habt, dass ihr Fisch essen wollt, und seine Freundin wollte dann aber so Billiglachs im Supermarkt kaufen, und ihr habt gesagt: ›Nein, wir kaufen richtigen Fisch!‹ Und dann hat die dumme Schlampe den Papa in den Keller gezerrt und er hat geschrien: ›Ich habe keine Ahnung, diese Luxusscheiße und diese ganze Scheiße und dieses Verwöhnte und alles, das haben die von ihrer Mutter.‹«

»Ach krass, das hätte ich beinahe vollständig verdrängt.«

»Und dann hast du Edmond angeguckt und gefragt, ob ihr bei der Mitfahrzentrale anrufen und nach Hause fahren wollt, und Edmond hat so die Lippen zusammengekniffen und genickt.«

Edmond: »Hast du ihr das so erzählt, Annika? Dass ich die Lippen zusammengekniffen und genickt habe?«

»Jedenfalls fand ich das so großartig und dass ihr nicht alleine wart. Stellt euch doch mal vor, ich hätte da so gesessen, ich hätte niemanden angucken können, um festzustellen, dass nicht ich das Problem bin, sondern dass diese inadäquate Reaktion der Scheißfotze das Problem ist.«

»Hör bitte damit auf, Scheißfotze zu sagen, ich übernehme das so schnell und wenn dieses Wort dann morgen in der Agentur aus mir rausbricht, fragt mich plötzlich irgendein Praktikant in Schlangenlederstiefeln ob ich touretteartige Züge habe.«

»Aber verstehst du, was ich meine?«

»Das Ding ist: Als du gestern im Konzentrationslager warst, hat Edmond mir gestanden, dass er meine haselnussbraune Maus an die Katze verfüttert hat.«

Edmond kichert.

»Ich bin durchgedreht, Mifti.«

»Was für eine haselnussbraune Maus denn?«

»Wir hatten beide jeweils zwei Mäuse, also ich hatte zwei Mädchen, und Edmond hatte zwei Typen. Und irgendwann dachten wir halt, es wäre voll cool, eine von denen auszutauschen und plötzlich hatte jeder von uns zwanzig Mäuse, und die waren alle schwarz oder weiß oder irgendwie gepunktet. In meinem Wurf war aber eine kleine haselnussbraune Maus, die war echt so der Freak unter den Mäusen und hat immer andere Sachen gemacht. Das war einfach eine wirklich coole Maus und auf einmal war die weg.«

»Die hat immer andere Sachen gemacht?«

»Ja wirklich, wenn die ganzen anderen da in ihrem Häuschen so Gänge gebaut haben, hat die sich halt zum Beispiel so auf das Dach gesetzt und gar nichts gemacht.«

»Und dann?«

»Auf einmal war diese Maus verschwunden. Und ich hab sie überall gesucht. Im Garten, überall, im Kühlschrank, keine Ahnung, und dann dachte ich zuerst, dass sie einfach weggelaufen ist, aber sie hätte ja auch eigentlich echt nicht rauskommen können aus diesem Häuschen da, das hätte man niemals geschafft als Maus. Überall habe ich nachgesehen, und diese Scheißmaus war einfach nicht mehr am Start. Und als du gestern da im Konzentrationslager warst, hat Edmond plötzlich gesagt: ›Annika, ich muss dir was sagen, obwohl, o Gott, vielleicht warte ich noch ein Jahr.‹ Und ich so: ›Ey, scheiße, jetzt erzähl mir das bitte auf der Stelle‹

und er dann so: ›Ich habe deine haselnussbraune Maus an die Katze verfüttert‹«.

Annika atmet aus, als würde sie ein Kompliment dafür erwarten, Edmond nicht umgebracht zu haben.

»Mann, Annika, das tut mir echt leid, scheiße.«

Ich so: »Warum hast du ihn nicht umgebracht, als er dir das gestanden hat?«

»Ich war einfach nur traurig. Er hat dann auch noch total detailliert erzählt, wie die Katze mit der Maus gespielt hat, und dann dachte ich, vielleicht hat das der Maus am Anfang auch noch – obwohl, nein, das kann eigentlich nicht sein.«

Edmond: »Das hat der Maus keinen Spaß gemacht, Annika.«

»Nein, glaub ich auch nicht.«

»Ich auch nicht, Mifti.«

»Und was ist da sonst noch so passiert bei euch zu Hause?«

»Edmond hat ja immer oben geschlafen im Doppelstockbett, und da saß er dann irgendwann mal nachmittags im Rahmen irgendeines hyperaktiven Schubes plötzlich drauf, unsere Mutter war nicht zu Hause, und dann meinte er auf einmal: ›Yeah, Annika, ich tu jetzt mal so, als wäre ich eine Galionsfigur.‹ Und ich so: ›Ey, du bist doch voll gestört!‹ Und dann hat der sich aber echt so da rübergelehnt und ist dann kopfüber vom Hochbett gefallen, und jetzt rate mal, was ich gemacht habe, Mifti.‹«

»Keine Ahnung.«

»Ich habe ihm ganz viel Klopapier um den Kopf gewickelt, weil das so krass geblutet hat.«

»Wie alt wart ihr da?«

»Na ja, sechs und neun oder so.«

Wir wollen natürlich alle drei nie wieder mit irgendeiner verstörenden Alltagswelt in Berührung kommen.

SMS von Ophelia an Mifti, die vor einem Spiegel steht und sich beobachtet, als müsse sie anstatt ihrer selbst die Weite einer großen

Menschenmenge erfassen: »Mifti, ich habe meine Unterarme leidenschaftslos mit einem Brotmesser traktiert und würde am liebsten fliehen. Ich würde am liebsten fliehen. Ich kann das nicht mehr.«

Während ich mich auf diese enttäuschende Art ansehe, minutenlang, glaube ich den Beginn eines Lächelns zu bemerken. Meine Haare kleben an der Stirn, der Teint ist aus einem mir unerfindlichen Grund seidenmatter denn je, ich zähle meine Wimpern, die Wirkung des Spiegelbildes tritt unmittelbar ein und trifft mich mit der Plötzlichkeit eines Pfeils, der mich in der entferntesten meiner Erinnerungen zu durchbohren beginnt: ein Schmerz, der kein anderer ist als mein eigener.

Nur noch die grenzenlose Schwäche ist sichtbar und diese daraus entstandene Unschuld. Ohne den Blick von mir selbst abzuwenden, versuche ich mir in Erinnerung zu rufen, dass die Haut oberhalb meiner Kniekehle, das Narbengewebe zwischen den Schultern und das Sommersprossenfeld auf meinem Oberschenkel zu mir gehören.

Ich zwänge mich durch ein kleines Fenster in den dunklen Hinterhof, aus dem eine Leopardenherde vom aus der Dönerbude schallenden Rammstein-Album vertrieben wird. Meine Geschwister werden nicht auf die Idee kommen, sich nach meinem Verbleib zu erkundigen, weil sie zu sehr damit beschäftigt sind, Wirkungen und Nebenwirkungen voneinander zu unterscheiden. Alles, was ich weiß, ist, dass ich mich liebe und dass ich jeden meiner Schritte liebe und überhaupt. Ich zittere so sehr, ich habe keine Ahnung warum, dass ich nur ungefähr fünf Meter gehen kann, und dann setze ich mich auf eine Bordsteinkante, um irgendwann ein Taxi anzuhalten.

Ich sage: »O. k., ich habe absolut keine Ahnung, wohin ich will.«

»Bist du aufgeregt?«

»Warum fragen Sie mich so was?«

»Du wirkst, als würdest du gleich irgendjemandem begegnen, in den du verliebt bist.«

»Ich habe doch gesagt, dass ich keine Ahnung habe, wo ich hin will.«

Der Taxifahrer fährt los und beobachtet mich im Rückspiegel dabei, wie ich den Parka ausziehe. Ich schreibe mit einem Finger meinen Namen auf die beschlagene Scheibe und den Satz: »Yesterday I had the most terrible dream. I dreamed I was a plastic bag.«

»Was heißt das jetzt für mich? Dass du keine Ahnung hast, wohin du willst?«

»O. k., nach Hause.«

»Du hast gerade geraucht, oder?«

»Ist das ein Problem?«

»Nein, so militant bin ich ja nicht. Ich habe aber aufgehört, als du noch gar nicht geboren warst, schätze ich. Seitdem bin ich ein Nichtrauchertaxi.«

»Seitdem sind Sie also ein Nichtrauchertaxi.«

»Letztens habe ich sogar jemanden rausgeschmissen.«

»Der geraucht hat?«

»Nein, der ist eingestiegen und hatte halt ausdrücklich ein Nichtrauchertaxi bestellt, und dann wollte er in den Aschenbecher gucken, um sich wirklich zu vergewissern, dass hier drin nicht geraucht wird. Da habe ich gesagt: ›Nein, raus. Das geht halt echt überhaupt nicht, so was.‹«

»Komisch.«

»Ja. Nur einen habe ich hier drin mal rauchen lassen. Der stand da so und hatte sich gerade 'ne Havanna angezündet, ich bin vorgefahren, und er sagt: ›Oh, jetzt habe ich vergessen, ein Rauchertaxi zu bestellen.‹ Und ich habe gesagt: ›Herr Müller, kein Problem, steigen Sie ein.‹

Dann haben wir alle Fenster runtergekurbelt, sind mit höchstens fünf km/h die Oranienburger Straße entlanggefahren und wenn jemand blöd ins Auto geguckt hat, haben wir gewunken wie dieser Scheich, wie heißt der denn noch mal?«

»Das ist aber nett von Ihnen gewesen.«

»Ja, ich meine, Heiner Müller, der sagt dir bestimmt nichts, aber in so einer Situation muss man schon mal …«

»HEINER MÜLLER?«

»Heiner Müller.«

Wir fahren durch das nächtliche Mitte. Als er anhält, stelle ich fest, dass ich kein Geld mehr habe, frage, ob ich ihm meinen Personalausweis im Wagen lassen soll, er antwortet: »Nein, ich vertraue dir«, und ich renne nach oben in die dunkle Wohnung, wo ich allerdings nur einen 500-Euro-Schein finde, den er nicht wechseln kann, also fahren wir zu irgendeinem EC-Automaten, ich gebe ihm die beschissenen dreizehn Euro, und er sagt: »Steig wieder ein, vorne, ich fahre dich zurück.«

Er würdigt mich keines Blickes, bis er das Auto auf dem leeren, über eine spiralförmige Auffahrt zu erreichenden Parkplatz eines Ausstellungsraumes für Designermöbel anhält und aussteigt. Ich kurbele das Fenster runter, um ihm meine halbaufgerauchte Zigarette zu geben, mir schlägt überdurchschnittlich unangenehme Kälte entgegen. Ekel, pure Geilheit, Egoismus, die Verabschiedung aller intellektuellen Moden und der romantischen Vorstellung einer lebensspendenden Nacht.

Er zerrt meinen Kopf hoch, ich kann mich nicht daran erinnern, wie ich meine Unterwäsche losgeworden bin, habe einen dunkelroten, faltigen Schwanz im Gesicht und beobachte dessen Besitzer dabei, wie er als rhythmisch durch diese Situation fickendes Scheißtier mit seinen aufgeblähten, haarigen Eiern über alle Körperstellen herfällt, die ich vor weniger als einer Stunde als zu mir gehörend ausgemacht habe. Er steckt mir seinen Zeigefinger in den Mund und guckt, als sei er Enrique Iglesias im Musikvideo zu Heroe. Er leckt mit seiner triefenden Zunge dermaßen unzivilisiert meine Rippengegend ab, dass sein Speicheldrüsensekret literweise von meiner Haut auf die beigefarbenen Ledersitze zu tropfen scheint. Ich richte mich auf, um mein Kreuz durch- und somit den Oberkörper in sein mittlerweile vor Geilheit unkontrolliert zuckendes Gesicht zu drücken. Irgendwie gehen wir beide als völlig unabhängig voneinander existierende Individuen und trotzdem, als wären wir eins, diesen Weg weiter voran, bis wir stehen bleiben, und an diesem Punkt des Innehaltens sagt er völlig außer Atem, nachdem er versucht hat wieder irgendetwas in meinen Hals zu stecken, ich weiß nicht ob es ein von Schleimhaut überzogener Muskelkörper war oder sein Schienbein oder sein Schwanz: »Bist du Schauspielerin?«

»Woher weißt du das?«

»Ich bin Radiomoderator. Du sprichst so sauber, du hast diesen Schauspielerduktus, ich wusste von Anfang an, dass du Schauspielerin bist.«

»Warum fährst du Taxi?«

»Meine Sendung wurde eingestellt.«

Ich beschließe dann also plötzlich, nicht mehr in Erscheinung zu treten. Ich weiß, dass er mich gnadenlos fickt, ich will dieses unanständige Wissen nicht, denn es bedeutet den Verlust meiner Sprache – ich habe in dieser Sexwelt keine Sprache. Nichts daran ist ekelhaft oder von ekstatischen Ausbrüchen durchsetzt oder abscheulich. Das Widerliche ist, dass mein Körper wiederholt kommt, im Rahmen dieser anstrengenden Prozedur drei Runden lang von starken multiplen Orgasmen geschüttelt wird. Keine sich in unwillkürlichen Muskelkontraktionen entladende sexuelle Spannung, kein Rausch und keine Befreiung. Nur eine nicht enden wollende Spirale der Überwältigung durch sich übereinanderstapelnde Gefühle, dominiert von Mitleid und den sich nach meiner traumatischen Odyssee durch die Bewusstseinserweiterung endlich wieder abzeichnenden Umrissen. Die Nüchternheit, die sich wieder einstellt. Der Gedanke an meine Großmutter, die mich anruft, um mir mitzuteilen, dass Löwenmäulchen die Lieblingsblumen ihrer Tochter waren, die tot ist, obwohl es nicht vorgesehen ist, dass ein Kind vor seinen Eltern stirbt. Überhaupt, Kinder, die sterben, Wahnsinn.

Mein Opa, der mit seinem Cordhütchen heimlich auf einen Spielplatz geht um dort mit geschlossenen Augen zu schaukeln. Das Geld, das ich gespart habe, um meinem Teddy einen kleinen Schultornister aus rotem Leder kaufen zu können.

Der Taxifahrer klettert unbeholfen über die Lehnen ans Steuer zurück und startet den Wagen. Ich fange die dritte Zigarettenschachtel an. Ich versuche herauszufinden, in welcher Reihenfolge es alle Adressen durchzugehen gilt, die als anzugebender Zielort in Frage kommen könnten. Eigentlich stellt sich nicht die Frage nach der Anzahl oder einer Reihenfolge verschiedener zur Auswahl stehender Adressen: Die einzige Frage, die sich stellt, ist die, ob Ophelia noch lebt.

»Ich muss dahin, wo mein Vater wohnt. Am besten lässt du mich einfach irgendwo raus, das kannst du dir dann aussuchen. Ich muss so lange durch diese Stadt rennen, bis ich mit zerrissenem Zwerchfell in einer Benzinlache ohnmächtig und dann zu nichts anderem mehr in der Lage sein werde, als zu hoffen, dass irgendjemand versehentlich ein Streichholz in diese Benzinlache wirft. Währenddessen höre ich dann so eine ganz raffinierte Playlist, die ich heute zusammengestellt habe mit total abstrusen, unbekannten Songs von irgendwelchen Sixties-Garage-Bands aus amerikanischen Dörfern, es gibt eine Seite im Netz, da kann man sich dann solche Songs downloaden, und gleichzeitig downloadet man dann auch noch ein gewisses Exklusivitätsgefühl, weil man ja denkt, die wären außer von einem selbst noch nie von irgendjemandem gehört worden. Beispielsweise heißt da ein ganz bestimmtes Lied: *Loving You Sometimes.* Ich habe das gehört und gedacht: Scheiße, scheiße, es muss doch jetzt eine Möglichkeit geben, auszudrücken, was ich für diesen aus irgendeinem genialischen Musikerherz in meine Arme getaumelten Scheißsong empfinde. Und dann ist mir aufgefallen: Ich kann das nicht ausdrücken, denn ich habe keine Ausdruckswaffen mehr, sondern nur noch eine dunkel über meiner Existenz thronende Aufnahmefähigkeit, die nicht ausgeschaltet werden kann und mein komplettes Innenleben in verknotete Wurstbindfäden verwandelt hat. Ich bin ein Wurstbindfadenknäuel. Wahrscheinlich überlebe ich das alles nicht. Du musst mich einfach irgendwann rausschmeißen, in Ordnung?«

»Ja, gut, aber kann ich dich jetzt mal ganz kurz fragen, ob du irgendwie gestört bist?«

»Was?«

»Du erzählst mir hier in einer Wahnsinnsgeschwindigkeit irgendwas über Bindfäden, du bist echt unheimlich, hast du eben eigentlich ein einziges Mal Luft geholt?«

»Hast du irgendein Problem?«

»Nein, hast du eins?«

»Ich habe kein Problem, aber du hast ein Problem.«

»Jetzt sei still und kapier endlich mal, dass hier definitiv nicht ich derjenige bin, der ein Problem hat.«

»Ich habe kein Problem, du Spast!«

»Ja, gut dass wir drüber gesprochen haben.«

...

»Ich bin minderjährig.«

»Das finde ich ja eigentlich immer so schlimm, diese Minderjährigen, die sich dann vorstellen, ich würde mit ihnen später ein Ferienhaus beziehen oder so.«

»Die Sechsundzwanzigjährigen sind schlimmer. Die wollen Nägel mit Köpfen.«

»Nägel mit Köpfen sind absolut kein Problem.«

»Warum nicht?«

»Die bedeuten ausschließlich, dass für einen vollen Kühlschrank gesorgt, ein Ikeabett geteilt und so getan werden muss, als wäre man nicht zu Hause, wenn die GASAG kommt. Der Rest ist doch einfach nur unrealistische Traumscheiße, die aufhält und blockiert und enttäuscht und nervt. Ich werde in diesem einzigen Leben, das ich habe, kein einziges Ferienhaus von innen zu Gesicht bekommen, und das ist eigentlich voll akzeptabel in Anbetracht dessen, dass sowieso alle sterben und sich dann nicht mehr an ihre Studienreise nach Usbekistan oder an ihr Ferienhaus am Timmendorfer Strand erinnern können. Alle wollen immer nur irgendwas erleben oder Erfahrungen machen. Alle wollen ein halbes Jahr ihres Lebens in Tansania verbracht oder auf einem Baum in Burkina Faso dreieinhalb Kakerlaken gegessen haben.«

»Oder ein Kinderheim in Afghanistan gebaut haben.«

»Genau. Demnächst werde ich irgendjemandem mutwillig fünfzig Löcher in die Lungengegend schießen, um den Rest meines Lebens im Gefängnis verbringen zu dürfen und um dann endlich kein Teil dieser Gesellschaft mehr sein zu müssen, in der man zu nichts anderem mehr verpflichtet ist als zu dieser ständigen Verantwortung für sein eigenes Ansehen.«

»Würdest du wirklich einen Menschen töten, um ins Gefängnis gesteckt zu werden?«

»Nein, ich glaube nicht. Ich würde vielleicht ein Auto klauen oder eine Parfümerie ausrauben oder einen Stein durch eine Fensterscheibe wuchten und mich dann schnappen lassen.«

»Ich könnte zur Polizei gehen und sagen, du hättest mich vergewaltigt.«

»Vielleicht komme ich mal darauf zurück.«

»Das ist doch ein großartiger Plan. Ich kann für den Rest meines Lebens alle Fehlleistungen mit irgendeiner Vergewaltigung legitimieren, und du bist vier Jahre eingekerkert.«

»Vier Jahre Fernsehen, genug zu essen und am Wochenende Basketball.«

»Ist doch nett.«

»Wem's gefällt.«

Ich verabschiede mich und steige aus. Nur ein einziges Mal sehe ich mich noch um und das Taxi steht immer noch da und der Typ winkt mir leicht betreten aus weiter Ferne zu.

Aus dem sternenübersäten Himmel regnet es heißen Teer, der mir vergegenwärtigt, dass ich auf dem untersten Level der Desillusion angekommen bin und sich deswegen keine Chance mehr auf eine heilsame Wendung zum Exzess vor mir auftun wird. Ich bin zu desillusioniert, um in den Untiefen meines Selbstmitleids nach positiven Nebeneffekten zu suchen. Nicht mal Selbstmitleid ist mehr möglich. Ich kann weder rennen noch die Kopfhörer aufsetzen. Das Schlimmste ist: Ich kann nicht weinen. Wir Menschen weinen eigentlich nur, wenn wir glücklich sind, denn nichts ist gefährlicher für unsere Herzen als der Staub.

Staub ist der einzige Dreck, der uns etwas anhaben kann.

Meine Angst ist so groß, dass ich keine Luft mehr kriege. Ich laufe durch einen Stadtteil voller ordentlich zurechtgemachter Individuen, die vertrauensvoll und sozialverträglich genug sind, um sich gegenseitig von ihrem ernüchternden Wissen über die Sinnlosigkeit des menschlichen Daseins ablenken zu können. Gemeinsam mit meiner amphetamindurchsetzten Abscheu warte ich über zwanzig Minuten vor dem in Eierschalenfarben gehaltenen Scheißhaus, das ich betreten will, auf irgendeine Modeschwuchtel, die mir von innen die Tür öffnet. Die Modeschwuchtel wickelt sich einen Schal um den Hals, während sie nach draußen tritt und ich mich an ihr vorbei in den Flur zwänge. Sie hält mich für obdachlos und denkt vermutlich: Chrm. Nachdem ich durch den von noch nicht zu Ende gebrachten Betoninstandsetzungsarbeiten verdreckten Hausflur gerannt bin, entdecke ich im dritten Stock einen extrem deplatzierten Gummibaum in einem Topf. Ich schaufele da hektisch einen Großteil der Erde raus und stoße auf den Ersatzschlüssel, mit dessen Hilfe es in die Wohnung meines Vaters einzubrechen gilt. Dass für den Notfall ein unter dem Gummibaum im dritten Stock verbuddelter Ersatzschlüssel am Start ist, hat er mir naheliegenderweise nicht von Angesicht zu Angesicht mitgeteilt, sondern während irgendeines Telefonats seiner damaligen Lebensabschnittspartnerin zugeschrien, die zu diesem Zeitpunkt vermutlich etwas in eine Saftpresse getan oder die Biographie von Luis Buñuel durchgeblättert hat. Das Telefonat gestaltete sich in etwa wie folgt:

»Hallo Mifti!«

»Hallo Papa.«

»Ich wollte fragen, wie du es findest, wenn ich Annika zum Geburtstag diesen komischen Kaktus schenke, den man unten ans Handy dranmachen kann und der dann richtig groß wird.«

»Was?«

»Kennst du diese Handykakteen gar nicht?«

»Nein.«

»Ach so. Meine Freundin Franziska findet das irgendwie eine gute Idee.«

»Wie geht es der denn eigentlich?«

»Der geht es ganz gut, das Problem ist nur, heute Nacht habe ich noch mit so einer Assistentin ziemlich lange und total gequält über emotionale Tiefen gesprochen, die irgendwelche aufstrebenden Schauspielerinnen in irgendwelchen tibetanischen Kunstfilmen nicht verkörpert haben. Und da habe ich dann für uns alle Feigen im Speckmantel gebraten aus lauter Langeweile, die Franziska dann auch noch mitgegessen hat, und dann ist sie aber weggegangen, also ins Bett, also ohne mich, ich kam erst sehr viel später hinterher. Und heute Morgen ist sie plötzlich ganz traurig aus dem Badezimmer rausgeschlurft und hat gesagt, sie hätte sich eigentlich Zweisamkeit gewünscht.«

»Mann Papa, du hast immer nur Freundinnen, die sich irgendwas gewünscht hätten, und dann sagst du ununterbrochen: ›Ja, meine Freundin Franziska hatte sich Zweisamkeit gewünscht‹ oder: ›Meine Freundin Jane hatte sich Luftfeuchtigkeit gewünscht.‹«

»Und wie geht es dir so? Bei der Gelegenheit frage ich das jetzt einfach mal!«

»Super.«

»Ich fliege morgen nach Tokio, weißt du das eigentlich?«

»Ja.«

»Ist das nicht geil?«

»Ja.«

»Würdest du nicht auch gerne mal nach Tokio fliegen?«

»Nee.«

»Was?«

»Ich bin einfach so ein schlechter Tourist, das Reisen als Tourist würde mich vollständig deprimieren, Papa, da krieg ich nur Selbstmordgedanken. Nach Asien, das kann ich nicht. In other peoples misery, da will ich mich nicht bewegen. Italien, zweitausend Jahre Tourismus, das ginge gerade noch, aber jetzt so reisen und mir was anschauen und die Geheimnisse von Laos und Kambodscha – nein.«

»Bist du überhaupt schon mal geflogen?«

»Nein.«

»Ernsthaft? Du warst noch nie in einem anderen Land?«

»Nein. Doch, in Frankreich, an der Küste oder wie man das nennt.«

»Soll ich dir was mitbringen?«

»Einen asiatischen Säugling.«

»Willst du nicht erst mal mit einem Welpenhundi anfangen?«

»Wenn du mir so ein Welpenhundi zum Geburtstag schenken würdest, würde ich da natürlich nicht nein sagen.«

»Ich hab dich lieb.«

»Was?«

»Entschuldige mal ganz kurz – FRANZISKA, ICH GRAB HIER EINFACH NOCH EINEN ERSATZSCHLÜSSEL MIT IN DEN GUMMIBAUMTOPF, O. K.?«

Als ich die Wohnung betrete, erstreckt sich all das vor mir, was mein Vater sich gekauft hat, während das meiner Mutter zur Verfügung stehende Geld für Weißwein im Tetrapack ausgegeben wurde. Ein Originalfoto von Leni Riefenstahl, ein Plasmabildschirm, indische Wandbehänge, die aussehen, als hätte sie jemand von einer Elefantenreise mitgebracht und ein Salzstreuer für dreiundsiebzig Euro. Kleine, hochwertige, ferngesteuerte Flugzeuge im Gesamtwert einer Summe im fünfstelligen Bereich. Seine ganzen Lieblingsfreizeitbeschäftigungen, seine ganze Kunst, seine ganze Musik. Ich klaue einen meterhohen Stapel Kinks-Platten. Er hat auf das oberste Cover aus Pornos ausgeschnittene Frauenmünder geklebt, aus denen teilweise Sperma läuft.

Ich klaue 2000 Euro. In meinem Kopf ertönt ein unvorhergesehenes Krachen. Meine Systeme sind auf Logik aufgebaut, Analogien die sich grundsätzlich in einem Konzept wiederfinden. Sobald ich von dem Konzept jedoch keine Ahnung habe, werden die Analogien zu einer müden zusammenhangslosen Sammlung alter Fotographien, die keine Geschichte mehr erzählen. Als meine Haare mir die Sicht versperren, fällt mir auf, dass meine Haarfarbe dunkelbraun ist. Das ergibt Sinn. Wäre innerhalb der letzten zwanzig Minuten die Schwerkraft aufgehoben worden, hätte mich das absolut nicht gewundert. Eigentlich schütte ich den kompletten Inhalt einer Wodkaflasche nur auf die in das kuppelförmige Küchensystem integrierte Arbeitsplatte, um darüber empört zu sein, dass die Flüssigkeit nicht nach oben fließt. Wenn eins und eins nicht mehr zwei ergibt, müsste dann nicht die Welt untergehen?

Als ich ins Schlafzimmer gehe, meinen Vater da auf seiner Federkernmatratze liegen sehe und bei jedem seiner Atemzüge denke, das könnte jetzt mein oder sein letzter sein, ist alles zu spät. Das unmittelbar einleuchtende Prinzip, auf dem die Gewissheit meiner Existenz steht, steht im Widerspruch zu all meinen Beobachtungen der letzten Stunden. Es würde mich absolut keine Überwindung kosten, ihn zu wecken.

Anpassung, denke ich, Anpassung muss vollzogen werden.

Warum habe ich in den letzten zehn Tagen eigentlich nichts gemacht? Ach so, ich war ja ohnmächtig.

2 Uhr 15. Weil ich theoretisch zu Hause oder bei Ophelia oder in dem traditionell-individuell eingerichteten Apartment irgendeines anderen, gerade unter der Last seines persönlichen Elends zusammenbrechenden Bekannten schlafen könnte, schlage ich mir die Idee aus dem Kopf, bei Alice zu klingeln. Ich kauere mich in dem Hinterhof ihres Hauses auf meiner Jacke zusammen, in der Lücke zwischen gelber und grüner Mülltonne, ziehe mich bis auf die Unterwäsche aus und versuche da jetzt einfach mal ein bisschen leidenschaftslos zu erfrieren oder mir wenigstens eine Reihe von eindrucksvollen Frostbeulen zuzuziehen oder wenigstens so zu tun, als sei ich in einem besorgniserregenden Maß autoaggressiv.

Das letzte Mal, als ich obdachlos war, war ich zehn. Ich rief meine Mutter von einer Telefonzelle aus an, und sie ging nicht ran. Es war Hochsommer. Personen, die sich als schwarze Silhouetten in kurzen Sportklamotten von H&M vor einem tiefblauen Abendhimmel abzeichneten, als sie aus dem Freibad kamen. Mein kompletter Tag setzte sich aus dem Versuch zusammen, mich von der Vermutung abzulenken, sie wäre versehentlich an einer abgebissenen Zunge verblutet.

Wir wohnten in dem Obergeschoss eines zweistöckigen Plattenbaus neben einer vierundsechzigjährigen Diakonissin, deren Überzeugung darin bestand, dass Krieg von Gott beabsichtigt ist und die Welt reinigt. Im Erdgeschoss war früher ein Kindergarten gewesen, der wegen Schimmelbefall geschlossen werden musste. Ich kletterte über das kaputte Gartentor, dessentwegen zwei grobporige Rettungssanitäter drei Jahre später in eine abfällige Diskussion über Hartz IV ausbrechen würden, anstatt meine halbtote Mutter schnellstmöglich aus unserer Scheißwohnung zu schaffen. Es waren sechs Schritte zur Haustür, die meine Angst ins Unermessliche steigerten. Ich klingelte, sie machte nicht auf. Wie am Tag zuvor. Ich klingelte mindestens zweiundzwanzig Mal in geregelten Abständen, bis ich anfing, fest davon überzeugt zu sein, dass sie tot war. Dann rannte ich wieder zu irgendeiner Telefonzelle, und als ich stehen blieb und die Nummer meines Vaters wählte, merkte ich, dass sich jeder Atemzug von mit Panik gekoppelter Erschöpfung so anfühlte, als würde er meinen kompletten Brustkorb zerreißen.

»Hallo Papa hier ist Mifti ich hoffe du hörst das hier ab bitte setz dich sofort in einen Zug und komm her egal wo du bist die Mama ist tot sie macht jedenfalls nicht die Tür auf und ich weiß nicht was ich jetzt tun soll ich weiß einfach wirklich nicht was ich tun soll jetzt. danke übrigens für die Schwimmflossen.«

Ich rannte wieder zurück. Hinter unserem Haus befand sich ein schmaler, verwucherter Garten. Von dort aus versuchte ich, mit einem Stein eine unserer Fensterscheiben einzuschmeißen. Es funktionierte nicht. Mein hundertsechsunddreißig Zentimeter großer Körper probierte trotz seiner nahrungsmangelbedingten Leistungsschwäche völlig unkontrolliert alle Möglichkeiten aus, die ihm zur Verfügung standen. Ich heulte bitterlich, schmiss Blumenkästen durch die Gegend und rannte mindestens eine halbe Stunde von der einen Seite des Gartens zur anderen und dann wieder zu der einen und danach wieder zu der anderen. Mein letzter Versuch bestand darin, eine siebensprossige Haushaltsleiter an die Fassade zu lehnen und von der höchsten Stufe an die Regenrinne zu springen, um mich von dort aus auf das Flachdach ziehen zu können. Ich hing zehn Sekunden an dieser Regenrinne.

1

2

3

4

5

6

7

8

9

10

Dann rutschte ich ab und landete im Halbspagat auf den verrosteten Resten eines kaputten Grills. Aus meinem linken Oberschenkel ertönte ein Geräusch, das sich anhörte, als würde jemand vor einem Megaphon in einen Apfel beißen. Es war so laut, dass mich in erster Linie das Geräusch erschreckte und nicht die Schmerzen, die sich eine halbe Sekunde später durch die Beckengegend zogen. Als ich versuchte aufzustehen, fiel ich wieder hin. Ich robbte zwei Meter über den Boden und beschloss dann, für den Rest meines Lebens einfach liegen zu bleiben. Ich stellte mir vor, wie befreiend es sein könnte, niemanden mehr lieben zu müssen. Ich stellte mir vor, wie ich nach der Beerdigung meiner Mutter in einem kleinen Waldstück neben den Bahnschienen von Brombeeren und weggeworfenen Getränkedosen leben würde. Dann beging ich den größten Fehler meines bisherigen Lebens.

Jemand rief: »Mifti?«

Ich dachte, es wäre meine Mutter, deswegen schrie ich: »Ich bin hier.«

Plötzlich stand eine aus ihren zu engen Klamotten quillende, bebrillte Frau mit kurzen schwarzen Haaren vor mir, die in diesem Augenblick der hässlichste Mensch zu sein schien, den ich je gesehen hatte. Als ich in ihr das alleinerziehende Elternteil meiner Klassenkameradin Charlene Kaplitz-Pittkowski erkannte, sprang ich trotz der Schmerzen auf und richtete mir reflexartig die Haare.

»Dein Vater hat mich angerufen.«

»Was?«

Sie war Chemielehrerin und monatelang wütend auf mich gewesen, weil ich Charlenes siebenjährigem Bruder ein in ihren Augen gewaltverherrlichendes Lara-Croft-Badehandtuch geschenkt hatte.

»Dein Vater hat mich angerufen.«

»Warum hat mein Vater dich angerufen?«

»Er hat gesagt, du kommst nicht in deine Wohnung rein. Und dass du vermutest, deine Mutter sei tot.«

Weil ich schwach war, nickte ich.

»Ich kümmere mich darum, o. k., Mifti? Guck mich mal an.«

»Ähm …«

»Du gehst jetzt zu Charlene, die wartet auf dich und hat schon Schmetterlingsnudeln mit Butter und Zucker gekocht, die ihr dann essen könnt.«

Anstatt ihr meine Gedärme ins Gesicht zu kotzen, kapitulierte ich und trat den fünfminütigen Fußmarsch zu dem soliden Mehrfamilienhaus an, in dem Charlene Kaplitz-Pittkowski gemeinsam mit ihrer Familie ein Vierzimmerparadies mit Wintergarten bewohnte. Ich musste über einen Spielplatz und danach durch eine Schrebergartenanlage humpeln. Mein Bein tat so weh, dass ich es am liebsten abgehackt hätte. Als mir Charlene in ihrer blauweißgestreiften Strumpfhose verschüchtert die Tür öffnete, wirkte sie beinahe so, als wäre es ihr peinlich, von dem heutigen Tag an unter gesellschaftlichen Gesichtspunkten vier Stufen über mir zu stehen. Sie war ein Jahr älter und leider zwanzig Jahre zurückgebliebener als ich. In ihrem Zimmer malten wir abwechselnd mit extra dafür vorgesehenen Fensterbildermalfarben Fensterbilder (Ponys, Weihnachtsmänner, Shetlandponys) und lasen in der *Bravo* Leserbriefe von fünfzehnjährigen Mädchen, denen beim Sex das Kondom irgendwo im Gebärmutterhals stecken geblieben war.

Charlene: »Meine Mutter ist so krass durchgedreht, als sie gesehen hat, dass du mir diese CD von Marilyn Manson geschenkt hast, und dann hat sie mir die weggenommen.«

»Hat sie gesagt, warum?«

»Sie hat gesagt, dass das scheiße ist und dass das außerdem eine Coverversion ist und dass diese Coverversion nicht so gut ist wie die Version von dem, der das früher gesungen hat.«

»Das stimmt ja eigentlich auch.«

»Ey, hallo? Der Typ, der das früher gesungen hat, hat das vor dreihundert Jahren gesungen, das ist doch krass uncool.«

»Nein, Charlene, das ist viel cooler.«

»Das ist krass uncool, Mann.«

Wir hörten gerade eine Hörspielkassette über zwei Mädchen, die gerne voltigieren, als Charlenes Mutter an die Tür klopfte. Um mir irgendwas zu demonstrieren, lobte sie Charlene ausdrücklich dafür, dass ihr Schlafanzug mit hochgekrempelten Hosenbeinen echt cool aussähe und überhaupt. Zu mir sagte sie: »Mifti, kommst du kurz mit nach draußen?«

Sie sah mich erst wieder an, als ich feststellte, dass vor unserem Haus ein Krankenwagen und zwei Polizeiautos standen. Die Haustür war offen, und ich stampfte pseudogefasst durch das Treppenhaus, und die Wohnungstür war auch offen, und kurz bevor ich die Wohnung betrat, schlug mir der Geruch von vierzig Zentnern Kotze und Scheiße entgegen. Alles war vollgekotzt, überall wo ich hinsah, triumphierte irgendeine Kotzlache über den Sieg gegen uns.

Als Erstes fiel mir auf, dass meine Kinderbilder von den Wänden gerissen worden waren, der Elefant im Gras. Danach sah ich, dass unsere komplette Inneneinrichtung mittlerweile nur noch aus trostlos in der Gegend herumliegenden Stücken europäischen Wildkirschholzes bestand, über die man nicht mal mehr hätte sagen können, ob sie früher Teil meines Regals oder meines Schreibtischelements gewesen waren. Der Ort, an dem ich mich aufhielt, bestand ausschließlich aus ineinander zerlaufenden Grauabstufungen. In ihrem Zimmer versuchten sechs verschiedenfarbig uniformierte Personen meine Mutter in ihrer Gewalttätigkeit einzuschränken. Sie biss und kratzte und schlug und schrie lauter, als ich je jemanden hatte schreien hören. Es war absolut unmenschlich und ekelhaft. Aus einer Hand, ich wusste nicht zu wem sie gehörte, strömte Blut. Ich stellte mich in den Türrahmen. Sie sah mich, bevor mich irgendjemand anderes sah und verstummte. Ich huschte aus ihrer Sichtweite.

Sie schrie: »Mifti!«

Noch bevor ich die Wohnung verlassen konnte, kam sie aus ihrem Zimmer gestolpert und blieb regungslos vor mir stehen. Sie trug einen königsblauen Polyesterpullover und eine dreckige Unterhose, die so weit runtergerutscht war, dass jeder Anwesende unausweichlich mit ihren Schamhaaren konfrontiert wurde. Sie stand kurz vor einem Tod durch Verhungern. Ihre Haare klebten an ihrem Kopf und ihre Mundwinkel bluteten. Alle an dieser Situation beteiligten Fremden sahen zu meinem großen Leidwesen noch beschissener aus als meine Mutter, obwohl sie im Gegensatz zu ihr nüchtern und geduscht waren.

»Mifti«, sagte sie noch mal.

»Sind Sie Mifti? Sie hat die ganze Zeit nach Ihnen gerufen.«

»Warum siezen Sie mich? Ich bin erst zehn.«

Mit diesem Satz rannte ich nach unten. Frau Kaplitz-Pittkowski röchelte: »Weinst du jetzt? Ey, Mifti, nicht weinen!«

Sie nahm mich in den Arm. Ich wehrte mich nicht, weil ihr meine Widerborstigkeit einen zu großen Einblick in mein Innenleben verschafft hätte. Ich hasste sie. Ich hasste meinen Vater, weil er sie angerufen hatte.

»Passiert so was öfter?«

»Natürlich nicht.«

Was übrig blieb, war ein Muskelbündelriss im linken Oberschenkel und ein Sehnenanriss, der eigentlich hätte operiert werden müssen. Meine Mutter schenkte mir zwei Tage später kommentarlos einen Schlüssel und einen Goldfisch aus Metall als Schlüsselanhänger. Sonst passierte nichts.

3 Uhr 20. Auf meiner Haut zerstiebt eine Kälte, die nicht natürlich sein und nur durch die Energie einer beim Urknall erzeugten, kosmischen Hintergrundstrahlung entstanden sein kann oder so. Mein Körper schläft zitternd ein. Ich stehe in einer aus einem englischen Kino-Highlight entrissenen Maisonettewohnung und fasse einem glatzköpfigen Mann in den Schritt. Indem er mit Lippenstift »Spermafotze« an die Wand schreibt, stellt er unter Beweis, dass er ein hirnorganisches Syndrom hat. Alle Paar Schuhe, die ich jemals besessen habe, stehen der Größe nach aufgereiht in der Mitte des Zimmers. Aus ihnen quillt Sprühsahne und Kuchenteig. Ein paranoider Schub bewegt mich dazu, die Wohnung zu verlassen. Draußen ist überhaupt nichts mehr. Die komplette Welt besteht aus Bauschutt. Als ich wieder zurückkehre, ist die Woh-

nung zwischenzeitlich zu einem überdurchschnittlich komfortablen Hotel mutiert. Der Mann und ich laufen nebeneinander eine Wendeltreppe aus Stein hoch. Ich weiß, dass ich mit ihm geschlafen habe, kriege aber nicht mehr ganz zusammen, wann.

»Hast du irgendwelche Krankheiten oder so?«

»Wieso?«

»Weil ich wissen will, ob ich mir jetzt Sorgen machen muss.«

Durch eine Schwingtür betreten wir einen breiten Korridor, in dem anstelle von Kronleuchtern Käfige aus Gitterstäben hängen. Aus den Käfigen schreit uns eine Auswahl der berühmtesten Menschen der Welt in einer Sprache an, die ich nie zuvor gehört habe. Madonna ist am Start und Marlon Brando und leider Gottes auch dieser andere komische Typ, mir fällt jetzt gerade sein Name nicht ein, der immer so mafiamäßig rumrockt. Mittlerweile läuft Ophelia neben mir, sie trägt einen roten Overall und antwortet nicht.

»Was ist? Warum antwortest du nicht? Ficken wir irgendwann mal weiter?«

»Nein.«

»Wieso nicht?«

»Ich ficke nicht mehr.«

»Mann, Alter, ich bin übelst geil!«

»Ich ficke jetzt nicht mehr mit dir.«

»Aber warum denn nicht?«

»Ich will nicht.«

»Bist du positiv?«

»Ja.«

»Wie bitte?«

»Ja.«

»Du bist positiv?«

»Ja. Aber das weißt du doch.«

Alles ist schwarz und weiß, weil ich keine Farben mehr kenne. Ich gehe tanzen. Bryan Ferry sagt zu mir: »Weihnachten haben wir alle total klassisch verbracht, also wirklich, wahnsinnig klassisch,

UNGLAUBLICH klassisch. Bis die kleine Schwester von der Modeschwuchtel die bahnbrechende Idee hatte, auf dem Grundstück ihrer verstorbenen Großmutter so eine Ritualscheiße abzuziehen. Wir haben unsere Wünsche auf Zettel geschrieben und in ganz kleingerissenen Stückchen in den Wind geworfen und alles, was wir hinter uns lassen wollten, haben wir auch auf Zettel geschrieben, die wir dann aber ins Feuer geworfen haben, na ja. Zu guter Letzt stießen wir alle gemeinsam einen Urschrei aus.«

»Aha, die Modeschwuchtel, ich verstehe.«

Er überreicht mir feierlich zwei in mit Diddlmäusen bedrucktem Geschenkpapier eingepackte Tickets nach Los Angeles. »You are in the wrong town, you should be in Hollywood!«

»Warum schenkst du mir das?«

»Weil du Geburtstag hast.«

Ich sehe aus dem Fenster. Es kann nicht stimmen, dass heute der 16. August ist. Draußen liegt Schnee. Innerhalb weniger Augenblicke macht sich die felsenfeste Überzeugung in mir breit, dass ich träume. Wenn das ein Traum ist, denke ich, ist die komplette Menschheit verloren. Ich drehe mich um, ich beiße mir auf die Lippen, ich spüre den Wind, ich stelle fest, dass alles echt ist, dass alles dreidimensional ist.

»Was kann man in so einem verzwickten Zwischenweltexzess tun, um wieder aufzuwachen, Bryan?«

Weil er nicht antwortet und ich versuchen will, das Beste aus meiner unausweichlichen Scheißsituation zu machen, stürze ich mich aus dem dritten Stock. Tagelang fliege ich über eine glazial geprägte Landschaft.

Frustrated Women (I mean, they're frustrated)

(The Standells)

Ideal ist ein Zustand, in dem man einfach nur so auf Adrenalin durch die Scheiße segelt und denkt: Am liebsten würde ich jetzt die Hauptrolle in einem Musikvideo zu *I feel love* von Donna Summer spielen, und überhaupt, krasse Scheiße, alles ist aus dem Ruder gelaufen, denn die Sonne geht wieder auf. Unsere Wohnung wird von sich durch die Jalousien quetschenden Lichtstrahlen durchflutet. Ein inakzeptabler Gestank schlägt mir entgegen. Edmond ist halt ein Mensch, der das Knabbern an einer bereits von jemand anderem verdauten Honigmelone zu seinen Lieblingsfreizeitbeschäftigungen zählt. In seinem Türrahmen stehend beobachte ich entgeistert, wie mein vollständig ausgezogener Bruder schnarchend auf dem Rücken liegt und fotographiert wird. Ein Mann, der unter fünfundzwanzig und mir definitiv noch nie begegnet ist, kniet gemeinsam mit seiner digitalen Spiegelreflexkamera auf der mintgrün bezogenen Matratze und zoomt auf Edmonds Schwanz. Er ist blond, trägt Four-Way Stretch High-Waist Side Zipper Pants über schwarzen Polyestershorts und dreht sich zu Tode erschrocken um, als ich aus Neugier auf sein Gesicht ein wenig überambitioniert herumhüstele.

Auf seiner kahlen Brust steht verschnörkelt: *Man soll weder annehmen noch besitzen, was man nicht wirklich zum Leben braucht.*

Ansonsten hat er absolut nichts an sich, was hier jetzt einen spontan einsetzenden Kotzreiz hätte hervorrufen können, so superattraktiv wie er da grauäugig und schuldbewusst rumhängt mit seinem auf die Stirn tätowierten Lebensmotto: *Also meine Drogenphase ist definitiv vorbei ab morgen.*

»Krasse Scheiße, Alter! Welche von seinen beiden Schwestern bist du?«

»Mifti.«

Edmond hat sich zwischenzeitlich schwerfällig auf den Bauch gedreht, ich kann die ganze Zeit nur auf sein notdürftig rasiertes Arschloch starren.

»Wurden wir uns nicht schon mal vorgestellt auf einer dieser konzeptlosen Partys mit den ›Ich will ficken‹-Buttons, Mifti?«

»Ähm ...«

»Macht nichts, ich kann mich auch nicht an dein Gesicht erinnern. Das kotzt mich sowieso total an, wie diese ganzen Scheißleute ununterbrochen behaupten, sie würden sich zwar an Gesichter erinnern können, aber nicht an Namen – ich meine, wie uncool ist das denn bitte? Ich persönlich erinnere mich lieber an Namen als an Gesichter. Und ich stehe dazu. Also, heiliges Fräulein.«

»Was?«

»Ich wusste übrigens gar nicht, dass Edmond schwul ist.«

»Ist er meiner Ansicht nach auch nicht.«

»Warum sagst du so was? Offenbar kannst du mit Arschficks nicht sonderlich viel anfangen?«

Und dann bricht plötzlich eine Schlagfertigkeit aus mir heraus, die mich total überrascht: »Nein. Weil ich das gar nicht verstehe, was da passiert. Wenn sie schön sind, gucke ich mir diese ganzen analfixierten Frauen und Männer gerne an und denke: Toll, diese Tiere, wie sie sich da bewegen und eine alles andere in den Hintergrund katapultierende Vorstellung voneinander haben, phantastisch! Ich kann ja durchaus auch Freude haben an etwas, das ich weder beherrsche noch gerne tue. Aber ich bin einfach nicht in der Lage dazu, da tiefer in die Materie einzudringen oder differenzierter zu beurteilen, was ihr da macht und wie gut das ist. Trotzdem, beeindruckend, dieser Gewaltakt.«

»Ja!«

»Wie heißt du überhaupt?«

»Nenn mich einfach: Geschmeido.«

Edmond röchelt: »Wasser, Wasser!«, und wedelt leidenschaftslos mit den Armen, um sich bemerkbar zu machen. Geschmeido und ich versuchen ihm abgestandene Cola light einzuflößen und brechen wiederholt in hysterische Lachkrämpfe aus. Das rasierte Arschloch stellt sich währenddessen als der am schwierigsten zu verdauende Aspekt an dieser ganzen Situation heraus – wo doch meines Geschwisterkinds einzige, immer wieder großbrüderlich aus dieser ganzen antiautoritären Erziehungsoberfläche herausgebrochene Warnung in dem Satz bestand: »Mifti, wenn du dir dein Arschloch rasierst, rasierst du dir gleichzeitig dein ganzes Leben weg!«

Mein Leben, sein Zimmer, sein Ferrari-T-Shirt, sein rasiertes Arschloch und unsere supertollen Gene.

Momentan geht es sowieso nur noch um die Dekonstruktion des Tageslichts oder auch um eine Neudefinition moralischer Werte, und außerdem geht es um entkoffeinierten Zimtcappuccino mit Amaretto und darum, dass wir keine Zigaretten mehr haben und um das unausweichliche Weitersaufen. Es ist Viertel nach acht, und die Sonne schreit mich alles andere als unterschwellig an, dass ich schon längst die Vorhänge hätte zuziehen müssen. Hier spielt sich gerade einer dieser Momente ab, in denen nicht mal mehr Wodka oder diese ganzen, zu meinem Bewusstsein hinzuaddierten Parallelweltebenen irgendeinen überlebenswilligen Kanal in mir freischaufeln können. Alles was passiert, dauert drei Sekunden.

Wenn ich jetzt von diesem Stapelstuhl in Kernnussbaum-Optik aufstehe, werde ich nach zwei in die Richtung des Badezimmers getaumelten Schritten einfach umfallen.

DAS WEISS ALICE, DAS WEISS ICH, DAS WEISS GOTT.

»Und du vermutest also, dass dein Bruder gar nicht schwul ist?«

»Der ist stockbisexuell. Insofern musst du dich absolut nicht angegriffen fühlen, wenn er innerhalb der nächsten zwanzig Minuten da vorne rausstolpert, tschüs sagt und auf seinem Fahrrad zu dem Thaipuff in der Kopenhagener Straße fährt. Dort erklärt er dann einer zierlichen Schwarzhaarigen mit so einer Art olivfarbenen Traumbeinen, wie geil es ihn macht, dass ihre Haut überall gleich aussieht, sogar in den Achselhöhlen, und zwei Sekunden später findet die sich dann grottenschlecht durch ihre Netzstrumpfhose hindurch gefickt unter ihm wieder. So halt, irgendwie. Findest du den etwa gut?«

»Der sieht aus wie David Hasselhoff, verdammte Scheiße! Ich ziehe mir irgendeinen Motorradhelm auf und schlag ihm sein Gesicht kaputt, wenn er jetzt mit doofen Thaifotzen schlafen will. Bist du auch stockbisexuell?«

»Ich habe zwar keine Freudensprünge gemacht, als ich das rausgefunden habe, aber ja, ich bin auch stockbisexuell.«

»Tolle Wurst.«

Danach dann minutenlang fleischige Stille. Ich packe das einfach irgendwie nicht, jetzt an diesem mir seit geraumer Zeit entgegengestreckten Joint zu ziehen. Meine Hand greift ständig ins Leere.

Irgendwann Geschmeido plötzlich so: »Fuck, was ist das für ein Geräusch?«

»Hä?«

»Da hat irgendwas so ganz komisch rumgedingst jetzt gerade.«

»Das war mein Großzehengrundgelenk.«

»Nein, das war – meine Fresse, keine Ahnung, was war das? Aus welcher Richtung kam das überhaupt?«

»Scheiße, Mann!«

Jemand macht sich siegesgewiss an unserer Wohnungstür zu schaffen.

»Ich muss mich dringend in irgendeinem schusssicheren Vorratsschrank verbarrikadieren!«, sage ich, ziemlich entschlossen, und Geschmeido erwidert einfach nur: »Krasse Scheiße, Mifti, du bist aufgestanden und dann einfach umgefallen! Ich habe nur mal kurz aus diversen Gründen die Augen zugemacht und dann mach ich die wieder auf, und plötzlich stehst du nicht mehr aufrecht, sondern liegst da so rum, und jetzt liegst du da immer noch. Wahnsinn, so was habe ich echt noch nie erlebt! Du bist einfach umgefallen, ey!«

Alles dreht sich, die Porzellanscherben neben mir drehen sich, vor ein paar Monaten ist hier mal eine Kaffeemaschine explodiert, und die daher rührenden Flecken an der Decke drehen sich nicht nur, die entwickeln sich auf einmal zu miteinander kämpfenden Tierkindern auf Fahrrädern mit Fünfzylinder-Umlaufmotor. Annika dreht sich auch, als sie mit gebeugtem Oberkörper in die Küche schlurft. Sie braucht zehn Minuten, um ihre Jacke auszuziehen, und erklärt uns währenddessen dreimal hintereinander in verschiedenen Tonlagen, dass sie theoretisch schon seit fünf Minuten in der Agentur sein müsste.

»Wir unterhalten uns gerade über Bisexualität!«, moderiere ich schwerstelegant zu ihr hinüber.

»Ähm, ich bin hetero!«, sagt sie mit geschlossenen Augen, und Geschmeido würgt eine halbverdaute Portion Blaubeerjoghurt in unsere gepunktete Teekanne, Montagmorgen, perfekt, in spätestens einer Stunde wird unsere Haushälterin vor der Tür stehen und voller Inbrunst in die Gegend posaunen, dass sie uns gerne einen Kuchen gebacken hätte, wäre ihr Mann gestern Nacht nicht an einem Schlaganfall gestorben.

Ich traue mich nicht, an morgen zu denken, ich traue mich eigentlich überhaupt nicht, zu denken.

Ich höre zu laut Musik, ich tanze zu viel, ich übertreibe in allem, um mir selbst nicht mehr auffallen zu müssen. Ich warte. Darauf, dass ich einschlafe, dass ich wahnsinnig werde, dass ich wieder aufstehe und in die Küche gehe, um mich dort auf dem Fensterbrett in eine kolumbianische Schwarznabenkröte zu verwandeln. O. k., und auf jede an mich gerichtete Frage antworte ich: »Alles ist super, ich versuche mir nur gerade anhand all der auf meinen eigenen Tod ausgerichteten Gedanken und Phantasien und Impulse und Handlungen zu erschließen, wie lange es noch dauert, bis ich endlich verblutet bin.«

Dann klingele ich irgendwann bei Simon in Neukölln, weil er einfach immer stoned ist und eine zweitausend Euro teure Siamkatze besitzt und ungefähr vierzig Aquarien mit kleinen lurchartigen Scheißtieren, die zum Verkauf stehen. Ich gucke mir einen nachtaktiven mexikanischen Schwanzlurch an, der pink ist oder zumindest sehr, sehr rosa. Er hat komische kleine Tentakel, blaue Knopfaugen und das freundlichste Lächeln, das ich je gesehen habe. Wahnsinn.

»Das ist ein Babyaxolotl«, sagt Simon.

»Ein Axolotl?«

»Ein Babyaxolotl. Es hat das freundlichste Lächeln des ganzen Planeten, nimm es mit. Sieht aus wie eine Comicfigur, hat keine großen Ansprüche an irgendetwas und bleibt sein gesamtes Leben lang im Lurchstadium, das heißt, es wird einfach nicht erwachsen. Krass, oder?«

»Kann es sich im Kreis drehen?«

»Was?«

Ich kaufe ihm den doofen Axolotl echt ab und trage es in einer mit Wasser gefüllten, durchsichtigen Plastiktüte lange durch die Gegend.

Meine Lunge verabschiedet sich, und ich renne weiter, mein Herz überschlägt sich, und ich renne weiter, die Schleimhäute quillen mir aus den Nasenlöchern, nachdem sie sich schmerzhaft von den mechanisch abzugrenzenden Organoberflächen gelöst haben, und ich renne an einem langhaarigen Passanten in Hawaiihemd vorbei, der in ein auf ihn gerichtetes Mikrophon wild drauflosstottert: »Flirten finde ich im Allgemeinen schon mal sehr gut, und äh es kommt ja auch immer auf die äh, wie man flirtet, was man da – also nicht diese komische Anmache, sondern es geht ja auch locker ab, nicht diese Machosachen, sondern man kann schon schön ins Gespräch kommen, und dann kann man auch was abschleppen. Also ich hab Glück, ich geh in Etablissements rein, wo auch gehobene Frauen sind, sach ich mal, und dann unterhält man sich, und das klappt einfach immer, am Abend hab ich die immer im Bett, sach ich mal. Und ich sach: Wunderbar, man darf nur nicht mit diesem komischen Jargon kommen auf diese ganz blöde Tour. Man muss übers Gefühl an die Frau drangehen, und ich sage Ihnen: Ordentliches Outfit, dann klappt es immer. Über das Gefühl dran und dann bekommt man alles. So würde ich das interpretieren.«

Während die Sonne untergeht, fängt es an zu regnen in dieser wurstfarbenen Frühsommerscheiße, und mit gesenktem Blick stapfe ich durch die Stadt. In vereinzelten Pfützen spiegeln sich kreisbogenförmige Lichtbänder. Vor Ophelias Wohnungstür versuche ich, den Ekel zu unterdrücken, der sich bei der Vorstellung an ihre unregelmäßigen Gesichtszüge in mir ausbreitet. Ich klopfe. Ein überdurchschnittlich großer Typ mit fettigen Haaren öffnet. Er guckt mich an wie eine aggressive Bulldogge und schreit, ohne den Blick von mir abzuwenden:

»Hast du jetzt eine neue Freundin, Ophelia?«

Aus einer gefühlten Entfernung von zwei Kilometern kreischt Ophelia zurück: »Halt die Fresse, Mann, ich liebe sie und ich werde auf sie aufpassen, das ist der erste verdammte Mensch in meinem Leben, auf den ich freiwillig aufpassen werde!«

Sie kommt auf Hausschuhen mit 5-cm-Absatz zur Tür gerannt und starrt mich atemlos an, mit offenem Mund und mit an ihrem rotgefleckten Gesicht festgetrockneter Wimperntusche. Als sie mich in die Wohnung zerrt, gibt sie mir im kompletten Ausmaß dieser ganzen egozentrischen Nervosität, die sie ausmacht, zu verstehen, wie scheiße alles ist und wie scheiße alle sind und dass ich der einzige Mensch bin, dem sie nicht ins Gesicht kotzen möchte.

Die Bulldogge sagt: »Das heißt dann ja in Konsequenz, dass ich ab jetzt auf euch beide aufpassen muss.«

»Und wenn schon.«

»Wer ist der Typ?«

»Foxi.«

»Foxi kommt mir vor, als würde sein Hauptlebensinhalt darin bestehen, auf irgendwelche Bodenbelege zu rotzen. Wohnt der gerade hier?«

»Foxi ist Dozent für Literaturwissenschaft.«

In der Küche sitzt ein megaknochiges Mädchen mit schwarzumrandeten Augen.

»Wohnst du gerade hier?«

»Ja, weil – keine Ahnung.«

Ich hole mir Whisky aus dem Kühlschrank und setze mich auf Ophelias Schoß, weil der vierte Küchenstuhl irgendwie weg ist. Es riecht nach Haschisch, Forellenfilet und Schweiß. Gestern Nacht wurde Ophelia telefonisch mitgeteilt, dass ihr Vater an Darmkrebs gestorben ist. Sie zeigt mir auf ihrer digitalen Spiegelreflexkamera ein paar Fotos, die sie von sich gemacht hat. Aus diesem kleinen Bildschirm springt mich ein maßloses Zerschmettertsein an und eine allem überlegene Kraft, die jeden Menschen, der durch diese Fotos mit ihr konfrontiert wird, in eine Kraftlosigkeit stürzt, auf die keine andere Überlegenheit mehr Zugriff hat. Obwohl wir abwechselnd Durchfall, Schwindelanfälle und Todesangst haben, hängen wir da jetzt zu viert mit einer Haltung rum, in der Eleganz steckt. Bulldogge Foxi fragt, ob es mir gut gehe, ich sähe so aufgebracht aus und als würde ich mich gleichzeitig dehydriert und überflüssig fühlen.

»Du hast doch Drogen genommen!«, sagt er.

Ich antworte natürlich nicht.

»Wie alt bist du?«

Ophelia: »Jetzt hör doch auf damit, Mifti kann sehr viel besser auf sich aufpassen als wir alle zusammen.«

Und ich so: »Sechzehn.«

»Sechzehn? Die ist sechzehn? Und du willst mir erzählen, die könnte in irgendeiner Form gut auf sich aufpassen?«

»Willst du dich jetzt ernsthaft mit irgendjemandem über mein Drogenproblem unterhalten?«

»Weißt du überhaupt, worüber wir hier reden?«

»Worüber denn?«

»Meine Fresse, du bist sechzehn und sitzt hier in der Küche von einer nicht so wirklich gut funktionierenden Achtundzwanzigjährigen und siehst aus, als würdest du seit drei Tagen versuchen, von einem siebenwöchigen Trip runterzukommen, das ist die absolute Zerstörungswut, in fünf Jahren bist du entweder tot oder im allerbesten Fall jobbst du dann halt schwarz in einem Marzahner Reisebüro.«

Dunkelhaarige Pilzschleuder (zu Tode beleidigt): »Ey, ey, ey, ey!«

Foxi: »Na, ist doch wahr!«

Und die dunkelhaarige Pilzschleuder putzt sich überfordert die Nase.

Foxi: »Guck dir Alessa an, Mifti, guck der ganz genau ins Gesicht. Die jobbt in einem Marzahner Reisebüro, weil ihr Hartz IV natürlich sonst nicht reichen würde für den ganzen Exzess. Heroin ist wie ein Kind, dein Leben dreht sich um nichts anderes mehr und plötzlich findest du dich stinkend in einer zugeschissenen Badewanne wieder, die ist dann nämlich dein offizielles Bett, und bist nicht mal mehr in der Lage dazu, diesen Zustand in Frage zu stellen, geschweige denn etwas dagegen unternehmen zu wollen. Heroinabhängig zu werden ist damit vergleichbar, Kinder in die Welt zu setzen, echt jetzt.«

Ich: »Ich werde überhaupt nicht heroinabhängig, ich denke doch gerade nur die ganze Zeit: Scheiße, meine Beine sind fünf Meter lang und so elastisch!«

»Und was genau geht da jetzt gerade sonst noch so? Also, in deinem Kopf?«

»Ach, keine Ahnung, echt, was willst du hören? Alles ist irgendwie flauschig, mystisch, mein Hautbild ist im Arsch, alles in mir weicht auf, ich stinke total, ich habe seit drei Tagen nicht geduscht und, o scheiße, der Boden ist so dreidimensional! Willst du wissen, woran ich gerade denke, während ich dir das alles in die Fresse feuere wie einen matschigen Eichhörnchenkadaver? Vor wenigen Monaten habe ich neben meinem in irgendeiner Scheiße versunkenem Vater in der Küche gestanden, zusammen mit einer Orange und einem Messer und so gefragt: ›Ey Papa, ich weiß nicht, wie man eine Orange pellt, ohne dass es so nervig ist.‹ Er hat nicht reagiert, und ich habe deswegen halt so voll krass weitergenervt, ich hatte nun mal wirklich ein schwerwiegendes Problem und musste das dringend lösen: ›Papa, bitte!‹ Und er hat geschrien: ›Mifti, du schneidest die schlicht und ergreifend in verschiedene Segmente wie bei einem Kürbis, man muss fünfzehnjährigen Halberwachsenen definitiv nicht erklären, wie man eine Scheißorange pellt!‹ Mir blieb da absolut nichts anderes übrig, als der Orange ein lachendes Gesicht in die Haut zu ritzen. Wäre sie nicht irgendwann verfault, stünde sie da jetzt immer noch.«

»Super Geschichte.«

»Wollt ihr noch irgendeinen anderen Witz hören?«

»Du bist ja echt übelst breit, Mifti.«

»Drei Tage nach dieser Orangenscheiße wollte mein Vater mal mit mir im BMW durch die Friedrichstraße cruisen, um mir zu zeigen, in welchem Haus ich geboren wurde. Dass ich in Berlin geboren wurde, wusste ich bis zu diesem Zeitpunkt übrigens absolut nicht, das hat mich zu Tode schockiert, jedenfalls sind wir da dann so ausgestiegen und gesittet in den Hinterhof getrottet, und da stand dann ein bescheuertes kleines Klettergerüst vor uns, da war so eine improvisierte Spielplatzinstallation, und wir dann also plötzlich krass so vor diesem runden aus irgendwelchen Tauen angefertigten Klettergerüst. Mein Vater hat gefragt, ob ich mich daran noch erinnern könne. Ich verneinte naheliegenderweise. Und er dann plötzlich: ›Echt nicht? Du bist da mit zwei Jahren mal in Windeseile bis an die obere Spitze geklettert und hast dich dann einfach durch das Loch in der Mitte fallen lassen. Wahnsinn, oder? Das war keine Dummheit oder so, du warst einfach fest davon überzeugt, fliegen zu können. Als du im Sand gelandet bist, warst du auch ganz schön verdutzt, Kleini. Da habe ich das erste Mal gedacht: Die Kleine spinnt. O Mann, dieses Mädchen ist echt was Besonderes.‹

In diesem Moment hätte ich am liebsten bitterlich geheult, aber das ging nicht. Ich wollte diesen Heulimpuls einfrieren, um ihn später wieder auftauen und bei der Erinnerung daran so hysterisch wie möglich rumschreien zu können, ohne dass es jemand mitkriegt. Das war eine unglaublich befreiende Vorstellung, aber ich kann diesen Scheiß absolut nicht mehr reproduzieren. Als wir wieder im Auto waren, haben wir Verdi gehört. Verdi ist eigentlich auch nur Schlager, unseriöse Stimmungsmusik, zu der man am liebsten Massenmordstrategien entwickelt. Mir sind zwei Dinge klargeworden in diesem Augenblick. Erstens, dass Verdi, Wagner und ich uns nur gegenseitig verabscheuen, weil wir uns in unserer Effekthascherei so ähnlich sind. Und zweitens, dass das hier alles einfach nur noch abgrundtiefe Traurigkeit bedeutet. Ich hätte an wahnsinnig viel denken können, mich hätte wahnsinnig viel ernsthaft beschäftigen können. Zum Beispiel die Frage, was man bei einem Orgasmus sieht, eine gotische Kathedrale oder Tierkinder oder, keine Ahnung, ich sehe ja immer nur unter Neonlicht geschmolzenen Cheddar-Käse und Bierzeltgarnituren, die kurz davor sind unter mir zusammenzubrechen. Diese unerträgliche, in irgendeiner Form sogar auf gegenseitigem Einverständnis beruhende Geilheit ist ja der ausschlaggebende Grund für den ganzen Identifikationsexzess mit Patti Smith – denn an diesem Abend, an dem ich zwölf geworden bin, an dem ich aus einem ganz naiven Impuls heraus unangezogener und provokanter durch die Umkleidekabine gelaufen bin als unbedingt nötig, an dem wir beide zum ersten Mal ganz allein waren, an dem sich meine Verehrung für ihn in eine von abgrundtiefem Ekel durchsetzte Sucht nach ihm entwickelt hat, habe ich mich von Pferden umgeben gefühlt. Horses, Horses, Horses, Horses. Die aus allen Richtungen gekommen sind. Weiß glänzende Pferde, deren Köpfe in Flammen aufgingen. Punk. Ich hätte an Punk denken können oder daran, dass ich ohne Schulabschluss echt ziemlich am Arsch bin. Daran, dass sich die durch die Korridore humpelnde Frau Simmrohs vielleicht noch immer darüber Gedanken macht, warum ich in grauer Vorzeit anstatt des von ihr aufgetragenen Referats über die Photosynthese ein Referat über die Stockente gehalten habe. Wie ich mir eigenständig irgendein grundlegendes Wissen über Trigonometrie aneignen kann. Warum meine Strumpfhose kaputt ist, warum meine Haut so erschreckend rau ist, warum mein Vater absolut nichts dagegen einzuwenden hat, dass ich in seinem Auto seit geraumer Zeit Kette rauche. Daran, dass alles weitergeht. Es geht alles weiter. Daran, dass mein Nachbar mir letztens eine SMS geschickt hat, in der stand, er hätte eine Tiergeschichte von dem Babyeichhörnchen Paul für mich, das im White Trash mit dem Schwanz im Wodka Tonic in seiner Hand eingeschlafen ist, und wenige Tage später sind die beiden dann gemeinsam an den Gardasee gefahren. Mich hätte wenigstens beschäftigen können, warum es keine Garantie dafür gibt, dass der Himmel nicht plötzlich runterfällt. Aber all das kam mir so scheißbelanglos vor im Vergleich zu der Feststellung, dass sich der Apatosaurus Igitur vor fünfundsechzig Millionen Jahren definitiv keine Gedanken darüber gemacht hat, ob er eventuell lächerlich aussehen könnte. Dem war völlig egal, wie er rüberkommt und diese Oberflächlichkeit hat da noch gar nicht vorgeherrscht, früher, versteht ihr, was ich sagen will?«

Ich schnappe nach Luft und bin zutiefst bestürzt darüber, dass da gerade so ein bodenloser Scheiß aus mir rausgebrochen ist. Alessa fragt mich: »Bist du dann also diese mysteriöse Hochbegabte, die auch vergewaltigt worden ist? Seid ihr deshalb befreundet?«

Ich gucke Ophelia an, und Ophelia sagt: »Das war alles völlig anders, denn ich war sechs und ich wurde im Urlaub in den Arsch gefickt und wohlstandsverwahrlost, wie ich war, hat mir niemand geglaubt. Das große Problem ist, vermute ich, dass man sich für ein sexuelles Kind hält und damit nicht umgehen kann.«

»Hast du gerade wohlstandsverwahrlost gesagt?«

»Ja, Mifti. Guck mal Foxi an.«

Heroin, hach, na ja, im Jahr 2009 ist das ja irgendwie auch ein bisschen uncool, er gibt mir währenddessen mit einem wohlwollenden Gesichtsausdruck zu verstehen, dass selbst ich das doch ruhig mal nehmen kann, zumindest um meinen Partyexzesspuls von dreihundertzwanzig auf gesunde neunzig herunterzupegeln. Ich drehe vollständig durch, und gleichzeitig ist mir scheißegal, was ich als Nächstes nehme, obwohl sich das Zwerchfell bereits bei dem Gedanken an den Satz: »Ich habe mit sechzehn zum ersten Mal eine Line Heroin gezogen und jetzt sehe ich mit neunzehn aus wie dreiundachtzig« unangenehm in die falsche Richtung zu verzerren beginnt. Ich gehe zu Ophelia, die schon wieder anfängt zu heulen, und beiße sie in den Hals, und währenddessen wird mir klar, dass ich definitiv zu schwach bin, um mich gegen diesen in Szene gesetzten Gruppenzwang aufzulehnen.

»Geh weg, Schatz!«, schluchzt Ophelia.

»Nein.«

»Ey, Sweetheart, lass mich los und geh da jetzt wieder zurück an deinen Platz.«

Ich stelle mich so weit wie möglich von dem Heroin entfernt in irgendeine Ecke. Keine schlechte Restintelligenz, die mich zu dieser Entscheidung führt. Dass meine Mutter tot ist, wurde mir in einem senfgelbgestrichenen Raum mitgeteilt, ich saß alleingelassen auf einem ungepolsterten Stuhl, und plötzlich vermittelte mir dieser Arzt, dessen Gesicht ich inzwischen leider verdrängt habe, einen mir völlig unbekannten Zugang zum menschlichen Leben. Als er aussprach, dass ich von nun an allein sein würde, bewegte sich mein Kopf nach links, so dass meine Augen dazu gezwungen wurden, aus dem Fenster in die absolute Finsternis zu starren. Dass ihr Tod diese Ebene der Finsternis zu meiner Wahrnehmung addiert hat, ist ein zu hoher Preis für den Satz: »Meine Mutter ist gestorben, als ich dreizehn war.«

Trotzdem ist dieser Satz eigentlich alles, was ich noch habe. Ich habe ja keine Bezugsperson und keine Lieblingsfreizeitbeschäftigung, ich hatte nicht mal eine Mutter, ich habe eigentlich echt nur noch diesen Satz.

»Willst du das jetzt nehmen oder nicht?«

»Ich weiß nicht genau.«

»Du musst nicht, wenn du nicht willst.«

Die für mich vorgesehene Line wird mir opferbereit entgegengestreckt. Ich zerre Alessa den Kochtopfdeckel aus der Hand.

»O. k., also doch«, sagt sie schwerstgenervt. Gemeinsam mit dem Heroin, seinem Abhängigkeitspotential und einer Gänsehaut renne ich aus der Küche durch den Flur in Ophelias Schlafzimmer, und auf die mir sich aus drei verschiedenen Mündern in einem ausgeleierten Singsang hinterhergeschriene Frage: »Was geht denn bitte, wo willst du hin?« antworte ich: »Ich hab das Gefühl, das irgendwie zeremoniell bewerkstelligen zu müssen, Leute, das heißt alleine und auf einer bequemen Federkernmatratze, und eventuell beschalle ich diesen Vorgang gleich noch mit angemessener Scheißmusik!«

»Apropos Musik, ich habe letztens geträumt, dass ich zusammen mit Emre so 'ne ganze Herde türkischer kleiner Jungs gezeugt habe, und einer von denen hat plötzlich meine *Blue-Monday*-Platte zerkratzt.«

»*Blue Monday*? Echt ekelhaft, wie du immer wieder diese nicht stattgefundene Wiedergeburt von New Order zelebrierst. Das ist out. Das ist einfach nur out.«

Und plötzlich verstummen sie, weil die Drogen endgültig alles außer Gefecht gesetzt haben. Ich betätige weder den Lichtschalter, noch komme ich auf die Idee, die Line einfach aus dem Fenster rieseln zu lassen. Draußen herrscht angenehmer Dämmerstimmungsscheiß. Ich setze mich mit angewinkelten Beinen auf das Bett und greife nach einem einzurollenden gelben Klebezettel, auf dem zwei österreichische Telefonnummern und das Wort »Irrlicht« stehen. O. k. Jetzt haben wir es, ich sauge das Verlangen nach der absoluten Intensität des Lebens ein. Reflexartig schließe ich die Augen. Vor mir sehe ich in Zeitlupe, wie kleine Kristalle meine Nasenschleimhaut zerreißen, sich in den Blutkreislauf kämpfen und dort innerhalb des Bruchteils einer Sekunde in einem Ausmaß explodieren, das mich gegen die Rückenlehne des Bettes schleudert. Ich reiße die Augen auf und versuche, mich an dem letzten kleinen Fünkchen realistischer Hässlichkeit festzukrallen, aber irgendeine Kraft übertrumpft mich, die nicht meine Wahrnehmung oder meinen Muskelkontraktionsimpuls außer Gefecht setzt, sondern ausschließlich diesen abgefeierten, hundertjährigen Gutmenschenkonsens, unter dessen Schirmherrschaft sich jede lebendige Person seit ihrer Geburt an irgendeine Oberfläche zu kämpfen versucht. Das Bett kippt nach links. Ich rutsche langsam den Holzdielen entgegen und zerre das Laken von der Matratze. Heroin ist keiner dieser diffuse Versprechungen abliefernden Zugänge zum menschlichen Leben, sondern die einzige Möglichkeit, das Wort »Leben« als das zu entziffern, was es ist: gar nichts. Der Bereich der heiligen Gesetzesüberschreitung. Heroin ist die Oberfläche. Ich werde dir jetzt genau sagen, was ich empfinde, weil du nie etwas sagst: Ich empfinde überhaupt nichts. Absolut gar nichts. Wenn es irgendetwas gibt, so etwas wie deine Liebe, was mich zu der Arroganz, mit der ich diese Reise durch den ganzen Scheiß angetreten habe, zurückleiten kann und wird, dann ist es wahrscheinlich die Gleichgültigkeit, die ich jetzt kenne.

Liebe Alice,
ich habe das Bedürfnis, aber es ist mir vollkommen unmöglich, mich dir mitzuteilen, denn ich habe Angst. Fast so etwas wie Todesangst davor, diese Worte zu sagen, überhaupt irgendwelche Worte zu sagen. Du musst diese Angst nicht anzweifeln, sie hat viele Anlässe.
Wäre sie unnötig, wären wir inzwischen längst unterwegs. Wie kann ich dir einerseits erzählen, dass ich dich brauche, und währenddessen genauso, das heißt total, an eine andere Realität glauben, die uns zerfleischt? Ich würde gerne so aussehen wie du, damit du jedes Mal, wenn du mich anstarrst und trotzdem nichts zu mir sagst, jedes pulsierende Eiterekzem, jedes Stückchen faulenden Fleisches, jeden Abgrund in der Haut, jedes Geschwür, jedes bösartige Krebskarzinom erblickst: Mögest du dich nur zu dem Zweck in mich verliebt haben, auf dass du in jeder Minute mit jedem Merkmal, das du verabscheust, konfrontiert wirst: mit dir selbst.
M.

Ich denke einfach nur noch: deswegen. Deswegen gelte ich an gemeingültigen Standards gemessen nicht als gesellschaftsfähig, und deswegen habe ich nicht das Ziel im Visier, irgendwann gänzlich geeignet für irgendeinen normalen Arbeitsmarkt zu sein – weil es halt nicht darum geht, ob man etwas erlebt oder verpasst, es geht ja ausschließlich um das Ausmaß der Intensität, oder? Madonna? So ein Moment ist unplanbar. Hängst du gerade in der Nachbarwohnung rum, zusammen mit einer Wachsfigur des Papstes und vierzig eingeflogenen Hundebabys?

»Sorry, aber fuck! Die Liars sind die fucking befickt arschgeilste fucking Band dieses gesamten bekackten Planeten! Aaaah! Ich flipp so aus und muss jetzt 'nen riesigen Scheißfelsen bumsen!« »Ich bin halt voll so ein ›Der-hat-seiner-eigenen-Freundin-erst-von-den-dreihundert-männlichen-Sexualpartnern-im-Tansania-Urlaub-erzählt-als-sein-Aidstest-positiv-war-und-er-sich-heimlich-nach-Südamerika-absetzen-musste‹-Typ. Ich hab halt ein paar schlechte Angewohnheiten.« »Ich weiß nicht, wer ihr seid und warum du ihn angeschossen hast, aber wenn ihr hierbleiben wollt, müsst ihr aufhören, euch gegenseitig anzuschießen.« »Man kann jemandem auch ein Eisbärbaby als Hund verkaufen.« »Heute bin ich Uschi Obermaier, das Tittengroupie von Snoopy.«

I REMEMBER EVERYTHING, was geht denn hier bitte ab, was ist das, krass.

»Ey Mifti, Alessa hat ja mal Medizin studiert und unter anderem da ja dann auch Psychiatrie gemacht, ist naheliegend, und ich weiß gar nicht, ob ich dir das sagen soll, aber weißt du, was für eine Prognose du hattest?« »Hä?« »Willst du es ihr sagen, Alessa?« »Wie jetzt, was jetzt Prognose?« »Na ja, in deiner Situation und Verfassung da, keine Ahnung.« »Und?« »Nur noch palliativ, verstehste. Du warst so was Ähnliches wie ein unheilbar Kranker der Psychiatrie.« »Jetzt, wie, ach. Deshalb waren die so gleichgültig? Ihr meint, die haben mich einfach aufgegeben? Die dachten gar nicht, ich sei dumm oder so, die dachten einfach ... FUCK!« »Statistisch gesehen war deine Chance gegen Zero. Ist sie mit großer Wahrscheinlichkeit immer noch. Meine auch. Ich nehme deine Hand, und ich weiß, warum mir Alessa das erzählt hat und warum ich dir das jetzt erzähle, verfickte Scheiße, WE GOT THE GODDAM POTENTIAL TO RULE EVERYTHING! Geständnis, Sweetheart: Ich bin nicht achtundzwanzig, ich bin sechsunddreißig. Ich komme, wie du dir denken kannst, nicht meinem Alter entsprechend klar. Ich habe euch das nie gesagt, weil ich wahnsinnige Angst hatte, dass das irgendwie alles relativiert oder verändert. Dass ihr mich anders seht. Oder dass meine Fotos nicht mehr das sind, was sie sein sollen, sobald es in meiner komischen unaufhaltsam alternden Scheißposition nicht mehr gerechtfertigt ist, keine Ahnung davon zu haben, wie das alles geht, mit der Liebe und dem Leben. Neuerdings frage ich mich wirklich: Wie konnte das passieren? Warum bin ich noch immer zu nichts anderem in der Lage als zu der permanenten Koketterie mit meiner Bewusstlosigkeit, zu dieser ständigen Kapitalismuskritik, die immer mit Moral operiert und sich selbst für moralisch integer hält, sozusagen Kapitalismuskritik als Selbsterhaltungstrieb? Ich benutze Ressentiments, beispielsweise gegen Banker, um mich gegen die eigene Überflüssigkeit zu wehren. Warum gibt es von heute auf morgen eine Spanne von zehn Jahren in meinem Leben, in deren Rahmen sich, abgesehen von meinem Kontostand, nichts Nennenswertes verändert hat, diese Frage stellt mir die eigene, drogendurchsetzte Körperbeschaffenheit mittlerweile dreimal täglich, denn die ist inzwischen auch vollständig getrennt von meinem Kopf. Das war mal anders, wir waren früher mal ein Team, mein Körper, mein Kopf, meine verheißungsvolle Zukunft und ich. Ich komme mir vor, als hätte ich eine jahrelange Amnesie. Mein Gehirn stand von 1999 bis 2008 einfach still, jetzt ist alles asynchron. Ich stehe beschissene vier Millionen Hierarchiestufen unter euch und ich hasse mich und alle. Das musste gesagt werden.« »Mein Vater denkt, ich hätte sowohl ihn als auch mein Leben zerstört. Vielleicht stimmt das. Ich habe zu viel gelogen, ich habe zu viel Misstrauen erweckt, und jetzt bin ich schlussendlich total paranoid, weil ich natürlich das Gefühl habe, nichts anderes mehr zu können, als im falschen Zusammenhang Fremdwörter zu benutzen und von allen verlassen zu werden und hinterfotzig durch die Scheiße zu rocken. Ich habe halt nie Konflikttoleranz beigebracht bekommen. Mir hat nur mal jemand die Wuthöhle empfohlen. Ist der da vorne jetzt eingeschlafen?« »Wer ist eigentlich Alice?« »Whoa, wie einfach und schön für deinen Vater! Und wenn du nicht wärst, wer wäre es dann, der sein Leben zerstörte? Deine Mutter? Deine Schwester? Seine 193 Geliebten? Die Haushälterin? Der Postbote?« »Hier passiert aber auch gar nichts.« »Erst wollte ich lachen, doch dann – pah!« »The moment is sooo gone.« »Ich bin seit zwanzig Sekunden deine Praktikantin.« »Dann hol mir bitte auf der Stelle das Waffeleisen und Hackfleisch.« »Und den 315-Kilo-Leichnam zum Dippen.« »Ich bring auch noch die Luftpumpe mit.« »O. k.« »Die Frau meines Vaters wiederum ist ja, wie ihr wisst, neuerdings Witwe. Ich habe heute Mittag mit der telefoniert.« »Ja, Mann.« »Sie hat dann so unter Tränen erzählt, wie er dreimal hintereinander wiederbelebt wurde. Beim ersten Mal, also nachdem er das erste Mal klinisch tot und danach zwischenzeitlich wieder fünf Minuten am Leben war, hat er gesagt, er verlange weiterhin reanimierende Maßnahmen. Er wollte auf keinen Fall endgültig sterben, auf gar keinen Fall.« »Crashkurs Depressive Musik, Teil eins.« »Die allgemeine Wahrheit erklären in einem Satz: Wu-Tang Clan ain't nothing to fuck with. Kim Gordon ist die Frau des Jahrtausends. My Bloody Valentine, hundertvierzig dB, ups, ich bin ja taub. Das MDMA, Mann, ist kein Pferd.« »Crashkurs Depressive Musik, Teil zwei. Robert Wyatt, *At Last I Am Free.*« »Ehrlich gesagt kann ich gerade nur noch dümmlich lachen.« »Erzähl mal kurz diese Tiergeschichte zu Ende mit dem total verrückten Eichhörnchen im Wodka Tonic.« »Es fing ja schon megaabsurd an. Ihr müsst euch Lars vorstellen als einen etwas degenerierten Typen mit roter Ponyfrisur und weißen Hautschuppen auf seiner schwarzen Sweatshirtjacke, unter der an die Decke dieses Bunkerclubs installierten Ultraviolettstrahlung stehend. Plötzlich kommt da ein nettes Girl an. Sie sagt: ›Ey, ich gebe dir zwanzig Euro, wenn du kurz auf mein Babyeichhörnchen aufpasst während ich auf Toilette gehe.‹ Und Lars, der Tiere über alles vergöttert, besonders Eichhörnchen, sagt: ›Ey Mann, ich gebe dir zwanzig Euro, wenn ich auf dein Eichhörnchen aufpassen DARF!‹« »Hat irgendjemand Bock auf durchgeknallte quasselnde Lustspielgestalten? Hier ist gerade irgendeine SMS angekommen, von jemandem, der Stefan heißt und fragt, ob ich heute auch auf DER HOCHZEIT sein werde. Auf einer sich aus verdautem kapitalismuskritischen Material in eine Gruppe von durchgeknallten Lustspielgestalten entwickelnden Schwemmmasse. Was für eine motherfucking Hochzeit meint er denn? Ich hasse solche Nachrichten. Und was für eine Schwemmmasse?« »Scheiße.« »Was?« »Die Hochzeit.« »Sag doch mal kurz, welcher Stefan könnte sich im Besitz meiner Handynummer befinden?« »Ist das nicht dieser Nonsens-Schwank-Typ, in dessen Villa damals aus einem mir unerfindlichen Grund die Sprinkleranlage angesprungen ist, und später hat er sich dann auf dem Weg zum Schlachtensee aus dem Auto gelehnt und gesagt: ›Entschuldigt dieses Scheißtestosteron, wir sind den ganzen Abend ohne Testosteron ausgekommen, und jetzt bricht es plötzlich so aus mir raus, sorry, echt?!‹« »Der könnte es natürlich sein.« »Albrecht und Samantha, Hochzeit, Richard-Wagner-Straße. Ich habe das vollständig verdrängt, Leute.« »Legt da nicht Emre auf?« »Ich muss kotzen.« »Soll ich ein Taxi rufen?« »Ja. Oh, fuck, you know, die Pelzmantel-Abiturientin und der Gastronom und Emre und – das mit Emre ist eine Geschichte über Musik und sonst nichts. Also eben über alles. Und nichts. Es hat nichts mit Heterosexualität zu tun.« »Warum kannst du eigentlich nur noch dümmlich lachen, Mifti?« »Es ist auch eine Geschichte über Aids, vergiss das nicht.« »Ich kann einfach nichts anderes mehr zu dieser Situation beitragen als dümmliches Rumgelache. Ich weiß, es wird nie wieder etwas Geileres in meinem Leben geben als Heroin. Alles, was von nun an passiert, werde ich mit diesem morbiden großbürgerlichen Heroinflug vergleichen, der gerade am Start ist. Ich kapiere nicht mal mehr, dass ihr da seid, ihr seid mir alle so scheißegal, in meinem kompletten Leben wird kein einziger Moment mehr an die Perfektion heranreichen, die gerade vorherrscht. Wie lange dauert das noch?« »Ich schätze: allerhöchstens siebzig Minuten.« »Die beste Zeit meines Lebens ist also in siebzig Minuten vorbei?« »Spätestens.« »Wir können dem MDMA-Mann vertrauen. Er ist sich selbst sein bester Kunde. Er ist kein Pferd.« »Hat irgendjemand eine alternative Taxinummer? Hier ist die ganze Zeit besetzt!« »Ach so, krass, ich dachte du hättest vorhin gesagt, dass das MDMA kein Pferd ist, Mann.« »Der MDMA-Mann ist kein Pferd.« »Na ja, o. k. Siebzig Minuten.«

20 Uhr 40. Nachdem Ophelia die Wohnungstür hinter sich zugeschlagen und festgestellt hat, dass sich ihr Schlüssel nicht in der Handtasche, sondern auf dem Küchenboden befindet, geben wir uns kurz vor dem endgültigen Aus noch ein bisschen Socializing-Terror. Es wird bei der zweihundertjährigen Nachbarin geklingelt, die uns anstatt mit dem Satz: »Hallo, ich bin zweihundert Jahre alt und habe viel erlebt« in Unterwäsche begrüßt, ein dickes Pflaster auf dem rechten Auge. Es wird sich gegenseitig angeflucht was das Zeug hält, es wird irgendein Kleiderbügel ausgehändigt, den es morgen früh um sieben so zu verbiegen gilt dass er ins Schloss passt, es wird sich im Endeffekt gegenseitig für die zustande gebrachte Notfallnormalität auf die Schultern geklopft, und spätestens ab jetzt steht unleserlich auf der saubreiten, mit hundertvierzig dB in die Scheiße knallende Tanzfläche: *Ein Haus, ein Leib und ein Verderben.* Anstatt eine alternative Taxinummer rauszufinden, entschließen wir uns in gemeinschaftlicher Ideenvielfalt für einen Mietwagen, weil das ist sowieso irgendwie cool. Foxi kennt da wen in Lichtenberg, wir spazieren also gemächlich und total geistesgestört nach Lichtenberg, es dauert Jahrhunderte, bis wir endlich vor einem im Dunkelgrau der anbrechenden Nacht vor sich hin schimmelnden Autohaus stehen. Über den zurückgelegten Fußweg hat sich ein milchiger Schleier gelegt. Ein dickzahniger Kerl mit unregelmäßigem Bartwuchs steuert mit offenen Armen auf Foxi zu und sagt: »O Mann, das letzte Mal habe ich dich mit ange-

klebten Rastas gesehen und jetzt trägst du plötzlich schwarze Kurzhaarfrisur, Alter!«

Die beiden nölen sich gegenseitig zu, fünf Meter von uns entfernt neben einem BMW 1er-Cabrio. Vier Minuten später kommt der Typ dann mit dem Autoschlüssel für den BMW auf uns zu. Weil ich nur noch tue, was man mir sagt, beobachte ich mich plötzlich bei der Eingabe meiner Geheimzahl in den mir entgegengestreckten EC-Karten-Leser. Mir werden aus einem unerfindlichen Grund hundertsechzig Euro abgebucht. Bevor ich mich schließlich neben Ophelia auf dem Rücksitz kauernd bemühe, Foxi dabei zu beobachten, wie er gleichzeitig den Motor startet und das Dach zurückdingst, sitzen wir noch mal alle zusammen auf einer Bordsteinkante hinter verschiedenen kleinen VWs und ziehen gefühlte drei Kilo Koks weg. Ich merke, wie es inzwischen nicht mehr um die Wirkung geht, sondern nur noch um so eine Art nasale Befriedigung, und gleichzeitig erinnere ich mich auch an die von Ophelia vor wenigen Wochen geäußerte Idee, gegen Suizidversuche immer nur mit einer Kokainüberdosis vorzugehen. Noch bevor man genug konsumiert hat, um ernsthaft daran zu verenden, sollte sich das persönliche Weltbild ihrer Auffassung nach so zum Positiven hin verändert haben, dass man keinen Bock mehr hat drei Tage später unter der Erde von bescheuerten Maden verdaut und wieder ausgeschissen zu werden. Ich habe gesagt: »Kann ich mitmachen bei eurem Club?« Und sie so: »Ja.«

So viel dazu.

Die Hochzeit steigt in einer 400 Quadratmeter großen Wohnung im Westen. Wir haben uns sechs Stockwerke hochgequält und stehen schwer atmend vor einem offenen Türspalt, durch den sich eine vertretbare Bassline ihren Weg nach draußen erkämpft. Raus aus dieser unerträglich zwanglosen, halbprivaten Partyscheiße.

Als ich an mir runtergucke, stelle ich fest, dass ich seit schätzungsweise vier Tagen ohne Unterbrechung einen Wollpulli mit Eichhörnchen-Applikationen trage. Und seit mehr als sechs Stunden, das mache ich mir dann währenddessen auch noch kurz bewusst, umkrallt meine rechte Hand diese mit Süßwasser und dem Axolotl gefüllte Plastiktüte.

»Ist doch ein super Hochzeitsgeschenk«, sagt irgendjemand, und ich antworte: »Ich bin kein Verbrecher, ich sehe nur im Moment schlecht aus.«

Der Axolotl lächelt nicht mehr. Die Wohnung ist überfüllt mit an ihren Getränken nippenden Menschen, Asymmetrie, Hysterie und Satin, also alles, was gute Partykleider ausmacht, und teilweise haben die Gäste sich irgendeinen Glitzerscheiß ins Gesicht geschmiert. Die Umgebung ist mir etwas zu holzvertäfelt. Ich bleibe im Türrahmen des zu einem stark frequentierten Chill-out umfunktionierten Badezimmers stehen und beobachte Hersilie, die vor wenigen Wochen in der Lobby des Maritim Grand Hotels auf einem herumstehenden Flügel *Killing me softly* für mich gespielt hat, nach zwei Bacardi für zwölf Euro pro Stück. Sie sitzt momentan auf einem Badewannenrand und disqualifiziert sich vor zwei gelangweilt dreinblickenden Männern, indem sie wild gestikulierend ein mit ihrer Vorliebe für Strickmode einhergegangenes Fickdesaster nacherzählt. Ich höre gleichermaßen entsetzt und belustigt zu, als mich plötzlich ihr zu Tode verzweifelter Freund Georg aus dem Türrahmen reißt. Warum trägt dieser Scheißkerl einen Pelzmantel und zwei Sonnenbrillen übereinander?

Er sagt: »Scheiße, kannst du bitte irgendwas unternehmen?«

»Ich fühle mich heute mal für absolut nichts verantwortlich, Georg, ich bin hier nur als diskutierende Füllmasse hingekommen, gemeinsam mit meinem Axolotl.«

»Mifti, die beiden Typen da sollen mein nächstes Projekt mit diesen in Prospekthüllen eingeschweißten Alltagsgegenständen finanzieren, und außerdem sind sie voll die humorfreie Zone.

Wenn sich da morgen in deren Büro in Erinnerung gerufen wird, dass Hersilie zu mir gehört, halten die mich für vollkommen indiskutabel.«

»Hersilie ist deine Freundin, Sweetheart!«

»Was soll ich denn deiner Meinung nach bitte schön machen jetzt?«

»Überhaupt nichts. Sei doch mal froh, dass sie im Gegensatz zu der humorfreien Zone da drüben immer ihr eigenes Partyzelt dabeihat.«

»Aber kann sie dieses Partyzelt nicht wenigstens heute mal abstreifen?«

»Ich glaube ehrlich gesagt, ihr Partyzelt ist festgewachsen.«

»Ach du Scheiße.«

»Was ist dir lieber, Georg? Kollektive Verkrampfung im Arsch oder ...«

Ein angestrengter Typ in Polyestershorts drängt sich zwischen uns und will mitdiskutieren, ich habe ihn, soweit ich weiß, noch nie zuvor gesehen. »Kollektive Verkrampfung im Arsch? Wie kommt denn so was zustande?«

Georg mustert den Typen und sagt: »Äh, Mifti, kennt ihr beide euch schon? Das ist, äh ...«

»Ja, ich glaube, wir kennen uns, du bist ... Scheiße, warte, ich weiß genau, dass wir uns kennen, ähm ...«

»Ich bin Geschmeido, wir wurden uns mal auf dieser Party vorgestellt, wo man nur mit diesen Buttons reinkam, auf denen ›Ich will ficken‹ stand. Gestern habe ich mit deinem Bruder geschlafen.«

»Mmh.«

Und Georg sagt, kurz bevor er feststellt, dass er damit die Situation verkackt hat und blitzschnell verschwinden muss: »Ach Kleini, mach dir nichts draus, ich kann mich auch nicht an den Typen erinnern.«

Ich gucke Geschmeido an. Er sieht inzwischen wirklich scheiße aus.

»Ich war sogar anwesend, als du mit meinem Bruder geschlafen hast.«

»Krass, stimmt ja, entschuldige.« Er umarmt mich und röchelt irgendeinen zusammenhangslosen Scheiß. Ich bin kurz davor, ihm kommentarlos den Rücken zuzukehren, bis er zu dem Gestammel plötzlich noch klar und deutlich hinzufügt: »Also wenn man so wie du durch zwei Pullover durchschwitzt, dann ist schon ganz schön was im Busch.«

»Hä?«

»Irgendwie scheint dein Körper ziemlich harten Dreck abzusondern gerade. Vorhin hast du halt einfach mal hardcoremäßig durchgeschwitzt, sowohl durch deinen als auch durch meinen Pullover!«

»O Mann.«

»Ja.«

»Bis später.«

Die überdimensionale Neutralität der Situation interessiert mich nicht, der lieblos an der Zimmerdecke festgeklebte Diskokugelwolfskopf interessiert mich nicht, und dieser sich aus allen Himmelsrichtungen auf die Heftigkeit meines Pulsschlags auswirkende Beat interessiert mich nicht, obwohl mein Blutdruck kurz davor ist, irgendein für die Eigenversorgung des Lungengewebes zuständiges Gefäß zerplatzen zu lassen. Von weitem sehe ich Jürgen, dessen Freudengeschrei zu dreißig Prozent auf meine Anwesenheit und zu siebzig Prozent auf die Tatsache zurückzuführen ist, dass hier die ganze Zeit irgendein beauftragter, angeheirateter Großunternehmer rumläuft und ausgewählten Gästen ungefragt bis zu drei Gramm Koks in deren Arschtaschen steckt. Ecstasybowle ist ebenfalls vorhanden. Alles, was ich will, ist Wasser. Einen Plastikbecher mit Wasser, das diese Scheißatemnot irgendwo anders hinspült und mich wieder etwas anderes sein lässt als diese fleischgewordene, megaklaustrophobisch einen aus T-Shirt-Ärmeln rausstehenden Ellbogen nach dem anderen abkriegende

ANGST. Jubelgeschrei, durchsichtige Plastikstühle, Kerzenlicht, die Schulter eines Mannes mit eng zusammenstehenden Augen, auf der ich gerade versehentlich mein Kinn abgelegt habe. Ich fange an zu spüren, wie unfassbar gut der aussieht in seinem vermutlich von irgendeiner Jungdesignerin geflockt bedruckten Mottosweatshirt. Er steht kurz still, mit meiner rechten Hand in seiner, bis ich mich entspanne und er näher kommt und sagt:

»Du darfst übrigens ruhig atmen.«

»Ich kann irgendwie nicht mehr atmen.«

Meine Hand an seinem Nacken, abwechselnd flach auf seiner Schulter oder zusammengeballt wie eine Faust. Sein Bauch und seine Oberschenkel an meinem Bauch, an meinen Oberschenkeln. Meine Lippen, schrecklicherweise in der Nähe seines Ohrs. Die leichteste Veränderung des Drucks seiner Hand auf meinem Rücken verändert unsere Bewegung. Weil ich auf jede erdenkliche Weise versuche, mir meine Zärtlichkeit zu erhalten, sage ich unglaublicherweise den schrecklichen Satz: »Fass mich an.«

Er legt seine Hand etwas zu energisch auf meinen Kopf, und ich zittere, wegen dieser Dinge die in mir aufsteigen, wegen dieser Scheißsituation und meiner Lebenslust, was soll ich tun, er braucht nur noch einmal die Hand nach mir auszustrecken, ich sehe mir das alles ohne die geringste Reaktion an, seine Finger versuchen, meine fettigen Haare zu enttorken, der ganze Horror verschwindet durch den Abfluss, und sobald nur eine Spur Verlangen im Spiel ist, erstarre ich wie ein kleiner vom Blitz getroffener Scheißschlaukopf. Als er mich küsst, bedeutet das Krieg. Ich gucke auf einen Spuckefaden, den ich zwischen pechschwarzen Bartstoppeln auf seiner Wange hinterlassen habe und drehe mich um.

Er keift mir hinterher: »Was schleppst du da eigentlich die ganze Zeit für ein Scheißtier mit dir rum?«

Inzwischen hat sich auch Samanthas Taxifahrervater tätowieren lassen. Wie schön. Er kann jetzt das in seinen Unterarm gemeißelte Gesicht von Rudi Carrell durch Neukölln spazieren tragen. *Ich wichse in die Bodylotion meiner Schwester.*

Im äußeren Rand meines Blickfelds platziert sich Ophelia momentan so, dass sie sehen kann, welche Platte Emre als Nächstes auflegt. *Ich finde es geil, wenn sich die Schlampe mit meinem Sperma einreibt.*

Er hat ihr nicht nur widersprüchliche Gefühle eingebrockt, sondern den allergrößten Dreckscheiß ihres Lebens. Den liebte sie nämlich. Er war der Erste, den sie ernsthaft geliebt hat, der Arsch. Und normalerweise schreit er den ganzen Tag »GOOD LIFE« in einem sonnendurchfluteten Apartment in London. Die beiden hatten eine kranke Passion für Brian Wilson von den Beach Boys, weil der ist so sick und so, Pet Sounds ist ja auch nur dunkel dunkel dunkel. Ich hab mich mit diesem ganzen komplizierten Beziehungsproblem im letzten Herbst mal unter einer japanischen Zierkirsche vor Ophelias Haustür behelligen lassen. »Ich liebe die Welt, ich liebe Fohlen, ich liebe Adjektive, genau wie du, ich liebe den Görlitzer Park, ich liebe Frauen. Und Männer sind halt irgendwie beschränkt«, sagte sie. »Ich habe mit zwölf einen ganzen Roman geschrieben, der nur aus Songtexten von Nick Cave zusammengeflickt war. ›Next to me lies the print of your body plan like the map of a forbidden land.‹«

O-Ton Bryan Ferry: Where would you go if you were me?

Weit und breit hassverzerrte, erfolglose Gesichter.

»Was, joggen, hä?« »Gehst du noch joggen auf dieser Tartanbahn am Mauerpark?« »Nein, nur noch Yoga.« »Ich bin mir ja nicht ganz sicher, ob ich das Girl da vorne interessant oder traurig finden soll.« »Aber beim Yoga wird man halt immer so scheiße mit dem Rücken an die Wand gebunden und muss sich dann in der, scheiße, wie heißt die denn, Hundestellung? Joey, heißt das Hundestellung, kennst du dich damit aus?« »Das ist die megaminderjährige Schwester von dieser Marketingtante und dem coolen Wörterdschungelbruder.« »Armes junges altkluges Mädchen.« »Hund, genau.«

»Aber interessant zu sehen, was passiert, wenn man so einem todlangweiligen Teenagerdrama mal eine Bühne gibt.«

»In diesem Hund muss man sich dann jedenfalls beim Yoga immer über komische übereinandergestapelte Klötze bücken, und danach tut mir grundsätzlich der Rücken voll weh.«

»Finde ja diese wertschätzende Haltung ihr gegenüber immer so krass. Warum wird so was sechzehnjähriges, ständig ins Hardcorearrogante Abrutschendes, Kommunikationsfloskeln Bedienendes zu so einer Party eingeladen? Geht die noch zur Schule?«

»Was für Klötze?«

»Die ist drogenabhängig, wie soll die noch zur Schule gehen.«

»Würde der sogar zutrauen im Deutschunterricht zu fragen, ob sie kurz mal in den Chemieraum kann, Heroin über irgendeinem Bunsenbrenner fertigmachen.« »Klötze?« »Bin auch voll genervt von der. Tut irgendwie so, als hätte sie die Pubertät übersprungen und kämpft jetzt damit, sie nicht aufholen zu müssen. Kann auch gar nicht richtig zuhören, diese Floskelgeredescheiße und das ständige ›Ja, ja‹ in allen an sie gerichteten Fragen – wie schwer ist das denn bitte zu ertragen.« »Was für Klötze meint der denn?« »Hab 'ne Bekannte in ähnlichem Alter mit ähnlicher Rede, superanstrengend, erfahrungsgemäß wird dazu geneigt diese Scheißsorte Mensch maßlos überzubewerten.« »Na ja, Klötze. Klötze halt. So viele verschiedene Sorten Klötze gibt es ja auch nicht.« »Stimmt übrigens irgendwie, Altklugheit spielt da auch eine ganz, ganz große Rolle.«

Ich bin ein böser Mensch. Ich bin ein kranker Mensch. Aber hauptsächlich bin ich der einzige Mensch hier weit und breit, der ernsthaft von sich behaupten kann, durch und durch skrupellos zu sein, trotz seiner jahrelang innegehaltenen Antigrößenwahnposition und dem ununterbrochen in die Welt geschrienen: »Im Endeffekt verläuft alles nach den fundamentalen Gesetzen des gesteigerten Bewusstseins und der Trägheit, die sich aus diesen Gesetzen ergibt, folglich ist alles relativ ›und nichts kann geändert werden und wenn wir schon leben müssen, dann bitte schön in einem netten französischen Schlösschen, tschüs‹-Lebensgrundsatzgedöns.« Worauf ist diese Skrupellosigkeit zurückzuführen? Auf meine Abgeklärtheit? Die Bügeleisennarbe auf meinem Rücken? Darauf, dass mir beigebracht wurde, auf die Frage: »Du wirst wohl lieber in den Arm genommen, als dass du jemanden in den Arm nimmst« zu antworten: »Ja, schon von Geburt an«? Auf meine kaputtgeschlagenen Kniegelenke? Auf meine Temperaturunempfindlichkeit, die auf meiner Haut ausgedrückten Zigaretten, auf irgendeinen genetischen Defekt, durchgebrannte Synapsen und diese ganze Wut darauf, dass ich jeden Morgen in einem generalisierten Angstzustand aufwachen muss?

Mir bereitet es keine Schwierigkeiten, dabei zuzusehen, wie einer Sechsjährigen bei vollem Bewusstsein gleichzeitig mit kochendem Schwefel die Netzhaut ausgebrannt und irgendein Schwanz in den Arsch gerammt wird, und danach verblutet sie halt mit weit geöffneten Augen auf einem Parkplatz. Ich habe aufgehört, mich mit dem Gedanken an eine grüne Wiese in diese gesellschaftlichen, friedlichen und politisch korrekten Normen zurückzuintegrieren, sobald so eine Gewaltphantasie aus den Tiefen meines Unterbewusstseins hervortritt. »Lasst mich hier raus«, waren die ersten Worte, die ich lernte. Von mir werden Orakelsprüche erwartet, ich soll den Teufel performen, das Vakuum, Erwachsenenwörter aneinanderreihen, ohne sie zu verstehen. Es ist megahart, ein Individuum zu sein. Die natürlichen Bedürfnisse eines Kindes zu befriedigen. So was hat mir nie das Geringste gegeben. Ich habe

Sandkuchen grundsätzlich nur dann gebaut, wenn die Möglichkeit in der Luft lag, wenigstens einen mit Kühltasche und Eistee ausgestatteten Erwachsenen auf der gegenüberliegenden Spielplatzbank davon zu begeistern. Genau dieser Impuls ist ei/gentlich das Einzige, was übrig geblieben ist aus »meiner schweren Kindheit«.

ICH KANN EUCH MÜHELOS DIE ZARTEN FREUDEN BIETEN, DIE MIR MEIN LEBEN LANG VERWEHRT BLIEBEN, LEUTE!!

Es hagelt an die Fenster. Das ist kein sanfter Regen, sondern etwas, das folgenschwer durch die Knochen geht, der Himmel färbt sich dunkelrot, du sitzt in deinem Multimediasessel in Lederoptik, du kannst dich nicht bewegen, und wenn du aufstehst, bist du tot.

Wenn der Film reißt, zerfällt die Welt.

Tausend Monster überziehen den Planeten, zwischen Menschen im Dreck, sie kriechen aus der feuchten Erde und aus deinem Zentralnervensystem, und während du noch versuchst, dich gegen sie zu wehren, trägst du bereits verzückt ihr Zeichen auf der Stirn. Ich liege auf dem Boden und lasse mich von ihnen zertreten. Sogar jetzt lüge ich.

Ich lüge, weil ich eigentlich genau weiß, wonach ich mich sehne. Glauben Sie ernsthaft, dass ich mir die behauptete Dringlichkeit abnehme von all dem halbspießigen Bullshit, den ich innerhalb der letzten acht Monate geschrieben habe?

Ich schwöre, dass ich kein einziges, absolut kein einziges meiner mit diesem Tagebuch in Zusammenhang stehenden Worte glauben kann. Das heißt, ich glaube an die Worte, ich weiß, dass sie der gemeingültigen Auffassung von Wahrheit entsprechen, aber gleichzeitig bereitet es mir ganz erhebliches physisches Unbehagen, zu behaupten, das alles sei in irgendeiner Form berechtigt. Die Aufregung darüber, dass der Begriff des Hundes nicht bellt, steht mir offenbar ziemlich gut. Die Entrüstung, die Trauer darüber könnte man sogar sagen. Handgeschöpftes Büttenpapier hat seine Berechtigung. Heroin hat auch seine Berechtigung, das steht völlig außer Frage. Dostojewski, hilf mir!

Dich fasziniert dein Gesicht im Spiegel, und wie es sich verhärtet, doch besser drehst du dich zur Wand und siehst es nicht.

Ihr verfickten Scheißpersonen hier überall, die ihr euch ausschließlich für irgendein euch zwei Auslandssemester in Peking ermöglichendes Praktikum interessiert, oder meinen schwer einzuordnenden Kleidungsstil! Mich interessieren Weltkriege, abgetrennte Köpfe mit noch immer perfekt sitzenden Frisuren und nicht der Satz: »Wahnsinn, ab und zu trägst du am Ostersonntag durchlöcherte Schlaghosen und zwei Tage später dann plötzlich ein Kleid, welches dich und dein Umfeld direkt ins 19. Jahrhundert zurückkatapultiert.«

Ich sitze überanstrengt auf einer Klobrille. Der Axolotl hängt an dem nicht mehr funktionstüchtigen Abschließscheiß der Toilettenkabine. Mit der einen Hand versuche ich, die Tür zuzuhalten, und mit der anderen tippe ich eine SMS an Edmond in mein Telefon. Ich spüre, dass ich WIRKLICH wahnsinnig werde, jetzt ist es also so weit. Möge kommen, was wolle.

0 Uhr 12. »Lieber Edmond, ich wollte dir nur kurz sagen, dass ich dich liebhabe. Du wirst dich sicher fragen, warum ausgerechnet jetzt. Das weiß ich ehrlich gesagt auch nicht so genau. Ich hab heute da in der Küche dieses Kartoffelbrot gesehen und fand das Wort so unglaublich niedlich und den Vorgang, dass du einkaufen gehst und vor dem Brotregal stehst und denkst: Hey, geil, da ist ein Brot, das Knolli heißt, vielleicht sollte ich das einfach mal mitnehmen. Hat auch super geschmeckt. Bis morgen. PS: Dürfen das alles nur Kranke sein? Oder Totgesagte? Ich leide jetzt schon so

unter den Leiden der anderen. Modelliere bitte deine Krankheit, betreibe bitte neurolinguistisches Programmieren und sag bitte allen, dass sie mich verfickte Scheiße noch mal einfach nur in Ruhe lassen sollen.«

»Liebe Mifti, meine Freundin Sarah dachte schon, du wärst ’ne Ostdeutsche, weil du Scheiblettenkäse kaufst.«

Als ich mich umgucke werde ich von der Tatsache erschüttert, dass kein Klopapier mehr am Start ist. Draußen steht eine Schlange hysterischer Kerle, ich sitze auf dem Männerklo. »Ey Babys, ihr kokst am besten irgendwo anders, wir müssen echt kacken.«

Ich zerre mich über die Grenze zur Nachbartoilette und muss ausschweifend und wortgewaltig einem etwa neunzehnjährigen, oberkörperfreien Schwaben erklären, dass er auf der Stelle zurück nach Stuttgart gehen soll. Daraufhin wird mir eine durchnässte Rolle Papier ausgehändigt.

Mir ist schwindelig, als ich mich an der Schlange vorbei zurück in die Menschenmasse kämpfe, und auf einmal lodert Panik in mir auf, ein mein komplettes Innenleben ankokelndes Feuer, das die Kehle entlangwütet. O. k., jetzt also auch noch das, zwischen verschwitzten Gesichtern, an denen rotbraungefärbte Haarsträhnen kleben bleiben, kann ich mir weiß Gott was Vertretbareres vorstellen, als ausgerechnet in diesem Ambiente einer Panikattacke zum Opfer zu fallen.

Jeder in meine Richtung abgeschossene Blick verwandelt sich in einen Pfeil, der mich trifft und den ich vor lauter Paranoia, anstatt ihn rauszuziehen, so tief in meinen Körper reinbohre, dass ihn niemand mehr sehen kann. Vor mir reihe ich die als Nächstes zu bewältigenden Arbeitsschritte aneinander – aus der Wodkalache aufstehen, die durchnässten Schnürsenkel zumachen, nach Hause fahren oder zumindest Nachtluft schnuppern an einem weit geöffneten Fenster. Zu blockiert, meine Arme bewegen sich nicht, meine Knie geben nach, meine Augen können nichts mehr fixieren, und das alles mit zehn Zentimeter langen Pfeilspitzen in meiner Rippengegend, die sich ineinander verkeilt haben. Ich will heulen, das funktioniert nicht, ich will mich an den von Ophelia vor meiner ersten Ecstasypille geäußerten Satz: »Das geht vorbei« erinnern, und auch das funktioniert nicht, weil sich inzwischen nicht mehr die routinierte Frage nach der Dauer des Horrors stellt, sondern nur noch zwei dunkel vor mir aufleuchtende Möglichkeiten am Start sind: Entweder ich überlebe das und kann ab morgen beschließen, nie wieder Drogen zu nehmen, ich werde mir das auf einen Zettel schreiben: DAS ZEUG IST NICHT GUT FÜR DICH! Und danach drei Wochen einen Sexkino Idyllenzeitraum veranstalten, abwechselnd Pornos und Spaghetti Sorrentina und Erziehungsratgeber. Oder aber: Ich sterbe jetzt. Foxi streckt mir seine Hand entgegen, es kostet mich sehr große Überwindung, mich von ihm hochziehen zu lassen, kurz an der Wand anzulehnen und dann drei Schritte zur nächstgelegenen Abstützmöglichkeit zu stolpern. Es ist Alessa. Unter ihrem fetten Make-up ist inzwischen ein großer roter Pickel zutage getreten, von Angesicht zu Angesicht mit den Pickeln eines anderen konfrontiert zu werden ist natürlich immer ziemlich schwierig, und sie sagt: »Mifti, das tut mir ja so leid mit dem Heroin, soll ich dir den Finger in den Hals stecken?« Irgendjemand brüllt: »Ha ha, Heroin, wie out ist das denn.« Ich weiß, was ich antworten will, mache den Mund auf, und meine Stimme versagt, quäle mir ein halbes Nicken raus, das mich voll überanstrengt, quäle mich vier Schritte weiter durch inhaltsloses Rumgetanze in eine Richtung, die ich mir nicht ausgesucht habe und fühle nur, wie irgendwelche abgesonderten Flüssigkeiten meinen Rücken runterströmen. Sieben Schritte bis ich zu dem kleinen Geländer einer Wendeltreppe komme, an dem ich mich eine Wahnsinnsmenge unregelmäßiger Stufen hochziehe. Irgendjemand schreit: »Ey, die da vorne geht aufs Dach! Schatz, du darfst nicht aufs Dach, die lassen hier niemanden mehr aufs Dach nach null Uhr, weil die Chance besoffen da runterzustürzen bei ungefähr neunundneunzig Prozent liegt.«

Am Ende der Wendeltreppe ist eine kleine Luke. Ich stemme sie auf, indem ich sowohl mich selbst als auch die kleine Menge verbliebener Kraftreserven in mir zusammenreiße. Kalter Wind, es fühlt sich an, als würde ich zum ersten Mal in meinem Leben wirklich atmen. Dreiminütiger Kurzurlaub im Teutoburger Wald. Ohne bewusst miterlebt zu haben, wie mein Körper das bewerkstelligt hat, stehe ich endlich wieder fest auf beiden Beinen, auf der Mitte des Daches, mit einem Ausblick auf Berlin, der tiefste Gerührtheit in mir auslöst. Allein im Westen der Stadt entdecke ich von hier oben auf Anhieb drei brennende Mülltonnen. Als ich mich umdrehe, sehe ich in einer Entfernung von etwa hundert Metern eine kleine Gruppe einander die Hände schüttelnder Leute, aus der ein Umriss in einem Rhythmus auf mich zusteuert, der mir bekannt vorkommt. Das Format der Handtasche kommt mir bekannt vor.

Das Geräusch der Absätze kommt mir bekannt vor. Sie ist noch immer zu konditioniert, um auf den Ballen zu gehen.

Dann steht sie plötzlich vor mir, in einem souverän gehaltenen Abstand, hebt langsam die Hand und fährt sich links und rechts durch die Haare, und ich muss lächeln, weil das so typisch für sie ist. Und anders als früher. Es ist, als würde ich sie gerade noch mal kennenlernen, obwohl sie sie ist. In zweitausend anderen Ländern, in zweitausend Wohnungen, in der Hölle, im Himmel, wird sie immer sie sein.

Ich gucke sie an, sie guckt mich an, wir stehen da wie zwei Eichhörnchen in diesen Zeichentrickfilmen und stellen im Dornengestrüpp plötzlich fest, dass die komplette Außenwelt in Anwesenheit des anderen ruhigen Gewissens ausgeklammert werden kann. Keine Ahnung wie lange. Mein Zeitempfinden wird von etwas anderem überschattet. Es sind vielleicht zwei Minuten Stille oder zwei Stunden, jedenfalls ist das alles unfassbar, der Schweiß auf meiner Haut wird zu einer meinen Körper einhüllenden Eisschicht. Mein Gesicht versteinert sich und mein Mund steht offen. Alice. O. k. Ich habe bereits angefangen, es stilvoll zu finden, dich als verflossene Legende zu hypen, und jetzt stehst du hier in meiner endlich einsetzenden Regenerationsphase plötzlich vor mir, starrst mich an, und gezwungenermaßen normalisiert sich mein Herzschlag.

»Hast du dir weh getan?«, sagt sie.

»Wie bitte?«

»Hier fällt ungefähr dreißig Mal pro Nacht irgendjemand die letzte Stufe hoch. Hab so ein Gestöhne gehört und dachte: Scheiße, schon wieder.«

LIEBER GOTT, ICH VERLANGE JA NICHT, DASS SIE AUF IHRE UNDURCHSICHTIGKEIT VERZICHTET, ICH VERLANGE NUR EIN GANZ, GANZ KLEINES STÜCKCHEN FREIHEIT!!!!!!

»Hab ich gestöhnt?«

»Du hast irgendein Geräusch gemacht.«

»Ich bin einfach nur ein bisschen überfordert.«

»Ja, das bin ich auch oft.«

»Weiß ich.«

»Ähm ...«

»Warum bist du so?«

»Ich glaube, du hast Fieber, ist alles in Ordnung?«

»Was soll denn bitte in Ordnung sein?«

»Schatz?«

»Es ist nichts.«

»Genau das wollte ich hören.«

»Ich frage dich jetzt am besten mal, was du hier machst.«

»Auflegen. Und zwar in zehn Minuten. Wenn du noch ein Getränk willst, sagst du mir am besten JETZT Bescheid.«

»Nein.«

»Mifti?«

»Ja?«

Sie atmet ein und genau darauf habe ich gewartet, auf dieses Fünkchen Ehrlichkeit in ihrem Gesicht, darauf, dass jede ihrer Regungen in Zeitlupe abläuft, dass die Zeit sowieso irgendwie stehenbleibt und man sich wieder anguckt und weiß, was bisher passiert ist und jedes Getränk und jeder Job vollkommen egal ist plötzlich.

»Verabscheust du mich?«

Und dann überkommt mich plötzlich irgendwas.

»Weißt du noch, wie du mir das Meer gezeigt hast? Als ich krank geworden bin in dem Ferienhaus in Frankreich mit diesen Fieberschüben, zwischen all den überdimensionalen Tierpostern und diesen in randlosem Glas gerahmten Fotos von Sonnenuntergängen, du weißt worauf ich hinauswill, als ich diese Panik gekriegt habe und 40 Grad Fieber. Ich weiß jetzt, woran das lag. Ich hatte Angst vor meinem eigenen Körper oder vor der Tatsache, dass mein Bewusstsein nichts mit der Welt zu tun hat, schon gar nichts mit meinem Fleisch oder meiner Haut und diesem ganzen optisch in Erscheinung tretenden Material, das mir einfach immer so zugeordnet worden ist bisher. Ich wollte aufhören zu denken, weil Wörter bedeutungslos waren, weil Bedeutungslosigkeit bedeutungslos war, weil das Leben nichts wert war, weil meine komplette Physiognomie Teil des in sich stimmigen Organismus eines belebten Himmelskörper ist, von dem ICH mich aber abgrenze. Und dann bist du morgens mit mir ans Meer gegangen. Jeden Morgen haben wir das Meer angestarrt und wir waren da so gerne, weil es wie wir war, Alice. Es war die Antwort auf alles. Das Meer verstand sich von selbst. Und das Meer ist nur das Meer, solange es in Bewegung ist. Alles, was du mich gefragt hast und alles, was wir gesehen haben und gemacht haben, das verstand sich alles von selbst, es war ein Kunstwerk, und das Kunstwerk waren wir.

Das Meer lebt von den Wellen und jede einzelne Welle bricht irgendwann, einfach, weil sie sich vorwärtsbewegt. Ich sehe immer dein Gesicht und wie es nach irgendeinem Ausdruck strebt. Die Wellen, die sich brechen, verlieren ihre Form und bringen ihre Form dadurch erst richtig zum Ausdruck. Und jetzt, jetzt stehst du plötzlich vor mir. Und ich sehe dein Gesicht, aber irgendwie anders. Und ich kann mir gar nicht mehr vorstellen, dass es dich wirklich gibt.«

Ohne sich noch mal nach mir umzudrehen, klettert sie als personifizierter »Business Casual Wear«-Begriff zurück durch die Luke. Als personifizierte Koketterie viel eher. Ich habe noch nie in meinem Leben so unkontrolliert gezittert wie jetzt. Mein Sternenhimmel, meine Stadt, mein wie ein epileptischer Anfall anmutender Totalabsturz.

Irgendwie kriege ich es trotz allem hin, die rudimentärste, an Partybesucher gestellte Anforderung zu erfüllen: Wenn schon nicht cool, dann wenigstens unauffällig sein. Wäre das ein Film, würde eine an irgendeiner Sonderkonstruktion über meinem Kopf befestigte Kamera bei jedem Einatmen senkrecht auf mich zustürzen. Mir würde eine Träne das Gesicht runterkullern und ein Platzregen würde einsetzen. Im äußersten Fall würde mir vielleicht noch aufgetragen, irgendetwas total Verrücktes zu machen, beispielsweise ein Sektglas über mir auskippen und schreien: »O. k., here we go, jetzt wirst du von mir gefickt!« Aber die Welt funktioniert ja leider anders, fällt mir in letzter Sekunde ein.

0 Uhr 24. Emre mixt seine letzten beiden Songs ineinander, und Alice stellt ihre mit diesen ganzen Aufklebern verzierte Plattentasche ab, zieht ihren Mantel aus, umarmt ihn kurz und setzt sich die Kopfhörer auf. Ophelia kommt heulend auf mich zu, ich sage: »Dein Vater würde sich bestimmt freuen, wenn er wüsste, dass du heute Abend feierst.«

Sie knallt mir eine. Wie ich dieses Taubheitsgefühl vermisst habe, das sich nach so einer Ohrfeige durch das Gesicht zieht. Ich schlage zurück.

»WAS WILLST DU EIGENTLICH, MIFTI? HÄ? ALICE IST HIER,

WARUM DISKUTIERT IHR NICHT ENDLICH MAL WIEDER SCHÖN ÜBER TOLLE VERGEWALTIGUNGSFILME?«

»Das mit ALICE ist eine Geschichte über Musik und sonst nichts. Über alles eben. Und nichts. Das hat nichts mit Homosexualität zu tun.«

Sie knallt mir noch eine und sagt mit einem Gesichtsausdruck, in dem sich gerade die ultimative Abscheu verhärtet: »Boah, bist du eklig.« Ich nehme ja gar nichts mehr richtig wahr, deswegen lache ich nur dümmlich und lasse mich von jemandem wegzerren. Es ist der Mottosweatshirttyp.

»FICK DICH, MIFTI! FICK DICH! FICK DICH ENDLICH, ICH WILL DICH NIE WIEDERSEHEN!«

»Was geht denn da zwischen euch?«, fragt der Mottosweatshirttyp, und weil ich nicht antworte, fügt er hinzu: »Ist alles o. k.?«

»Nein, absolut nichts ist o. k.«

»Das ist doch schon mal ein Ausgangspunkt.«

»Wo ist mein Axolotl? Mein Axolotl ist weg, kannst du mir helfen, mein Axolotl wiederzufinden? Es war doch …« und dann breche ich mitten im Satz ab, weil ich die ersten von Alice initiierten Gitarrenakkorde als einen Song identifiziere, der nur mir gilt. Keiner der Hochzeitsgäste hat Bock auf die Zombies. Auf Kreaturen, die in einem körperlichen Zustand zwischen Leben und Tod existieren und liebesmäßig underfucked »She's not there« performen. Die Situation auf der simulierten Tanzfläche verändert sich drastisch, aber sie zieht dieses Ding knallhart durch.

Ich sage: »Das ist alles so naheliegend.«

Der mittlerweile an meinem Rücken klebende Typ hat mich neben sich vor einem Tapeziertisch abgestellt, auf dem massenhaft Blumen und Geschenke liegen. Der Axolotl schwimmt traurig in einer mit Wasser gefüllten Glasschale. Er sagt: »Ey, scheiße, guck mal, ist die echt?«

Ich gucke mir die Knarre in seiner Hand an, die er von dem Tisch aufgehoben hat. Ein dicker, glatzköpfiger Typ kommt von hinten auf uns zu, während Colin Blunstone gerade *But it's too late to say you're sorry, how would I know, why should I care?* singt. »Die ist nicht nur echt, das ist 'ne 9-mm-Halbautomatikpistole und daneben liegt ein geladenes Ersatzmagazin.«

»Die ist geladen?«

Ich so: »Mach die bitte weg.«

»Hat Albrecht die schon gesehen? Warum schenkst du dem so was?«

Well, no one told me about her
The way she lied
No one told me about her
How many people cried

»Was ist das denn für 'ne Frage?«

»Was willst du dem damit denn bitte signalisieren? Dass man sich als verheirateter Mensch abknallen muss? Oder irgendjemand anderes? Mifti, nimm auf der Stelle dein Axolotl, wir müssen verschwinden.«

»Na gut, ich mach's, obwohl …?«

Ah but don't go home with your hard-on ...
You can't melt it down in the rain
You can't melt it down in the rain
You can't melt it down in the rain
You can't melt it down in the rain

(Leonard Cohen)

Ich wache in einem hellblaugestrichenen Kinderzimmer auf, das eine Tür hat, die durch Glasscheiben hindurch in einen Hinterhofgarten führt. Auf dem verschnörkelten Plastiknachttisch neben mir liegt ein kleiner weißer Zettel. Ich bringe noch nicht genug Kraft auf um zu entziffern, was draufsteht. Ich stehe auf und laufe durch eine irgendeinem alternativen Elternmagazin entrissene Maisonettewohnung, die auf den ersten Blick als etwas einzuordnen ist, das 5000 Euro Nettoeinkommen voraussetzt. Im Badezimmer hänge ich mich schwächlich an den Wasserhahn, würge drei Liter Wasser runter und lege mich dann in die leere Wanne, um darauf zu warten, dass sie vollläuft. In ein Handtuch gewickelt stelle ich mich zum ersten Mal seit drei Tagen vor den Spiegel und habe fast schon vergessen, wie ich aussehe. Dann lege ich mich mit nassen Haaren zurück unter die Decke und lese den Zettel: *Bleib ruhig liegen, es ist alles in Ordnung.*

Im Türrahmen steht der ausschließlich in Boxershorts steckende Mottosweatshirttyp und sagt: »Bleib ruhig liegen, es ist alles in Ordnung.«

Der sieht wirklich irgendwie gut aus, wie ein Typ aus einem auf Segelbooten spielenden Nouvelle-Vague-Film. Es gibt da eine bestimmte Sorte Oberarme, die ich einfach gut finde und die nichts mit Rudergeräten zu tun hat, sondern ausschließlich genetisch bedingt ist.

»Wie spät ist es?«

»Fünf Uhr morgens.«

»Hab ich nur so kurz geschlafen?«

»Du bist vorgestern Nacht um drei eingeschlafen und hast bis jetzt durchgepennt. Von einem Tag deines Lebens hast du nichts mitbekommen. Warte, ich zeig dir kurz was.« Er poltert durch die Wohnung und kommt mit einem in seinem Handy geöffneten Fotoalbum zurück. Aus dem Bildschirm springen mich meine tellergroßen Pupillen an aus der Ketaminnacht vor zwei Wochen, das ist krass, das sage ich ihm auch. Danach stellen wir uns vor. Er heißt Viktor und will mir nicht seinen Beruf verraten, anhand meines ausgeuferten Verhaltens vorgestern Nacht hat er sich erschlossen, dass ich intelligent genug bin, mir den selbst zu erarbeiten. »Ich will übrigens nichts von dir. Du interessierst mich nicht wirklich. Ich finde dich zwar faktisch irgendwie heiß, verstehst du, was ich meine, aber ich bin absolut nicht an dir interessiert.«

»Du bist Psychotherapeut!«

»Genau.«

»Und sitzt jeden Tag extrem gut angezogen in irgendeiner mit roten Samtvorhängen ausgestatteten Praxis am Kollwitzplatz.«

»Genau.«

»In so was war ich auch mal, das endete dann damit, dass der Therapeut gesagt hat, ich sei therapieresistent und ich mit 'nem eingeschlafenen Bein nach draußen robben musste. Das war so unglaublich peinlich. Ein eingeschlafenes Bein und verwischter Kajal in meinen Augenwinkeln. Er noch so: ›Geht es?‹ Und ich so: ›Ja, klar, kein Problem, mein Bein ist nur eingeschlafen, o Gott.‹«

»O. k.?!«

»Und bei dem zweiten Therapeuten war es dann so, also, der galt im Vorhinein als der absolute Oberchecker, na ja, ich gehe da so rein und sehe einen Heidegger-Band und sage altklug bis zum Getno: ›Oh, Heidegger!‹ Und er antwortet: ›Ey, falls Sie denken ich würde mit Ihnen über Philosophie quatschen, haben Sie sich gewaltig geschnitten.‹ Die dritte hat mich irgendwann rausgeschmissen und drei Tage später war eine vollständig blaue Postkarte im Briefkasten, auf der stand, es täte ihr leid, irgendwas hätte sie da überkommen. Und bei der vierten musste ich einen Menschen, einen Baum und eine Allee malen, bevor sie sich mir vorgestellt hat. Mein Vater hatte auch eine. Zu der sollte ich dann mal mit. Die war wirklich ganz schrecklich. Typischer Fall von Gegenübertragung. Als sie mal kurz mit mir gesprochen hat, über meine Schulverweigerungsproblematik, ist er auf dem gegenüberliegenden Sessel eingeschlafen.«

Ein höchstens vierjähriges Kind mit einem in den Hinterkopf rasierten Playboybunny steht im Zimmer. »Wir könnten mit meiner Pyramide spielen«, sagt das Mädchen, Viktor sagt in einem wirklich coolen, unangestrengten Ton: »Ey, come on, entweder du gehst wieder schlafen oder du beschäftigst dich jetzt irgendwie mit dir selbst.« Und ich erkenne, dass es eine Welt gibt, die auch ohne teure Viskosestoffproben oder dem ununterbrochen geäußerten Satz: »Drei Tage nach meinem ersten Arschfick habe ich eine Fingerspitze Gleitcreme auf meinem Scheißhaufen entdeckt« auskommt.

»Papa, ich weiß nicht was ich machen soll.«

»Ich kann auch nichts dafür, dass hier heute mal zur Abwechslung kein Diamantenschloss am Start ist sondern nur dein überdimensionales Sortiment an pädagogischem Lernspielzeug, aber hör bitte auf mit dieser Nervscheiße! Langeweile kann auch total schön sein manchmal. Ich habe jetzt drei verschiedene Möglichkeiten für dich, aber das können wir alles erst in frühestens zwei Stunden durchziehen. Entweder, du räumst dein Zimmer auf ...«

»Aber da liegt wer in meinem Bett.«

»Trotzdem. Wärst du dazu bereit, dein Zimmer aufzuräumen?«

»Boah, nee ey, was soll ich denn da aufräumen?«

»Zum Beispiel die Eisenbahnschienen, und dann kannst du noch deine ganzen Frösche sortieren.«

»Was ist die zweite Möglichkeit?«

»Mifti backt mit dir Waffeln. Sorry, Mifti.«

»Und die dritte?«

»Du gehst jetzt noch mal schlafen, und danach lese ich dir zuerst die Geschichte mit dem Schwein vor, das sich nicht waschen wollte, da ist so ein Schwein, das nicht in die Badewanne will, und dann geht es irgendwann doch in die Badewanne und will nie wieder raus, weil das so toll ist da drin. Und danach lese ich dann dieses andere Buch da vor, wo so verschiedene Traktoren erklärt werden, was die machen.«

»Warum denn so Scheißbücher?«

»Weil du die dir gestern ausgesucht hast, Bibi.«

Dann sitzen wir da alle mit Gelatinevollmilchschokoladenbrei in den Mundhöhlen und diskutieren abwechselnd über Splatterfilme aus Deutschland, Madonnas Oberarme und therapeutische Maßnahmen.

»Ich habe mit sechsundzwanzig im Studium aus Geldnot mal in der Zeitung inseriert, zusammen mit meiner Freundin. Wir haben uns ›Amor und Psyche‹ genannt, das galt da irgendwie als modern, und irgendwelche Männer ohne Sexlife für fünfzig Euro pro Stunde zum weitgefächerten Thema Frauen beraten.«

»So Chefärzte?«

»Ja, oh, äh, hallo, das solltest du vielleicht mal öfter machen: nichts anziehen.«

»Und dann?«

»Das war der absolute Supergau, wir saßen diesen unattraktiven Chefärzten dann immer gegenüber und haben denen eingeredet: Ey, sobald du eine Frau dazu bewegst, über ihre Kindheit zu reden, ist die verliebt in dich.«

»Also ich persönlich bin ja vergewaltigt worden als Kind.«

»Ach, tatsächlich?«

»Nein. Dieses Vergewaltigungsding soll nur relativieren, dass ich mir immer noch etwas von diesem ekelhaften Arsch verspreche. Ich liebe den. Er ist nicht der einzige Mensch, den ich liebe, aber vielleicht der einzige, an den ich noch glauben kann zwischen all diesem bescheuerten lebensfremden Scheiß hier. So. Dann hatte ich bis vor kurzem noch eine Mutter. Ganz einfaches Thema, die war schizophren, zwangsneurotisch, sadistisch, sehr klug und drogenbedingt arbeitsunfähig. Wir haben in einer Anderthalbzimmerwohnung gelebt und bis zu ihrem Tod jede Nacht in einem Bett geschlafen. Wenn ich morgens aufgewacht bin und sie nicht mehr neben mir lag, wusste ich, dass sie mit in den Armen vergrabenem Kopf total besoffen und melancholisch über dem Küchentisch hing. Ich komme nach Hause, sie liegt irgendwo rum, so hat unsere friedliche Koexistenz in allererster Linie funktioniert. Körperlich von ihr bestraft zu werden war ein verhältnismäßig erträglicher Zustand, weil dann die Rollenverteilung klar definiert und meine Position vorgegeben war: mal zur Abwechslung wirklich nur schwach sein. Ich habe letztens ein Buch über Co-Abhängigkeit gelesen und kein auf mich zutreffendes Erklärungsmodell gefunden. Es werden die unterschiedlichsten Familienkonstellationen analysiert, aber alleinerziehende drogenabhängige Elternteile mit Einzelkindern zwischen drei und dreizehn kommen schlicht und ergreifend nicht vor. In Anbetracht dessen kann ich sagen: Ja, ich habe da was durchgestanden, wobei ich mich inzwischen auch frage, wie überhaupt. Aber das hat leider keine große Künstlerin aus mir gemacht. Ich finde das wirklich irgendwie schwierig. Dieses Gefoltertwerden. Da setzt die Dissoziation aus, das Anpassungsvermögen, so ein Mensch kann sich nicht an körperliche Schmerzen gewöhnen.«

»Wahnsinn, dass du darüber reden kannst.«

»Siehst du? Darauf wollte ich hinaus, auf diesen beschissenen Satz, den ich eigentlich nie mehr hören wollte. Es ist vollkommen egal, ob ich rede oder nicht. Wiederhole mich seit drei Jahren, in diesem Glitter-Schmutz- und Pailletten-System, ganz böser Nightmare Bass für Erwachsene, dieser Zustand ist einfach unaushaltbar. Ich kann ohne Probleme über alles sprechen, was mir jemals zugestoßen ist und traumatische Belastungsstörungen hinter sich herzieht, aber weißt du, das ist ein totaler Irrglaube, dass es möglich ist, alle persönlichen Missstände mit so einem Psychologiescheiß bearbeiten zu können. Das führt zu nichts. Was man unabhängig davon sagen kann, ist: Ich bin für den Rest meines Lebens behindert, und niemand kann was daran ändern. Für den Rest meines Lebens kann ich das Verhalten von Selbstmordattentätern nachvollziehen, und niemand kann was daran ändern.«

»Ja, vielleicht.«

»Ich habe viele wulstige Narben, die ich stolz demonstrieren kann, sobald mir soziale Inkompetenz vorgeworfen wird oder irgendetwas anderes, und dann wird verzückt und sensationsgeil aufgesprungen, und diese ständig etwas zur allgemeinen Verständigung Geronnenes aufrechterhaltende, todlangweilige Masse von Psychologen sagt dann: Oh, was wurde denn mit dir gemacht, wie schön, dass du darüber reden kannst, dann bist du ja vielleicht bald auch endlich normal. Und damit bin ich wieder in der Opferschlaufe festgebacken, während alle anderen triumphal irgendwo rausstolpern. Man muss sich Sekunde für Sekunde daran erinnern, irgendeiner Norm zu entsprechen und sich an irgendeiner bescheuerten vorgegebenen Konventionsscheiße abzuarbeiten. Sie hat mich mal ausgesetzt, da war ich so ungefähr sechzehn Monate. Natürlich sagen alle, man könne sich nicht so weit zurückerinnern, aber ich erinnere mich an dieses Gefühl, ausgesetzt und dadurch irgendwie auch ein Stück weit umgebracht zu werden. Kannst du dir vorstellen, wie megaaggressiv ich bin auf all diese pseudoerfahrenen Scheißleute um mich rum, die noch nie mit irgendeiner wirklich richtig ernsthaften Schwierigkeit konfrontiert wurden, außer vielleicht mit einer Rheumaattacke oder mit Trennungsschmerz? Und die mir vorschreiben, was ich notwendigerweise leisten muss und was vertretbar ist und was nicht und was künstlerisch o. k. ist und dass man über solche Themen keinesfalls in einem sozialkritischen Singsang sprechen darf, denn das ist eklig und out und muss sich alles auf einer ganz nüchternen und im besten Fall unterhaltsamen Ebene abspielen oder im allerbesten Fall gar nicht, weil es ist ja nicht mal mehr ein gesellschaftliches Tabu, sondern einfach nur kitschig. Ich denke dann immer: nein. Ihr habt keine Ahnung von irgendetwas anderem als von geregelten Verhältnissen, und sobald eure Verhältnisse nicht mehr geregelt sind, sind die das unter geregelten Umständen nicht mehr, dann springt ihr halt mal kurz durch irgendeinen Drogenabgrund oder feiert wilde Partys oder kotzt euer Gucci-Kleid aus dieser Kollektion aus den Vierzigern voll, und das war's dann auch schon, danach werden wieder Tagliatelle gegessen. Ich hasse Menschen. Ausgenommen Bibi, die ist super, wie ich gerade feststelle. Die sitzt da drüben, lässt extra dafür gedachte Pharaonen in Playmobil-Abgründe stürzen und ist bescheiden. Die Bescheidenheit. Ganz weit vorne.«

»Gab es Gucci in den Vierzigern überhaupt schon?«

»Wie bitte?«

»Bist du gerade verliebt?«

»Ja, das merkt man, was? In eine Person, die mir Dinge gesagt hat, von denen ich inzwischen träume. Jede Nacht. Scheiße. Jetzt bin ich allen Ernstes so eine melodramatische Heulbojen-Erna geworden, nur weil diese Frau zufälligerweise pervers ist. Vorgestern habe ich mich außerdem mit meiner besten Freundin gestritten. Die wird mir im äußersten Fall noch mal schreiben, dass sie mich immer liebt und in meinen Augen erkennen kann, wo ich gewesen bin und dass sie meine Zeugin ist. Und danach werden wir uns nie wiedersehen. Wir haben uns schon oft gestritten, einmal auch nur, weil ich ihr 'ne Mix-CD geschenkt habe und sie das in ihrer Musikexpertinnenehre gekränkt hat, aber dieses Mal läuft das irgendwie anders. Ist alles auch egal.«

»Sollen wir uns noch mal hinlegen?«

»Ja.«

Dann legen wir uns nebeneinander auf sein Bett, während draußen viele kleine freundliche Menschen zur Arbeit gehen oder Creamcheese-Bagel essen. Kurz bevor ich einschlafe, sagt er: »Dreh dich mal um, ich will dir was zeigen.« Und als ich mich umdrehe, legt er einfach seinen Arm um mich, in dieser forschen Bankiersmanie, die man mithin in Filmen sieht, und dann schlafe ich ein, und als ich zwischenzeitlich mal kurz aufwache, lege ich zur Abwechslung meinen Arm um ihn, und dann schlafe ich wieder ein. Das Ganze endet damit, dass ich irgendwann seinen Kopf zwischen den Beinen habe und mich vor lauter Wonne schreiend von rechts nach links wälze und meine Hände in seine auf dem Bett abgestützten Ellbogen kralle.

Irgendwann zwinge ich mich, aufzustehen. Als ich zur Wohnungstür schleiche, sehe ich auf einem kleinen Schränkchen im Flur ein mit groben Kieselsteinen gefülltes Aquarium, geschätztes Bruttowasservolumen: 160 Liter. Tagsüber muss es im Aquarium heller sein als nachts, und damit sind die Ansprüche des Axolotls an das Lichtkonzept auch schon ziemlich vollständig beschrieben, und sollte es in der Geschichte meiner persönlichen Heteromatrix oder zumindest in der Geschichte der Menschheit je einen idyllischeren Moment gegeben haben, dann weiß ich jedenfalls nichts davon.

Von: Mifti
An: Ophelia
Betreff: Vorvorgestern

»Das ist meine Kindheit, die Kindheit einer Waisen, eines Findelkinds, einer Heimatlosen ohne Vater und Mutter, der keine Liebe zuteilwurde. Es war schrecklich, aber ich bedaure es nicht.« Und dann hat sie noch gesagt: »Das Hübsche vergeht, das Schöne bleibt.« Was hast du mir denn da Schreckliches geschickt eigentlich, hab so abgekotzt – Tiermasken sind ja ganz krass in gerade, Tiermasken nonstop, überall nichtssagende Kartoffelfelder und nichtssagende Menschen mit Tiermasken. Wir können so unschlagbar sein zusammen und diese linksresignative Kulturszenenscheiße auf eine Weise aufmischen, die allen den Schweiß auf die Stirn treibt. Kenne alle Tricks, habe noch keinen angewandt. Du musst mir sagen, wie deine Lieder heißen, damit ich sie auf mein Leben anwenden kann.

Von: Ophelia
An: Mifti
Betreff: RE: Vorvorgestern

(ich-jetzt-weil alle wieder keine kultur
machen-denke-etwas kunst
machen – könnte mir jetzt nicht schaden da plötzlich die
mainstreamarroganz der dummen über uns
hereinbricht, der untere
mittelstand ist elternversorgt – und da könnten wir
doch fast ... sein wie oscar
wilde schrieb ... are you down with me? guess so)

schmeichelst du mir? sind wir nicht spezialisten darin?
kenne ich nicht alle tricks?
ist hass liebe hass und hass liebe oder liebe trotz gerade
weil dennoch
oder einfach
es ist nicht
einfach

PS: Noch mal zum Verständnis: Du kannst mir in Bezug auf Musik nichts geben, was ich noch nicht habe, nicht weiß. Und Darling, es gibt keine allgemeingültige Hierarchie, die alle Aspekte mit einbezieht. Das ist ein urdeutscher Irrglaube. Natürlich stehst du meterweit über mir, aber das weißt du doch. Ich bin in der deutschen Kultur weniger als vorhanden. Aber das ist mir ganz gleich. Ich lasse dir deine Welt und du lässt mir meine.

Von: Mifti
An: Ophelia
Betreff: RE; RE: Vorvorgestern

Du hast dich an Denk- und Gefühlsmuster angepasst, weil du Normen verinnerlicht hast. Das ist deine Persönlichkeitsstruktur und die ist weitestgehend in Stein gemeißelt.
Ist mir alles auch egal. Ich weiß gar nicht, was ich zu dir sagen soll, wirklich.

Von: Ophelia
An: Mifti
Betreff: RE; RE; RE: Vorvorgestern

Liebes, ich eigne mich nicht zum Anbeten anderer – gar deiner –, wie kannst du so etwas denken? Wieso sollte einer über dem anderen stehen? Auf welchen Kriterien beruht das? Ich kann dir versichern, innerhalb deines Rankingsystems rangiere ich weit unten. Persönlichkeitsstruktur? Seit wann bitte gibt es so etwas und wieso sollte die Persönlichkeit statisch sein?

o. k., im not f***ing german and i do not understand half of your way of thinking BUT jesus, how dare you to think that music is recieved by me just the same way as it is by hundred of other people? that was insulting well its the internet and it's easy. press delete or ignore what the hell did you think i had to offer you?

Lass uns einfach nicht über Musik reden, o. k.? Was für Normen habe ich verinnerlicht? Das zu behaupten ist nur eine Phrase, und Phrasen sind weit unter deinem Niveau.
Zudem würde mich wirklich interessieren, wie meine in Stein gemeißelte Struktur aussieht.
Da bist du nämlich die Erste, die sie in Worten definieren kann.
Was willst du? Mich etwa behalten?

Von: Mifti
An: Ophelia
Betreff: RE; RE; RE; RE: Vorvorgestern

Ja, klar.

Von: Pörksen
An: Mifti
Betreff: (Kein Betreff)

sorry Mifti, haben uns da bei der hochzeit gar nicht mehr richtig gesprochen – wollte nur kurz noch mal auf dieses Dingens da zurückkommen. Dich plagen Existenzängste? Mann, ey, DU plagst DIE EXISTENZÄNGSTE! Ich hab's verpennt. ich bin ein Schaaawein, ich weiß. Aber weil es diese Art des gegenseitigen verpassens wie vorvorgestern schon so oft in umgekehrter weise gab, und weil du mich liebst, wie ich dich auch liebe (verdammte scheiße ja!), wirst und musst du mir verzeihen. ja, so einfach ist das, mein schatz (verdammte scheiße auch!). wollen wir heute vielleicht ins stadtbad gehen? oder zu arm und sexy. wir könnten aber auch heute mittag einen grog trinken oder tote oma essen. ich bin im büro, hab aber blöderweise mein telefon vergessen und bin jetzt nur via dingsda zu erreichen, du weisst schon.

Von: Ophelia
An: Mifti
Betreff: RE; RE; RE; RE; RE: Vorvorgestern

thats easily said. and u know that.

Heilige Mifti, angesichts der gestrigen Situation habe ich mich gefragt, was du von mir erwartest. Dass ich neben dir alt und hässlich aussehe? Dass ich dich kritiklos bewundere?
Ich bitte dich noch einmal, wie kannst du nicht bemerkt haben, dass ich mich zum Anbeten anderer nicht eigne? Dazu hast du doch genug da draußen! Ich bin auch keine sechsundvierzigjährige Ex von irgendeinem bedeutungslosen Regisseur, die es zu manipulieren gilt.
Mir geht es eigentlich nur darum, dass ich möchte, dass du mir irgendetwas zugestehst, was mich ausmacht. Ich fühle mich wie in einer »Ich kann das auch und besser«-Konstellation. Natürlich bekommst du mehr Bestätigung, weil ich eine verdammt feige Sau bin und Mappen von Fotos und Texten und Musik auf dem Rechner und unter dem Bett horte. Weil ich extrem viel schaffe und das Interesse daran verliere, sobald es fertig ist, was ja eigentlich dem Kunstgedanken entspricht, dass ich bei Kunst oder Leben immer rufe: Beides und bitte, wo ist da der Unterschied, wenn man es ernst meint. Deine Familie hat Kunst gesagt, meine Geld. Und ich ärgere mich verständlicherweise nun, dass alles profitlos irgendwo rumliegt.
Ich frage mich drei Dinge: Bist du all der Mühe wert und warum

soll ich mit dir jemals wieder irgendwohin gehen und außerdem, wie inflationär du eigentlich mit Komplimenten umgehst?

Manchmal wüsste ich gerne, wie du mich beleidigen würdest, denn dann wüsste ich, was schlimmstenfalls von dir zu erwarten ist, und das ist nicht psycho, sondern strategisch.

Ich bin so dissoziativ, dass ich zu dem werden kann, was andere in mir sehen, da wirst du mir wohl gestatten, einige Fragen zu stellen, bevor ich mich in ein vierzigjähriges Wrack verwandle, nur um dir zu gefallen.

Ich bin supersozialverträglich, wenn mir die Menschen, mit denen ich zu tun habe, gleichgültig sind. Wenn du sagst, Samstag halte ich mir den Tag frei, wenn ich dann aber abhänge und warte und nichts höre, dann verabrede ich mich halt nicht mehr mit dir.

Und wenn du jetzt fort bist, bist du fort, dann ist es besser jetzt als später, wenn man sich irgendwie an den anderen gewöhnt hat.

Ich bin sooo müde, Mifti, ich bin müde und stumm und traurig und hab nur Angst, dass das bisschen, was ich habe, sich auch noch halbiert bis unendlich, zumindest bleibt von mir nichts übrig.

Von: Mifti
An: Ophelia
Betreff: RE; RE; RE; RE; RE; RE: Vorvorgestern

I means love nothing else.

Von: Mifti
An: Ophelia
Betreff: RE; RE; RE; RE; RE; RE: Vorvorgestern

Es sollte heisen: It means love nothing else.

Von: Mifti
An: Ophelia
Betreff: RE; RE; RE; RE; RE; RE: Vorvorgestern

Heißen.

16. Juni

Ich kann nicht mehr geradeaus laufen. Die S-Bahn fährt irgendwie ziemlich verschwommen ein, und drinnen ist es sauheiß, wir ziehen unsere Sweatshirtjacken zur Hälfte auf und ergattern einen Vierer. Lauter Superkleinstfamilien mit Karohemden in allen Variationen sind am Start, die die ganze Zeit einen auf »gerührt« machen, sobald unweigerlich irgendeiner ihrer Blicke auf mich fällt. Ich sitze dort jetzt also, in meinem Kopf herrscht eine Wahnsinnsleere, alles ist irgendwie in Ordnung, und da ist sozusagen nur noch weiß in meinen Augen. Die Pupillen driften die ganze Zeit weg. Alles, passiert, halt, irgendwie.

Irgendwann dann eine Bank im Volkspark, und Edmond, Annika und ich starren schwerstbekifft auf ein paar Häschen am gegenüberliegenden Baum. Ich erwarte komischerweise ein nachgebendes Knacken, als meine Schädeldecke von so etwas wie einem Baseballschläger zertrümmert wird und ich vornüberstürze. Geräusche gibt es seit neuestem sowieso nicht mehr. Ich heule vor Schmerz, greife nach meinem Kopf und krieche lärmend durch verstreuten Müll auf der Wiese rum, ich atme aus, und hellweißer Rauch zieht einen gepflegten Sandweg entlang, verschwindet im Schatten des Baumes und kommt nach kurzer Zeit wieder zu uns zurück, bis wir von einer bleigrauen Wolke umhüllt sind. Wahnsinnswetter übrigens, es ist vielleicht Sonntag, im äußersten Fall Mittwoch. Eine Gruppe in pinkfarbenem Sportdress gekleideter

Frauen joggt lachend vorbei. Mein Handy klingelt. Edmond und Annika gucken sich irgendwie komisch an, und als mein Vater am anderen Ende der Leitung sagt: »Kleinchen, ich muss dir mal kurz was vorlesen!«, tritt bei mir mal wieder so ein paranoider Schub zutage.

»Was denn?«

»Bei mir wurde doch gestern der Ofen aus dem Schlafzimmer gerissen, die Wohnung quillt über mit Abdeckplanen und ein ausgekippter Bauschutteimer ist auch am Start. Jedenfalls, hinter dem Ofen an der Wand, wo früher das riesige Bild hing mit dem Laubwald, sind so alte Zeitungen von 1960, und da steht: Lieber Juri Gagarin, UdSSR, wir beglückwünschen Sie zu Ihrem großen Erfolg! Schon immer hat die Menschheit davon geträumt, in den Weltraum zu fliegen!«

»Das ist aber schön.«

»Willst du nicht kurz vorbeikommen?«

Auf dem Weg zu unserem Vater reden wir kein Wort miteinander. Wir haben den ganzen Tag noch kein Wort miteinander gewechselt, aber plötzlich geht diese Stille nicht mehr aus purer Langeweile hervor, sondern aus etwas anderem, Beunruhigenderem. Als wären die beiden in einen Plan involviert, der sich gegen mich richtet und ihnen deswegen ein schlechtes Gewissen macht.

Die Wohnung ist sanierungsbedingt in einem ganz, ganz schlimmen Zustand. Franziska trägt ein weißes T-Shirt und bittet uns pseudounangestrengt rein. Als ich aufs Klo gehen will, steht mein Vater nackt mit dem Rücken zu mir am Waschbecken und sagt: »Kannst du kurz draußen warten?«

Ich sage: »Zahnseide im Badezimmer ist ja eigentlich echt unsexy, aber so als Raubfisch getarnt wirkt das schon irgendwie dekorativ.«

Wir haben ganz seltsame Situationen durchlebt in diesem Ambiente. Das letzte Familientreffen fing mit einer von Patti Smith gecoverten *Gimme-Shelter*-Version an und endete, indem wir, ohne uns zu verabschieden, nach draußen geprescht sind. Mein Vater thronte, mit dem Rücken zu uns, auf irgendeinem seiner Rokokomöbelstücke und starrte durch die Fensterfront auf den Fernsehturm. Jetzt also wieder hier. Nirvana, so wie ganz früher. Here we are now, entertain us, ja, genau. Irgendetwas hört plötzlich auf zu surren. Entweder das Licht oder die im Fensterrahmen eingequetschte Wespe.

Ich werde megaförmlich auf das Sofa platziert und checke von Sekunde zu Sekunde deutlicher, wie nüchtern und betroffen sich diese Familie verhält. Franziska hängt zusammen mit ihrem furchteinflößenden Pferdegebiss und vorgebeugtem Oberkörper megaopportunistisch auf einem Stuhl ab und grinst die ganze Zeit ziemlich verunsichert, sie hat sich zwischenzeitlich das Sabrina-Dehoff-Halstuch umgebunden, das ich ihr mal vererbt habe. Mein Vater fixiert ein Tischbein, und seine gespreizten Finger kleben an seinem Mund, Annika raucht, und Edmond guckt mir zum ersten Mal in seinem Leben in die Augen, ohne dabei zu lachen. Zuerst unterhalten die sich also darüber, dass es ihnen allen Schwierigkeiten bereitet, die Begriffe Signifikat und Signifikant auseinanderzuhalten. Ich sage, dass ich in erster Linie Schwierigkeiten mit der Unterscheidung von Obi und Media Markt habe, aber niemand lacht. Sowieso hat hier noch niemand gelacht innerhalb der letzten halben Stunde. »Das hat mir jetzt ja richtich dolle jut jefallen!«, sage ich total grundlos und verzweifelt.

Annika sagt ziemlich unbeteiligt: »Von wem war der Satz denn noch mal?«

»Von Consti, als er bouncen war.«

Papa: »Bouncen?«

»Letztes Jahr in München in diesem Ding, wo er dann auf der Treppe nach unten geschrien hat: ›Ey Leute, die spielen da Hip-hop!‹ Und wir so sechs Stunden voll abgebounct haben, und später saßen wir dann im Taxi, Consti vorne und hinten Timo und icke, und er dreht sich so um und sagt: ›Das hat mir ja richtich dolle jut jefallen!‹«

»Ha ha.«

»Todernst hat der das so rausgehauen und wir dann: ›Krass, ey.‹«

»Krass, ey.«

»Mifti, wir ...«

»Ja?«

»Mifti, ich muss mit dir, obwohl ...«

»Sag nichts, Papa.«

»Aber ...«

»Sag jetzt bitte einfach gar nichts.«

Annika: »Mifti?«

Ich spüre, wie mich starke Energiewellen durchströmen. Ich fühle Bewegung. Enorme, zunehmende Bewegung. Als ich mich umschaue, schälen sich aus der Unschärfe Formen heraus. Ich stehe vor vier Menschen, die vor Sensationsgeilheit und Sadismus strahlen. Jede Pore ihres Körpers scheint Licht auszustrahlen. Die Gruppe versammelt sich um den Esstisch, und ich weiß, es ist Zeit, mich zu setzen.

»Mifti, guck uns an. Wir wissen, dass du extrem große Probleme hast.«

»Wie, verdammte Scheiße, kommst du dazu, dir das Recht zu nehmen, zu behaupten, auch nur das geringste bisschen über MICH zu wissen?«

»Es geht hier nicht um Kiffen oder Schuleschwänzen.«

»Um was geht es dann?«

»Du bist todunglücklich.«

»Hast du das aus dem Buch *Warum unsere Kinder dreckige Sexschweine werden*?«

»Nein.«

»Liest du Erziehungsratgeber? Liest du aus lauter Langeweile und Sentimentalität irgendwelche hingerotzten Erziehungspatentrezepte und glaubst jetzt, nach sechzehn Jahren irgendeine Pflicht zu erfüllen, indem du mir klarmachst, dass ich todunglücklich bin? Antwortest du bitte mal?«

»Du, mir tut das ja auch alles leid, aber … Edmond?«

Edmond kramt in seiner Tasche, zieht da in Zeitlupe was raus, und ich sehe, dass es das magentafarbene Heft ist, auf dessen Halbleinendeck mein Name steht.

Mifti: Ihr Versager.

Alles, was ich geschrieben habe, haben die da in den Händen, und ich habe das Gefühl, gar nicht mehr vorhanden zu sein. Ich mache die Augen zu, und als ich mich um meine eigene Achse drehe, löse ich mich plötzlich als wolkenartige Hülle von meinem Körper, keine Ahnung, wie das jetzt plötzlich kommt, und alles, was passiert, beobachte ich von oben. Ich sehe meinen Körper schreien und merke, wie dieser Schrei in mich reinfährt. Wie ich mich mit aller Kraft dagegen zu wehren versuche, aber das ist gerade wahrscheinlich eine ganz unfassbare Ablösung von meinem Ich-Modell, ich bin kurz vor dem Übergang zum Zustand des Nichtseins.

Mein Körper reißt Edmond das Heft aus der Hand und rennt zur Tür. Edmond hält meinen Arm fest und sagt: »Eins muss man dir lassen.«

»Was denn?«

Mit diesem Satz sind wir wieder eine Einheit, dieser Körper und ich, komisch, das alles.

»You write like a roadkill.«

»Like a what?«

»Ein angefahrenes Tier.«

Ich schlage die Tür hinter mir zu und zähle mein Geld. Die Notwendigkeit einer Familie löst sich gerade endgültig auf. Vater, Mutter, Kind, warum ist dieses barbarische Familienmodell eigentlich nicht auszurotten? Man kommt da nur über Mord und Totschlag raus. Oder, wie in meinem Fall, über eine ganz tragische Verstoßung. Obwohl wir blutsmäßig aneinander gebunden sind, ist es mir plötzlich gelungen, dieses Verhältnis zu kündigen. Ich habe keine Schwester mehr, keinen Bruder, keinen Vater. Damit eine Gemeinschaft funktioniert, braucht man eben mehr als das Wohlwollen ihr gegenüber. Das Wohlwollen gegenüber dem Modell macht nicht das Funktionieren des Modells aus. Ich setze mich in irgendeinen Bus und fahre einfach den kompletten Tag über so rum, weil ich absolut kein Wohin habe. Weil ein neues Kapitel angefangen werden muss. Ich sehe mir bei meiner Existenzfindung zu, oder wie auch immer man das jetzt nennen will, wenn plötzlich irgendwo das Wort Heroin aufleuchtet und man, ehe man sich versieht, am Kottbusser Tor ausgestiegen ist, eine einbeinige Oma gemustert hat, die einem dann trotz allem doch ein bisschen zu unheimlich aussieht – und schlussendlich frage ich Ophelia im Rahmen der letzten SMS, die sie je von mir kriegen wird, nach der Nummer von dem neunzehnjährigen Biotonne-Russen. Sie schickt mir um 16 Uhr 42 kommentarlos seinen Kontakt. Sag, was du willst, schrei mich an, schubs mich gegen die Wände, prügel mich aus dem Bett, starr mir in die Augen oder lach mich aus, ich kann es nicht ändern. Ich kann dir nicht dabei zugucken, wie du mich belügst. Wie du so tust, als würdest du wollen dass ich nichts tue.

Was ich will?

Dass du lachst, dass du weinst, dass du weißt, was du hast. Dass du nicht denkst, du wärst allein, dass du frei bist, dass du zu mir kommst, dass du aufhörst, alles zu vergessen, dass du nichts musst, dass du irgendwas willst, dass du neue Wege gehst, dass du mich zurücklässt. Wenn es sein muss.

Ich checke um 22 Uhr 00 im Ibis-Hotel an der Prenzlauer Allee ein, wasche aus Langeweile meine Anziehsachen mit Seife im Waschbecken und gucke die ganze Nacht Wiederholungen von Realitysoaps, was super ist, weil in einer geht es beispielsweise um so ein vierzehnjähriges Mädchen, dessen Vater Oldtimer sammelt und die Mutter hat eine Pudelzucht mit vier apricotfarbenen und zwei weißen Königspudeln. Die wohnen alle zusammen in einem komplett verwahrlosten Haus in der Uckermark, und Tochter Justine ist natürlich ziemlich angepisst, denn ihre Eltern vernachlässigen über ihren zeitraubenden Hobbys nicht nur den Haushalt, sondern auch sie. In erster Linie regt sich Justine aber über die Scheißhaufen im Wohnzimmer auf, deretwegen sie grundsätzlich keine Freunde mit nach Hause bringen kann.

> Aber natürlich kam es auch vor, dass ihn die wechselvollen Fallstricke der zwischenmenschlichen Beziehung oder auch nur die anfälligen Probleme der Ranch, wie bei der Schafschur oder dem Zustand der Weiden, egal, wenn es ihn also wieder mal voll gepackt und angekotzt hat, dass er wie eine Ausgeburt der Hölle über seinen Besitz rannte, mit wüstem Bart und ich sag mal einem sagenmächtigen Donnerkeil viel ähnlicher als einem humanistischen Wesen, voll schier enthemmter, entmenschter, roher Gewaltandrohung gegen alles, was sich ihm bloß in seinen düsteren Weg stellte.
>
> *(David Foster Wallace)*

Ich laufe durch die Galeries Lafayette und stecke meinem Gemütszustand entsprechend so auffällig wie möglich alle Kaschmirpullis in die Tasche, die mir irgendwie in die Quere kommen. Was nicht mehr reinpasst, stapelt sich auf meinen verschränkten Armen. Dann gehe ich einen langen Umweg über viele Rolltreppen zur Tür hinaus. Natürlich fängt das elektronische Sicherungsgerät an zu piepsen. Ich bleibe vor dem Hintergrund des gefälschten Schülerausweises in meiner Tasche stehen und warte auf den Ladendetektiv, der hinter mir hergerannt kommt und mich verschüchtert am Arm packt.

Eine halbe Stunde später sitze ich auf einem Polizeirevier, gemeinsam mit zwei dieser gelockten Großstadtrevierpolizistenbräuten. Eine von ihnen starrt auf einen der beiden Computer und nimmt meine Personalien auf.

Dauernd sage ich den Satz: »Ich heiße Ophelia und bin dreizehn Jahre alt.«

»Dann kann dir ja sowieso noch nichts passieren.«

Ich zeige ihr den gefälschten Schülerausweis.

»Hast du keinen richtigen Ausweis?«

»So was hat man mit dreizehn noch nicht.«

»Stimmt.«

»Was willst du mal werden später?«

»Polizistin.«

»Klingt interessant.«

»Das sagen SIE mir?«

»Du verbaust dir deine komplette Zukunft, wenn du Klamotten im Wert von 300 Euro klaust und dich dabei erwischen lässt. Es muss dich jetzt ein Erziehungsberechtigter abholen, sonst kannst du hier nicht weg, ist jemand erreichbar von deinen Eltern?«

»Wissen Sie ...«

»Was? Dein Vater? Deine Mutter? Niemand ist erreichbar?«

»Mein Vater inszeniert gerade eine ReadyMadeOper in Brasilien.«

»Und deine Mutter? Hä?«

»Die ist in der Psychiatrie.«

»Oh.«

»Aber, also, einer Freundin der Familie ist sozusagen ...«

»Sozusagen?«

»Mein ...«

»Sozusagen.«

»... AUFENTHALTSBESTIMMUNGSRECHT zugeteilt worden.«

Und das ist der Moment, auf den ich seit dem französischen Küstenexzess gewartet habe. Ich schicke Alice eine SMS.

Ein schwerbewaffneter Polizist kommt rein, gibt den beiden Frauen die Hand und, nach kurzem Zögern, auch mir. Dann verschwindet er wieder.

»So schnell kann der Aufstieg gehen, Ophelia, jetzt hält man dich schon für eine Praktikantin.«

Ich habe neunzig Minuten gewartet. Aus dem Flur höre ich Alices Stimme, springe auf und gehe ihr entgegen. Alice diskutiert mit dem Pförtner über die Härte von Holz beim Hacken. Als sie mich entdeckt, starrt sie mich einen Augenblick ungläubig an, bis ein bedächtiges Lächeln langsam von ihrem Gesicht Besitz ergreift, sie energisch auf mich zuhetzt, mich in den Arm nimmt und demonstrativ über meine Schulter hinweg an eine der Polizistinnen gerichtet sagt:

»Baby, was veranstaltest du denn für Scheiße hier?«

Ich starre die ganze Zeit auf den Boden.

»Das Kind hat es aber auch wirklich nicht leicht mit dieser abgedrehten Kunstscheiße die ganze Zeit und der winzig kleinen Wohnung und den sechs jüngeren Geschwistern und dem wenigen Taschengeld. Das kommt ab jetzt nicht mehr vor Mifti, oder?«

»Was kommt nicht mehr vor?«

»Mifti? Warum Mifti?«

»Na, das mit dem strafrechtlich zu verfolgenden Handeln.«

»Mifti, ja, so nennt mich Alice grundsätzlich, weil mein richtiger Name in ihren Augen scheiße wirkt, trostlos, bedrückend, scheiße, ähäm …«

»Können Sie bitte hier unterschreiben?«

»Genau, trostlos, bedrückend, scheiße.«

»Immer auf die Fresse der Seele, haha.«

»Ach, I don't care.«

»Wo genau unterschreiben? Da?«

»Ja, hier, wo sozusagen gerade mein Zeigefinger ist.«

»Sozusagen, ja, hier.«

»Wo mein Zeigefinger ist. Danke schön.«

No no, no no no no, no no no no no

(Roy Orbison)

Sie trägt diesen ultraschicken Neofolklook. Dschungelgrüne Bikerjacke aus Veloursleder, übergroßer Cardigan und eine Tasche von Donna Karan mit doppeltem Reißverschluss für 1543 Euro, nach dem Motto: Stadtgirls wissen, dass eine Across-the-Body-Tasche im Hochsommer der einzige Weg ist, seine lebensnotwendigen Güter zusammenzuhalten.

Ihre Haare wehen irgendwie im Wind, was sollten sie in dieser Situation auch sonst tun, und wir laufen nebeneinander einen stark bepflanzten Bürgersteig entlang.

»Kannst du nicht wie normale Menschen in deinem Alter bei H&M Strumpfhosen klauen? Muss es dieser Sekretärinnenchic sein? Ophelia? OPHELIA? WAS HAST DU DIR DA ÜBERHAUPT FÜR EINEN SCHEISS NAMEN AUSGEDACHT?«

»Kannst du mir helfen?«

»WOBEI?«, schreit sie wirklich laut.

»Ich kann nicht nach Hause.«

»Sweetheart, das ist ...«

»Ich weiß nicht, was ich machen soll, ehrlich. Sehe schon so eine beschissene holzvertäfelte Institutsambulanz vor mir, wo man sich dann mit vier essgestörten Hauptschülern unter achtzehn ein Zimmer teilen und basteln und an videogestützten Therapiegesprächen in Sitzsäcken teilnehmen muss. Mache in letzter Zeit auch nichts anderes mehr, als versehentlich Windschutzscheiben zu zertreten, vom Beifahrersitz aus, und plötzlich rieselt dann immer so eine Glasbrockenscheiße auf mich drauf.«

Take the money and run

(Steve Miller)

»Was?«

»Wirklich.«

»Du kannst auch (...)«

»Ich demoliere die ganze Zeit irgendwelche Sachen.«

»Du kannst ...«

»Es ist alles einfach wirklich scheiße gerade, Alice, es ist alles einfach wirklich richtig scheiße gerade.«

»MIFTI, WILLST DU BEI MIR SCHLAFEN?«

Sie fängt jetzt allen Ernstes an zu heulen, von einer Sekunde auf die andere strömt ihr sozusagen mit Tränen vermischte Wimperntusche das Gesicht runter, und ich weiß zu allem Überfluss, wieso. Ich reagiere nicht, sondern bleibe aufgrund eines psychosomatischen Schwindelanfalls stehen und stütze mich an irgendeiner Laterne ab. Das hier jetzt gerade, das bedeutet glaube ich die Spiegelung meines Gesichts in der Erschaffung der Welt. Von einer Sekunde auf die andere entspricht diese Frau nicht mehr meiner Vorstellung. Vielleicht, weil ich weiß, dass ich nicht mehr ihrer Vorstellung entspreche. Dass ich zu alt geworden bin, ich sehe das ganz genau in ihrem Gesicht. Ich kann mich nur darauf verlassen, dass dieser Impuls, mich jetzt umzudrehen und zu gehen, ein Versehen ist. Dass sie sich nicht verändert hat, und dass alles genauso funktioniert wie früher. Und deswegen nicke ich.

»Du kannst ruhig bei mir schlafen. Das ist in Ordnung.«

Wir steigen in einen mit weißem Leder ausgestatteten roten Mercedes. Ich weiß nur, dass sie früher immer gesagt hat, sie hätte gar keinen Führerschein. Hat sie vielleicht auch nicht. Aber offenbar hat sie einen Mercedes seit neuestem. Wir brettern damit stillschweigend durch die Scheiße und hören Brinsley Schwarz auf Repeat von einer Mix-CD mit so Siebzigersachen.

Der Himmel verdunkelt sich. Sie parkt vor einem Rokokoaltbau, der näher am türkischen als am schwulen Teil Schönebergs liegt und nur hundert Meter entfernt von einer der beiden bestgeöffneten Lidl-Filialen. Ich kurbele das Fenster runter und sehe ihr dabei zu, wie sie durch die Haustür in einen Flur mit schwarzem Holz und Spiegeln geht. Ich traue mich nicht zu fragen, wo sie hinwill und wie lange sie weg sein wird. Kurz nachdem die zweiundzwanzig Songs zum zweiten Mal durchgelaufen und die Straßenlaternen angegangen sind, kommt Alice mit gewaschenem Gesicht zurück. Sie setzt sich ins Auto und guckt mich an.

Ich so: »Wo warst du?«

»Ich habe meinem Liebhaber abgesagt.«

»Und wie soll ich mich dazu jetzt verhalten?«

»Überhaupt nicht.«

Sie holt eine neue CD aus dem Handschuhfach und legt sie ein, atmet durch, umkrallt das Steuer, und sagt, während sie, ohne ein einziges Mal zu blinzeln, geradeaus durch die Windschutzscheibe starrt:

»Was machst du, wenn der Krieg vorbei ist?«

Ich zucke mit den Schultern.

»Was für einen Krieg meinst du denn?«

»Das ist völlig egal. Du ziehst irgendeinen alten Regenmantel an und wischst die Schmutzflecken aus deinem Gesicht, du läufst durch den Regen zu einer kleinen Provinzhaltestelle bis ans Ende des Bahnsteigs, von wo du auf den grauen Ozean gucken kannst.

Du packst deine Tasche in den schwarzen, runtergekommenen Zug, der da steht, als hätte er dich bereits erwartet. Du sitzt in einem Sessel aus erstklassigem Leder, es riecht total vermodert und verschimmelt, und starrst durch die vergilbten Zugfenstervorhänge auf die Räder der Maschine, die gerade in ihren Umdrehungsrhythmusscheiß reinkeuchen. Dein Zustand beginnt sich zu bessern, während du durch eine Landschaft aus Metall und Beton fährst. Durch eine baufällige Welt, die immer auf der Grenze zum endgültigen Zusammenfall scheint. Schmutzige Wäsche hängt in aschbleichen Hinterhofgärten, überall liegt weggeworfenes Spielzeug, das sind verwelkte Eindrücke, und dein konzentriertes Gesicht wird sozusagen gerahmt von einem Fenster in die Vergangenheit, das du die ganze Zeit versuchst, endgültig zusammenzufalten. Auf deinem Rückweg in dieses Zuhause, das im Moment noch ganz weit weg ist. Und wo angstvolle Treffen auf dich warten, hoffentlich eine Tasse Tee, Wärme, Schlaf. Ich glaube, das alles würde ein bisschen so klingen wie das hier.«

Sie drückt auf Play. Nur nach Hause, denke ich. Ganz klein auf dem Beifahrersitz und fange naheliegenderweise an zu heulen und zu schluchzen und höre lange nicht mehr auf. Weil ich es gefunden habe. Weil das echte Liebe ist und echter Hass und echte Abscheu und wirkliche Enttäuschung.

Machine Gun

(Portishead)

Sie wohnt in einem Rigipspalast im Dachgeschoss. Die Wohnung ist in erster Linie cremefarben. Superalte Tische, superalte Sitzgelegenheiten und teure Bilderrahmen. Ich setze mich in die Küche. Wir trinken irgendeinen Scheißtee, dessen Blätter sich beim Aufgießen gelb gefärbt haben. Ich traue mich nicht, die Tasse zum Mund zu führen, weil ich genau weiß, dass ich sie fallen lassen werde.

Ich lege mich total beängstigt auf ihr Bett. Das ist ein einziger Moment der Erwartung.

Ich richte mich auf, sie beugt sich zu mir runter und sagt:

»Du hast dich verändert.«

Ich sage: »Nein, du hast mich verändert.«

Ich knie auf dem Boden. Meine Handgelenke sind über meinem Rücken gekreuzt, mit stark haftendem Panzertape an den Hals geklebt. Den Rest des Klebebands führt sie von den Handgelenken zwischen meine Beine über die linke Schulter zurück zu den Fingerspitzen. Genau das Gleiche über die rechte Schulter. Wenn sie das wieder abzieht, sind wir, ich würde fast sagen, back to the roots with the Enthäutung. Das alles hat nicht das Geringste mit dem Begriff des »Coming of Age Dramolettes« zu tun. Damit sie sich nicht zersetzt, nachdem sie vom Organismus getrennt wurde, gerbt man Haut. Mit Kaliumzyanid und Alaune, das in Wasser aufgelöst und aufgetragen wird. Sie muss gespannt werden, das ist der Gerbungsprozess, nach einer kurzen Weile wird sie fest, man muss sie dann immer weiter spannen und währenddessen natürlich aufpassen, dass sie nicht zerreißt. Allerdings weiß ich nicht, ob ich das wirklich selber machen sollte, es ist, na ja.

Meine Hände werde ich sowieso nicht brauchen.

Es gibt Punkte in mir, die sie nicht berührt, zu denen sie keinen Zutritt hat.

Sobald ich mich einen Zentimeter bewege, zerreißen die Sehnen in dem Bereich zwischen Schulter und Brustwand.

Man kann ihr ja leider keine Gewalt antun. Sie schweigt in einer mit Verantwortungslosigkeit gekoppelten Geduld, sie schweigt einfach nur, absolut und total und ganz und gar mit ihren verborgenen, unvorhersehbaren Präferenzen, die sie immer ganz weit abbringen.

Und das ist ein Sturm, der mich in eine Wüste verwandelt. Ein ziemlich stiller Sturm. Ich höre ausschließlich auf ihr Schweigen, ich sage ihr, dass ich bluten muss, ich lerne aus all ihren Schwächen und folge ihr überallhin.

Sie löscht die Neugierde aus. Sie tötet sie gerade.

Sprechen wir hier über Gefühle? Besteht irgendein Bedarf an Gefühlen? Was kann aus mir für sie entstehen?

Ich muss mir vorstellen, und das ist grauenhaft, dass ich gezwungen werde, etwas zu empfinden, was ich nicht kenne. Dass sie mich an Bewegungen bindet, von denen ich keine Vorstellung habe.

Ich bemerke auch nicht, dass sie mich von mir selber trennt. Sie fordert von mir weder Aufmerksamkeit noch den geringsten Gedanken. Sie lenkt mich einfach nur grenzenlos ab.

Die Kehrseite eines Glaubens, die nicht der Zweifel ist sondern das Unwissen und die Fahrlässigkeit.

Sie richtet sich nicht an mich. Sie richtet sich eigentlich an niemanden, so weit bin ich inzwischen. Sie spricht nicht mit sich selber und sie hat kein Gegenüber. Die weiträumigere und trotzdem einzigartigere Existenz eines wandelbaren Kerns hört ihr zu, eine fast allgemeine, so als wäre das, was ich bis jetzt gewesen bin, vor ihr zu einem »Wir« erwacht, Präsenz und vereinte Kraft geteilten Geistes. Ich bin etwas mehr, etwas weniger als ich. Jedenfalls mehr als alle Menschen.

In diesem »Wir« stecken die Erde, die Gewalt der Elemente, ein Himmel, der nicht dieser Himmel ist, da ist eine Empfindung von Vornehmheit und Stille, darin steckt auch die Bitterkeit einer finsteren Nötigung.

Das alles ist »Ich« vor ihr, und sie scheint fast nichts zu sein.

Ich starre auf ihren Mund, auf die Matratze, auf den Sonnenaufgang, auf die zweiundvierzig Anrufe in Abwesenheit. Wenn ich irgendwann mal sterbe, wird vielleicht irgendetwas von mir übrig bleiben. Und dann verfault der ganze Dreck. Oder auch nicht. Ich mache mir darüber ehrlich gesagt keine Gedanken. Ich habe schon genug Probleme, und wenn ich jetzt auch noch ans Jenseits denke – na ja. Ist mir alles zu kompliziert und zu esoterisch.

»Warum esoterisch? Tod ist Tod, was ist daran esoterisch?«

»Stimmt.«

Und das ist das Letzte, was wir zusammen haben. Ich weine, wenn du blutest. Und ich blute, wenn du weinst. Ich lüge dich nicht an. Ich liebe, was du bist. Ich werde alles tun, um dir alles zu geben. Und ich sehe immer in deinen Augen, wo du gewesen bist. Deine Augen. Deine Augen. Deine Augen. Deine Augen. Und du sagst: »Deine Familie hatte recht. Du bist Dreck, den sie nur mit Schweigen aus der Welt schaffen konnten.«

Liebe Mifti,

ich sehe die Sünde in deinem Grinsen. In der Form deines Mundes. Alles, was ich will, ist, dich in schrecklichen Schmerzen aufgehen zu sehen. Obwohl wir uns nie wieder treffen werden, erinnere ich mich an deinen Namen.

Ich kann nicht glauben, dass du mal so warst wie jeder andere. Du bist inzwischen kein Kind mehr, sondern ein Abbild des Teufels. Du bist Dreck, den wir nur mit Schweigen aus der Welt schaffen können. Ich bete zu Gott, dass mir irgendetwas Nettes einfällt, was ich über dich sagen könnte. Aber ich glaube nicht, dass das noch geht.

Du bist Abschaum, Schatz, du bist die Krätze, und ich hoffe, dass du weißt, dass dein Lächeln inzwischen Risse aufweist. Die Welt muss langsam mal einsehen, dass es Zeit für dich ist, zu gehen. Da ist kein Licht mehr in deinen Augen, und dein Gehirn ist zu langsam. Ich wette, du schläfst immer noch wie ein Kleinkind mit einem Daumen im Mund. Ich könnte zerfließen bei der Vorstellung, wie ich dir eine Faustfeuerwaffe da reinschiebe. Es macht mich wirklich krank, wenn ich all die Scheiße höre, die du von dir gibst. In der Hölle ist für dich ein Platz freigehalten. Ein Stuhl mit deinem Namen. Wenn du dich im Spiegel siehst, siehst du dann, was ich sehe? Und, wenn ja, warum, verdammte Scheiße, WARUM GUCKST DU MICH DANN IMMER NOCH AN?

Deine Mutter

Quellennachweis und Danksagung

Aus folgenden Quellen (Bücher, Songs, Filme, Blogs etc.) sind Teile in den Text eingeflossen, als wörtliches Zitat, modifiziertes Zitat oder Inspiration:

Aus Airens Blog: airen.wordpress.com
Später erschienen als Buch unter dem Titel *Strobo* mit einem Nachwort von BOMEC. © SuKuLTuR, Berlin 2009. Zitiert mit freundlicher Genehmigung des Verlags.

Hegemann S. 7: Irgendwie läuft mir zu Lorbeerkränzen geflochtenes Blut aus dem rechten Ohr.
Airen: Ich grinse aus dem Fenster, aus meinen Ohren fließt in dicken Strömen Blut, von Lorbeerblättern umflochten.

Hegemann S. 9: [...] hyperrealen, aber durch Rohypnol etwas schlecht aufgelösten Vaselintitten [...]
Airen: [...]hyperrealen aber durch Rohypnol etwas schlecht aufgelösten Vaselintitten.

Hegemann S. 21: Ich habe Fieber, [...] ein Promille im überhitzten Blut [...]
Airen: [...] ich habe ein Grad Fieber sowie ein knappes PromilI Alkohol im überhitzten Blut.

Hegemann S. 28: [...] sturzbesoffen auf Autodächern herumzuliegen und über (...) zu diskutieren.
Airen: [...] stockbesoffen auf einem Autodach in Kreuzberg und redete über Titandioxid.

Hegemann S. 32/33: Thomas bietet uns zwei Lines Ketamin an, das in der Tiermedizin zur Narkose eingesetzt wird und in kleinen Dosen bewusstseinsverändernd wirkt. (...) Das Zeug brennt höllisch in der Nase.
Airen: Eigentlich ist Ketamin ein Narkosemittel aus der Notfallmedizin, aber in sehr viel geringeren Dosen wirkt es halluzinogen. (...) Ich zieh nur eine kleine Bahn. Aber die tut schon höllisch weh in der Nase.

Hegemann S. 33: [...] in irgendeiner zum Ficken gedachten Sofanische [...]
Airen: [...] auf der Gummibank eines zum Ficken gedachten Separees [...]

Hegemann S. 34: [...] steht auf dem Klodeckel, um drei Lines Speed auf der Trennwand zur Nachbartoilette zurechtzumachen.

Airen: [...] klettert (...) auf die Klobrille und macht die Lines an der Grenze zur Nachbartoilette zurecht.

Hegemann S. 50: [...] Technoplastizität, Annika.
Airen: Eine gierig in alle Ecken züngelnde Techno-Plastizität.

Hegemann S. 58: »Ey, [...] wartet [...] jemand auf dich« (...) [...] (...) [...] mit angewinkelten Beinen (...) [...] lasse ich mich [...] lange in den Mund ficken.
Airen: »Hey, da (...) wartet einer auf dich.« (...) (...) die Beine angewinkelt (...) Ich lasse mich Ewigkeiten in den Mund ficken [...]

Hegemann S. 62: Man hätte dir echt die Gedärme aus dem Körper schneiden können, und irgendwann wärst du dann aufgewacht, ohne Tasche und mit 'nem 2x2 Quadratmeter großen Arschloch.
Airen: Ich hätte dir echt den Blinddarm rausnehmen können. Wäre dir das im Club passiert, wärst du irgendwann ohne Handy und mit« – ausladende Geste – »sooo einem Arschloch aufgewacht!«

Hegemann S. 70: [...] erfahren [...], dass ich nicht [...] mit dem Argument »Scheiß Kapitalismus!« geweigert habe, [...]zurückzuzahlen..
Airen: [...] erfahre also (...) mit dem Argument. »Scheiß Kapitalismus!« geweigert zu bezahlen [...]

Hegemann S. 72: Ich drehe mich um und knalle rückwärts gegen einen grobporigen Typen in grünen Klamotten. [...] er setzt mich in ein Taxi [...]
Airen: Ich steige aus, mache drei Schritte nach vorn und pralle rückwärts gegen die Bahn. (...) verfrachten mich in ein Taxi.

Hegemann S. 77/78: [...] erbsengroße Plastikkugel [...] Anstatt mir zu antworten, wickelt sie die Plastikfolie ab. Schlussendlich liegt auf dem Mahagonitisch eine Messerspitze bräunlichen Pulvers, das wie Instanttee aussieht und nach einer Mischung aus Zigarettenkippen, Müll und Essig riecht. Aus einem Stück Silberpapier dreht sie sich ein Röhrchen, auf ein weiteres schüttet sie die Hälfte des Pulvers. Als sie ein Feuerzeug unter die Folie hält, schmilzt das Heroin und zieht eine kleine Rauchschwade hinter sich her. [...]
Airen: [...] erbsengroße Plastikkugel (...) Schicht um Schicht wickle ich die Plastikfolie ab, bis in der Mitte eine gute Messerspitze bräunlichen Pulvers zum Vorschein kommt. Sieht in etwa so aus wie Instant-Tee und riecht säuerlich, wie eine Mischung aus Zigarettenkippen, Müll und Essig. Diacetylmorphin. Dann hole ich Alufolie. Aus einem Stück drehe ich mir ein Röhrchen. Auf ein anderes schütte ich ein Viertel des Pulvers. Sobald ich ein Feuerzeug unter die Alufolie halte, schmilzt das Heroin (...) und zieht eine kleine Rauchfahne hinter sich her.

Hegemann S. 103: [...] als nachts mit Bleigewichten an den Knöcheln vor dem Spiegel [...] Jeder Track war eine Herausforderung. Ich hätte Strom gefressen, um (...) »Krasse Choreographie« tuschelten [...]
Airen: [...] jeden Abend mit Bleigewichten an den Knöcheln vor dem Spiegel (...) jeden Track als Aufgabe sah (...) »krasse Choreographie« tuschelten, als ich elektrischen Strom gefressen hätte [...]

Hegemann S. 128: [...] »Wieso nicht?«/»Ich ficke nicht mehr.«/»Mann, Alter, ich bin übelst geil!«/»Ich ficke jetzt nicht mehr mit dir.«/»Aber warum denn nicht?«/»Ich will nicht.«/»Bist du positiv?«/»Ja.« [...] Ich gehe tanzen.
Airen: »Lass uns ficken!«/»Nein.«/»Wieso nicht?«/»Ich ficke nicht.«/»Mann Alter, ich bin übelst geil, wir holen jetzt nen Gummi von der Bar und ticken!«/»Nein.«/ »Aber warum nicht? Bist du positiv?«/»Ja.« (...) Ich gehe tanzen.

Hegemann S. 133: »Der ist stockbisexuell. [...] Dort erklärt er dann einer zierlichen Schwarzhaarigen mit so einer Art olivfarbenen Traumbeinen, wie geil es ihn macht, dass ihre Haut überall gleich aussieht, sogar in den Achselhöhlen, [...].«
Airen: [Titel des Blogeintrags: *stock-bi*] Zierlich, schwarzhaarig, keine zwanzig und olivfarbene Traumbeine (...) Ich küsse ihren Körper, ihre ultrazarte Haut, die überall die gleiche ist: An den Waden, an den Schenkeln, am Bauch und am Po, zwischen ihren Schulterblättern, auf ihren Brüsten und sogar unter ihren Achseln. (...) Ich ficke grottenschlecht, zittere hilflos auf ihr rum und gebe irgendwann auf.

Hegemann S. 134: [...], moderiere ich schwerstelegant zu ihr hinüber.
Airen: [...], moderiere ich mich zu Jan rüber.

Hegemann S. 170: [...]: lese den Zettel: *Bleib ruhig liegen, es ist alles in Ordnung.* Im Türrahmen steht der ausschließlich in Boxershorts steckende Mottosweatshirttyp und sagt: »Bleib ruhig liegen, es ist alles in Ordnung.«
Airen: Der Nette Fucker steht nackt in der Tür und wispert: »Hey Airen! Bleib ruhig liegen! Alles ok!« Vor dem Sofa steht ein Tisch, darauf ein Zettel: »Lieber Airen! Bleib ruhig liegen, das ist ok!«

Hegemann 175: [...]in diesem Glitter-Schmutz- und Pailletten-System, ganz böser Nightmare Bass für Erwachsene. [...]
Airen: [...] ein Künstlerleben zu führen also mit Glitter, Schmutz und Pailletten, mit ganz bösem Nightmare-Bass für Erwachsene (...)

Hegemann S. 197: [...]Rokokoaltbau, der näher am türkischen als am schwulen Teil Schönebergs liegt (...) einer der beiden bestgeöffneten Lidl-Filialen. [...]Flur mit schwarzem Holz und Spiegeln geht.
Airen: [...] Rokokoaltbau, im Hausflur schwarzes Holz und Spiegel. (...) näher am

türkischen als am schwulen Teil Schönebergs gelegen hatte (...) von einem der beiden bestgeöffneten Liedls in Berlin.

Weitere Zitate (teilweise modifiziert und in einzelne Teile über längere Passagen verstreut); alle Angaben, soweit sie der Zustimmung bedurften, mit freundlicher Genehmigung der genannten Verlage/Urheber:

S. 7: Von »(...),die Nacht« bis »unrhythmische Trommeln, (...)« stark modifiziert aus: Malcom Lowry: *Unter dem Vulkan.* Titel der Originalausgabe: *Under the Volcano.* © 1947 by Malcolm Lowry. Aus dem Englischen von Susanna Rademacher; © 1963, 1974, 1984 Rowohlt Verlag GmbH, Reinbek bei Hamburg; 11. Auflage 2005, S. 54 f.

S. 13: Die kursiv gesetzten Zeilen leicht modifiziert aus: Rainald Goetz: *Rave.* © Suhrkamp Verlag, Frankfurt am Main 1998, 1. Auflage 2001, S. 85

S. 13: Die Zeilen»Berlin is here to mix everything with everything« bis »(...) wohin ich sie trage« stammen von Jim Jarmusch. Ab »Ich bediene mich überall (...)«: angelehnt an die fünfte Regel aus *The Golden Rules of Filmmaking* von Jim Jarmusch, der wiederum Jean-Luc Godard zitiert. Weiter zitiert werden diese Zeilen bei Paul Arden in: *Egal, was du denkst, denk das Gegenteil.* Titel der Originalausgabe: *Whatever you think think the opposite.* © 2006 Paul Arden. Aus dem Englischen von Sünje Redies; © 2007 by Bastei Lübbe GmbH & Co. KG, Köln, S. 94

S. 38: Von »Ich will Erleuchtung (...)« bis »(...) unausweichliche Notwendigkeiten einfach von selbst?« leicht modifiziert aus: Kathy Acker: *Große Erwartungen. Ein Punk-Roman.* Titel der Originalausgabe: *Blood and Guts in High School Plus Two. Great Expectations.* © 1978 by Kathy Acker. Aus dem amerikanischen Englisch von Uschi Gnade; © 1988 by Wilhelm Heyne Verlag GmbH & Co. KG, München, S. 73

S. 64: Von »Ich weiß, dass, wenn man Bäume malen soll (...)« bis »(...) zu viele Blüten Romantik« modifiziert aus: Valérie Valère: *Das Haus der verrückten Kinder. Ein Bericht.* Titel der Originalausgabe: *Le pavillon des enfants fous.* © 1978 by Éditions Stock, Paris. Aus dem Französischen von Uli Aumüller.© 1991 Rowohlt Taschenbuch Verlag GmbH, Reinbek bei Hamburg, S. 71

S. 101: Von »Ja also, mein Vater, meine Mutter (...)« bis »Habe ich sie wirklich geliebt?« Modifiziert aus: Kathy Acker: *Große Erwartungen. Ein Punk-Roman.* Titel der Originalausgabe: *Blood and Guts in High School Plus Two. Great Expectations.* © 1978 by Kathy Acker. Aus dem amerikanischen Englisch von Uschi Gnade; © 1988 by Wilhelm Heyne Verlag GmbH & Co. KG, München, S. 105 f.

S. 146: Von »(…) ich habe Angst« bis »(…) die uns zerfleischt« stark modifiziert aus: Kathy Acker: *Meine Mutter: Dämologie*. Titel der Originalausgabe: *My Mother: Demonology* ©1993 by Kathy Acker. Aus dem amerikanischen Englisch von Lotte Dreimann und Angela Rummel; © 1995 by MAAS Verlag, Berlin, S. 228

S. 166: »Das Meer verstand sich (…)« bis »(…) solange es in Bewegung ist.« Aus: David Foster Wallace: *Tiere sehen dich an*. In: *Kleines Mädchen mit komischen Haaren*. Titel der Originalausgabe: *Girl with Curious Hair;* © 1989 David Foster Wallace. Aus dem amerikanischen Englisch von Marcus Ingendaay. © by Kiepenheuer & Witsch GmbH & Co. KG, Köln 2001, S. 67

S. 169: The Zombies: *She's not there* (1964)

S. 191: David Foster Wallace: *John Billy*. In: *Kleines Mädchen mit komischen Haaren*. Titel der Originalausgabe: *Girl with Curious Hair;* © 1989 David Foster Wallace. Aus dem amerikanischen Englisch von Marcus Ingendaay; © by Kiepenheuer & Witsch GmbH & Co. KG, Köln 2001, S. 121 f.

S. 200/201: Von »Was kann aus mir für sie entstehen?« bis »(…) und sie scheint fast nichts zu sein.« Stark modifiziert aus: Maurice Blanchot: *Der letzte Mensch*. Titel der Originalausgabe: *Le dernier homme*. © Editions Gallimard, Paris 1957, nouvelle édition 1977. Aus dem Französischen von Jürg Laederach; © Urs Engeler Editor. Basel/Weil a. R., Wien 2005, S. 6 f.; S. 17 f.

S. 202: Der Brief an die Mutter entspricht in weiten Teilen dem Song *Fuck U* auf dem Album *Noise* der Band Archive (erschienen 2004). Die freie, modifizierende Übersetzung stammt von Helene Hegemann.

Von Jonas Weber Herrera, aus privaten Korrespondenzen:
S. 17: Von »Gibt es eigentlich Frauen, die Actionfilme gedreht haben?« bis »(…) einfach scheiße zu dir sein.«

S. 147: »Von ›Sorry‹, aber fuck!« bis »(…) Scheißfelsen bumsen.«

Weitere private Quellen:
S. 26/27: Die Email von Ophelia ist die verfremdete Wiedergabe einer privaten Korrespondenz.

S. 54: Ein der Autorin mündlich überlieferter Dialog (leicht verändert) aus dem Drehbuch *Westwind* von Ilja Haller (entwickelt für credofilm)

S. 178 bis 183: Die Emails von Ophelia sind angelehnt an eine private Korrespondenz.

Weitere Internet-Quellen:
S. 47: Modifizierte Leserkommentare von Makita zu einer Kurzgeschichte von Helene Hegemann auf www.kurzgeschichten.de

S. 158: Der Dialog lehnt sich teilweise an Leserkommentare zu einem Interview mit Helene Hegemann an.

Inspirationen ohne genaue Quellentextkenntnis:
Kathy Acker: *Harte Mädchen weinen nicht; Meine Mutter.Dämologie; Große Erwartungen.* Aus dem amerikanischen Englisch von: Uschi Gnade; Lotte Dreimann und Angela Rummel; Uschi Gnade; © 1985, 1995 und 1988 by Wilhelm Heyne Verlag GmbH & Co. KG, München)

Weitere Inspirationen:
S. 41: Von »Du bist nur Opfer (…)« bis »(…) Körper krabbeln?« Inspiration aus dem Film *Martyrs* von Pascal Laugier

Ich danke:
Coco, Jonas Weber Herrera, Tjorven Vahldieck, Annika Pinske, Kathrin Krottenthaler, Jule Böwe, Christian Fenske, Juri, Christiane Voss, Laura Tonke, René Pollesch, Leo & Jan, Maurice Blanchot, Ulrike Ostermeyer, Petra Eggers, Sophie Rois, Gabriel, Leisha, Maren Ade, Maria, Pascal Laugier, Airen und vor allem Carl Hegemann.

Besonderer Dank an Kathy Acker